U0133060

2002

收获 HARVEST

散文精选

云南人民出版社

2004 年

收获

散文精选

HARVEST

巴金

致李楚材

楚材同志①：

　　信收到。您要我为学校的纪念刊写几句话或者发表对中小学教育的一点意见，感谢您的好意，但是我得承认我这个病残的老人已经没有精力发表系统的意见、写成篇的文章了。那么就简单地讲点我个人的看法吧。我没有做过教师，也从未考虑过教育的问题，对这门学问我完全是外行，而且我自己也不曾受过完备的学校教育。似乎我并没有资格谈有关教育的事情。然而奇怪的是在我靠药物延续生命的有限的日子里，我始终摆脱不了梦魇的折磨，我给一位朋友写信说："使我感到痛苦的是看见孩子们失去他们的童年。"的确这三四年中间我经常思考教育孩子的问题。我经常听见人说孩子是祖国的花朵，是我们的未来，几乎所有的人都把希望寄托在孩子们的身上。每当我对现实生活中的某些人和某些事感到失望的时候，我的眼前就出现了孩子们可爱的笑脸。除了他们我们能靠谁呢？自然的规律是不能违反的，我们一定要让位给他们。他们是我们的接班人。我们做不了的事可能由他们来完成。我们做不好的事他们可能做得比我们好。正因为有了他们，我们才有希望。要使他们健康地成长起来，我们的事业才能够兴旺发展。不管我们愿意不愿意，我们有责任爱护他们，教育他们。他们变好或变坏和他们受到的教育有关。我们都记得"先入为主"的古话，父母是第一个老师，不能把一切推给学校。帮助孩子健康地成长，所谓培养，所谓教育，不过是这样一句话。我们希望子女成龙，首先就要尽父母的职责。怎样做人？父母是孩子学习的榜样。家庭教育是基础的基础。

　　我今年八十四岁，可是我脑子里还保留着儿童时期的印象，相当鲜明。我的童年是幸福的。今天回想起来，我最大的幸福就是：父母的脾气都好，我从未看见他们吵过嘴，打骂过孩子。母亲很少

---

① 此信写于 1988 年，未完篇。李楚材，教育家，时为上海位育中学校长。

教训过我们。当然父母都有缺点,但是我想来想去,想不出从他们身上我学到什么坏的东西。我相信榜样的力量不是没有原因的。今天有些年轻的父母高兴时把孩子当作"小皇帝"、"小公主",动了气就打骂不休。不多久,他们的坏脾气全让孩子学到了,他们希望孩子们学到的东西却相当渺茫,孩子们只会学长辈们做出来的行动,不会学他们嘴里讲的道理和心里想的理想。何况有些父母当着儿女的面什么话都说,毫无顾忌。

　　我越来越觉得我们这个新社会里封建流毒很多。人们还把儿女看作私产,不是把孩子当作玩具,就是当作出气筒。人们习惯说:"棍子下面出状元",仍然用"填鸭式"的方法教育儿童。不管孩子们理解不理解,只要把各种各样的知识塞进他们的脑子,塞得越多越好,恨不得在短短的几年中间让他们学会一切,按照自己的愿望把儿女养成什么样的人。因此不论家长不论老师,都以为听话的孩子就是好孩子,整天坐在书桌前的学生就是好学生。家长说孩子做功课太慢,老师就布置更多的作业,学生不得不早起晚睡,好像学生休息愈少成绩愈好,老师也显得愈认真、负责。塞进脑子的东西越多,学生的收获越大。学生忙,老师也忙,老师脸上的血色越来越少,学生的眼睛越来越近视,仿佛孩子的脸上的笑容多了对他们的学习大有不利,一定要用过重的精神包袱压得他们笑不出声。我还记得我几岁的时候就听见人们称赞"少年老成",在七八十年后的今天还有人安排孩子们在书桌前度过无声的童年。从小学到初中我看见我唯一的外孙女挎着沉重的书包走过我面前,她的功课水平不过是中等,每天睡不够八个小时,分数在八十上下。到十四岁才开始自理生活,还不会作适当的安排。人们要求于她的只是高的分数。不能说她不想争取高的考分,可是她动作慢,思想不敏捷,又没有时间看课外读物。我常常想我们不使她脑子开窍,单靠"填塞"、"死记"行吗?我同情这个孩子,因为我过去就是这种情况,我老是盼望有人给我一把钥匙让我的心开窍。由我自己去学,不靠别人来"塞"。倘使当时由考分决定一切,倘使只有"重点"的"尖子"才有出路,恐怕我早已变成《寒夜》里的汪文宣了。

在我的幼年,我没有机会受到正规的学校教育,请到家里来的私塾老师有的严,有的宽,虽然用体罚也树立不起来威信,而且他们灌输给我的东西常常引起我的反感。幸而我喜欢胡思乱想,又有时间读到不少的课外读物,从它们得到很多益处。更重要的是我受到这样一种家庭教育:没有严厉的体罚,没有不公平的责骂,在比较和谐、宽松的气氛中让我的智力慢慢地发展。所以我有这样一个印象:无为而治。不过这只是十岁以前的事。这是侥幸。管得不严,不死,他们不命令,不强迫,允许我自己动脑筋想各种事情,允许我随便读一些"闲书"。我可以不断地问:为什么?为什么?当然,每次我都没有找到正确的回答,可是我养成了用自己的脑子思考的习惯。今天在大油锅里给煎熬了十年,我还不曾失去记忆,还能够讲真话,追求真理,就靠了这个习惯。我不曾学到系统的专门知识,靠这个习惯探索着,挣扎着在荆棘丛生的人生道路上一步一步地走了七八十年,摔下去又爬起来,虽然到现在还毫无成就,可是脑子依旧清醒,还能够辨别是非。让孩子习惯用自己的脑筋思考,父母可以树立榜样,老师也可以树立榜样,主要是以身作则。不论是家庭教育,或是学校教育,二者都有责任教孩子懂得怎样做人,怎样同人们友好相处。在这个基石上建筑起来的知识的大厦才是牢固的。

教育已经成了大家关心的"热门话题"。人们好像懂得了什么是"立国之本"。可是刚刚承认教育是"立国之本"以后,就听见这样一句话:"我们没有钱"。好像人没有钱,就可以在"本"上少花几文,反正孩子是未来,我是现在,只要自己过得舒适,未来自有别人负责,目光短浅的人常有这种想法。可是聪明人都知道"种瓜得瓜,种豆得豆",种西瓜,收不到玉米。不在教育事业上下本钱,办好学校,只是把书本塞进孩子的脑子,让孩子也跟着我们满口"中华民族"、"炎黄子孙"、"悠久历史"、"灿烂文化"……这些豪言壮语究竟有多大的作用,我很怀疑。根据八十年代年轻人的想法,靠祖宗吃饭并不是有光彩的事情,何况遗产也剩得不多。我们光吃老本,不在下一代人身上花点功夫,花点力气,搞好基础教育,提高他们的文化素质和道德观念,只图目前省钱省事,这样下去,有一天会后悔莫及。是的,后悔莫及。今天大家都埋怨"社会风气坏",我想起了"十年浩劫",我还记得拿着铜头皮带打人的初中学生怎样把我们一家关在卫生间里。我也忘记不了在巨鹿路作协分会十四五岁的孩子拿着鞭子追打我,要我引他到我家里去。我常常向自己发问:怎么会发生这种事情?我现在才明白这就是没有搞好教育的后果。在那些年里知识是罪恶,读书人成为贱民,学生批斗老师……人一下子就变成了兽,我看得太多了。为了这个我们几代人受了惩罚。为什么社会风气坏?人们归咎于公民文化素质的降低,这还不是没有搞好教育的结果!?岂但是没有搞好教育?明明是不想搞好。不然怎么会有这样的事情:长官修建楼堂馆所,中小学生却在危楼中上课;城市大修高级宾馆,开设舞厅茶座,学校老师却过着艰苦的生活?! 有了钱就有了一切,搞活经济就搞活一切,有这样想法的人为数不少。他们牢牢记住一句古话:"衣食足而礼义兴。"以为钱多了,道德、文化就跟着源源而来。能赚钱的才对国家有所贡献。无怪乎到处都听见人吱吱喳喳,什么全民皆商论、读书无用论……等等等等,仿佛所有东西都可以用来作"有偿服务",换取奖金。这样下去,即使大家都学会经商赚钱,没有办好教育,没有提高公民素质,也培养不出社会主义文明的建设者。德国和日本战后经济复兴实现得那样快,就是因为基础教育搞得好,他们重视这个"本",他们尊重知识,也尊重传播知识的教师。倘使反其道而行之,以为自己可以随意玩弄历史,结果一定会得到历史的惩罚。据我看要改变社会风气,还是要从基础教育着手,也只有从基础教育着手。

　　……

武强屋顶秘藏古画版发掘记

一场三十年来罕见的冷风急雨,把我们这次田野抢救逼入困境。但我们没有退路。因为秘藏在一座老宅屋顶上的武强年画古版等待我们去发掘和鉴定。此刻,这批古版危机四伏,一些文物贩子正伺机把它搞到手。据说当地政府已经派人去看守这座废弃已久、空无人居的老宅,他们守得住么?这更促使我们尽快驰往武强。

缘　　起

为了这批古版,一年里我已经第二次奔到武强。

去年(2002 年)年底,在一次民间文化抢救座谈会上,偶从河北民协主席、民俗学者郑一民先生口中得知,武强某村一处民居的屋顶上藏着许多年画古版。但郑一民所知也只是这短短一个信息。此外一切空寥不闻,甚至连这村名也说不出来,对我却是一个极大极强的诱惑。这到底是怎样的村落与人家?秘藏古版是何原故?现况如何?有多少块版?哪个年代的刻品?有无历时久远和精美珍罕的画版?一团美丽的猜想如同彩色的烟雾变幻无穷地盈满我的脑袋,朦朦胧胧又烁烁发光。在如今古画版几乎消泯于大地的时候,哪来的这么一大批宝贝?郑一民告诉我一个金子一般的消息。

春节前 1 月 22 日。我由内丘魏家村和南双流村考察神马后,旋即奔往武强。目标直奔这批神秘的古版。在武强,见到主持年画工作的县委副书记于彩凤和武强年画博物馆馆长郭书荣,便知这是他们按照中国民间文化遗产抢救工程的计划对武强年画进行拉网式普查时,由一位聘请而来名叫吴春沾的民间艺人在县城西南周家窝乡的旧城村发现的。据说这老宅的屋顶上整整铺了一层古版!但他们却像碰到一个薄如蝉翼的瓷碗,反倒不敢去碰一下。为什么?一是不知这房主到底是怎样一个人,会有怎样的想法与要求,弄不好"狮子大张口"怎么办?二是担心消息走露出去,被那些无孔不入的文物贩子得了讯息,暗中下手把这些宝物"挖"走。我说我很想去看个究竟。郭书荣笑着说:"你要去,就会把事闹大了,把文物贩子全招惹来了。"我笑道:"我先忍下了。你们可要抓紧。一切都要秘密进行,千万别再透出风声。"说到此时,心里真有一种古洞探宝那样紧张兮兮之感,就像少年时读史蒂文生《宝岛》时的那种感觉。

我对武强人的文化责任是放心的。早在八十年代,他们便先觉地察觉到,农耕文明正在从田野大规模而悄无声息地撤退。他们动手为先人建起了一个很舒适又精美的殿堂——武强年画博物馆,以使退出历史舞台的年画永远安居于此。直到今天武强年画博物馆仍是国中规模最大、设备最为优良的专业的年画博物馆。所以,在和他们分手时,我没再提那古版,只是用手指一指头顶上,暗示屋顶——秘藏。这二位讲求实干的武强人辄用点头回答我。头点得很坚决。当然也为了叫我放心。

此后数月,尽管天南海北的奔波,心中却总觉得什么地方有块小磁石微微又有力地吸着我——就是这武强的古版。每逢此时,我便会抓起电话打给郑一民,探询情形,并请他快快了解此事,以免夜长梦多,节外生枝。我知道这位燕赵汉子的脾气急,做事风风火火,而且一定要有个圆满结局。然而在这件事上却似乎有点"障碍"。每次催他,他只是回答我:"快了。快了。"一直到 8 月蔚县召开的全国剪纸抢救专项工作会议上,郑一民才笑吟吟对我说:"房主已经同意献出这批古版了。再告诉你一个好消息,不是一间屋而是两间屋的屋顶上全是古版。这家人是武强一个年画世家。版子全是祖传的。等这个会一开完,我就去武强亲自把发掘一事敲定下来。"后来才知道,郑一民为此事已经由石家庄到武强往返跑了五六趟。我们中国民协这些人真是棒极了!

然而就在武强那边紧张地筹备古版发掘时,我在天津忽然接到杨柳青年画艺人霍庆有师傅的电话，说一个古董贩子悄悄告诉他河北武强有个人家的屋顶藏着许多老版，问他要不要。霍师傅是杨柳青仅存无多、传承有序的艺人，"勾、刻、印、画、裱"全能，而且比一些文化人还有文化眼光，多年来一直致力于古版的收集与收藏。他身边总有几个耳目灵通的古董贩子，给他通风报信。他说，贩子说了，只要他肯出钱，一准给他弄来。我一听便急了，赶紧给郑一民通电话。这才知道武强那边也听到古董贩子入村打探并频繁活动的讯息。当地政府也说话了，决不叫贩子们得手！正在派人将这幢老宅看守起来。看来这"抢救"真有"抢"的味道了。

现 场 考 察

10 月 10 日中午我们在雨中抵达武强。

吃几口饭填了填肚子便要去旧城村。一是心急，想尽快看看这个诱惑了我近一年的神秘莫测的老宅，同时见一见这户主动献版的年画世家，虽然郭书荣领导的武强年画普查小组已经对贾氏家族做了深入又详细的调查，但出于写作人的"职业习惯"，我还是把实地感受作为第一位的。另一个原因是众多媒体，闻讯正由全国各地赶来。单是中央电视台就来了两个组，还有山东、湖南、河北，以及香港凤凰电视台的记者及各地报纸的记者，都已人马俱到。按照计划将在明天(11 月)上午发掘古版，我担心到了那时，人太多，看不到这老宅平时的真正模样，也无法发现未知而重要的细节，故此我要捷足先行。

随我同往的是此次同来的几位年轻人。有山东电视台著名民俗影像专家梵宇，《天津日报》文化记者、作家周凡恺，《今晚报》文化记者高丽以及两位助手。当地政府为我们准备一辆越野吉普车，每人一双又黑又亮的高筒胶靴。因为自清晨以来，小雨转为中雨，村路皆为土路,遇雨成泥。车子不能直接到达旧城村,至少还有几公里的泥路要靠步行。

果然,离开县城不远就没有柏油路了。开始路面还硬,但在拐进一条很窄的如同田埂的小路时,已经完全成了烂泥,凹洼处全是积水,而且雨还在不停地下着。驾车的司机原想尽可能往前开,接近村子,使我们少走一些泥路。但不久我们的车滑下路面,陷入松软的麦地;另一辆车干脆扎入沟中。大家换上胶靴,改为步行。我的麻烦是脚太大,靴子太小,至少短五公分,如同"三寸金莲"。一位同伴急中生智,叫我用装胶靴的塑料袋套在脚上。这样,我们走在烂泥路上,形同一伙乞丐,而且脚底极滑,左歪右晃,大家笑我,说我是"丐帮的首领"。然而人人都是顶风冒雨,湿衣贴身,湿发贴面,歪歪扭扭跋涉于泥水之中,哪个好看?于是,相互取笑,不知艰辛,渐近村庄。

远看旧城村,真是很美。这里原本是中古时期武强县城的所在地,后被洪水淹没,县城易地他处,此地遂被渐渐遗忘。由是而今,时隔太久,繁华褪尽,已退化为燕赵腹地一个人口稀少、毫无名气的小村庄。也许正是偏远冷僻之故,才更多地遗存着农耕时代原生态的文明。

小小的村落,稀疏又低矮的房舍,河水一般弯弯曲曲的村路,大半隐藏在浓密的枣树林中。枣儿多数已经变红,还没打落,艳红的小果挂满亮晶晶的雨珠,伸手就可以摘一个吃。

我想,倘若晴天里,这大片大片的枣林一定会更绿,阳光下的红枣个个都闪亮夺目,黄土的村路踩上去也必定既柔软又温馨。可是此时在雨里——它不是更美吗?在细密如织的雨幕后边,一切景物的轮廓都模糊了,颜色都淡化了,混成朦胧的一片。旧城村就像一幅水彩画。

我们的目标不难找,就在村口处。外表看有点奇怪,是一幢挺大的红砖房子,平顶,女儿墙砌成城堞状,形似城堡。房子并不老,机制的红砖经雨水冲刷,反倒像一座新建的砖房。但走进院门,却似进入另一个历史空间。一个长条小院,阴暗深郁,落叶满地,墙角扔着许多废弃的杂物,野生的枝条乱无头绪地从这些杂物的缝隙中奋力地蹿出来,形似放歌,有的长长的竟有小树那样高。房屋坐北,一排五间,中间是堂屋,两边东西两间,再靠边左右各一间小小的耳房。窗子作拱状,墙是老旧的灰砖,墙皮已风化和碱化,与外墙的红砖一比,一里一外一新一旧,截然不同。在院里看分明就是个老宅子了。这使我颇为诧异,为什么要在老房子外包一层新砖,伪装吗?为什么要伪装?那秘藏的画版就在这怪房子的屋顶上呀!

《九九消寒图》中的"六子争头"是武强年画特有的一种文化

郭书荣馆长请来这房子的主人贾氏兄弟振川、振邦和振奇。经他们一说便知贾氏原是旧城村中传承很久的年画世家。从事年画至少六代。贾氏最辉煌的年代应是太祖父贾崇德时期。那时,贾家在本村和县城的南关都有作坊,店名叫做德兴画店,年产二百万张,远销到山西榆次和陕西的凤翔。太祖的大业传至祖父贾董杰一代，便遭遇到日本侵华和国家动乱的时代，贾氏年画发生由兴而衰的转折。待到贾董杰把家产分给自己的两个儿子贾增和与贾增起时，最珍贵的东西便是五百二十块古版了。

年画的生命是印画的雕版。贾家人只印不刻，画版就是饭碗。故而，贾振邦对我说：画版养活了他家一代又一代人。

贾增起就用他从祖辈继承的二百六十块木版，一直印到二十世纪五十年代。后来，随着时风的变迁，年画的衰微，他无奈地放弃了画业。然而放弃画业却不能放弃画版。他一生经过许多战乱，每逢战乱都把画版埋起来，设法保住。武强地势低洼，时有洪水袭击；遇到洪水来临，便把画版搬到高地上，昼夜看守。可是，自打贾增起不再印画，专事务农，这批画版的存放便成了问题。直到1963年，一次大水过后，家里翻盖房屋时，索性把这些画版藏在屋顶上。好像只有放在这个旁人不可能找到甚至想到的地方，才会感到安全。谁料正是藏在这绝密之处，这批古版才躲过了凶暴的"文革"。全国各地的年画古版绝大部分都是在"文革"中销毁的。有的画乡是把全乡上千块版堆起来一把火烧光。至今，武强年画博物馆中还保存着一块"文革"时人们被迫用菜刀削去凸线的画版呢——它刻骨铭心地记载着民间年画的劫难史！

为此，每当房子的外墙破裂出现问题时，贾增起决不拆房重建，他怕顶上的古版"露了馅"，便想个主意，在老房子外边包了一层红色的机制新砖，索性把这座秘藏古版的灰砖老屋包在其中，隐蔽起来。在河北乡村，房子是忌讳内外两层，形似棺椁。但他宁愿犯忌，也要使古版安然无恙。

贾增起于1992年去世。此后，儿子们都搬到外边成家，这老宅院便无人居住，屋中堆满在漫长的生活中不断淘汰下来的杂物。待贾增起的儿子贾振邦打开房门，请我们走进去，一瞬间的感觉真像一个世纪前第一批探险者进入敦煌的藏经洞那样。几间屋中是那些随手堆在那里的破柜子呀、手堆车呀、乱木头呀、小碟小碗呀、壶帽呀、木杆木棍呀等等，全都蒙盖着很厚一层灰尘。郑一民说，他们前些天钻进这屋子时，蜘蛛网多得吓人，他们用了不少时间才把满屋的蜘蛛网挑去。但此时角落里还有一些蜘蛛网在我们手电筒的照射中闪闪发亮。

我最主要的目的是把秘藏屋顶上古版的状况弄明白。经贾氏三兄弟介绍，这一连五间的屋顶都是用胳膊粗的树干作为椽子架在梁上。树干是自然木，歪歪扭扭，很是生动。椽子上是一层苇席，苇席上是一层画版。据贾振邦说画版上是一层黄土，黄土上是一层砖，砖缝勾灰，以防雨水。

当年贾增起秘藏这批古版时是颇费心机的。他把古版放在屋顶下边，以使画版存藏安全；画版下的苇席，一为了遮掩，一为了透气。据说最早还用棉纸吊了一层顶子，现在吊顶已经脱落。在贾振邦的指点下，仰头而望，从一些残破的席子中真的看到藏在上边的几块古版的边边角角。有的发黑，却能看见版上雕刻的凹凸；有的则是红色或绿色的套版。这令我惊喜至极。一年来一直惦记的宝物就在眼前和头顶上。几乎是举手可得呢！

经查看，这五间屋中，中间的堂屋由于平时常有外人来串门，故顶上没有藏版。两边的东西两间及里边的左右耳房比较私密与安全，古版藏入其顶。用目测，东西两间各十平米，耳房三平米。倘若将画版铺平，应为二百至二百五十块！

除去画版，在堆积屋中的杂物里，还有两辆当年贾家先人外出卖画时使用的独轮手推车。这使我马上想到，武强人那首当年推车进京卖画时边走边唱的"顺口溜"：

彭仪门，修得高，

大井小井芦沟桥，

芦沟桥，漫山坡，

过了窦店琉璃河，

琉璃河，一道沟，

十二连桥赵北口，

赵北口，往南走，

过了雄县是郑州，

郑州城，一堆土，

过了任丘河间府，

河间府，一条线，

过了商林是献县，

献县大道铺得平，

一直通到武强城。

　　心里一念这顺口溜，眼前的车子好像"吱吱呀呀"活了起来。

　　贾振邦说："这辆车推活我们一代代人。后来父亲不印画了，就用这辆车去县城赶集，卖菜，换鸡蛋，供我们哥几个上学，念初中，高中。父亲说再苦再累也得供我们上学……"说到这里，凄然泪下。

　　其兄贾振川告诉我："这车子左右两边，原来还有两根棍儿，已经掉了。上边各写一行字，即'远近迟迷逍遥过，进追遊还遇道通'。每个字中都有一个'走'字。"

　　这两行字显然是武强人远出卖画时的心中之言。既有默默的企望，也有一种自由与潇洒；还有一种武强人特有的文字上的智慧，这在武强年画（如半字半画的对联）中表现得十分鲜明。

　　屋中另一件值得注意的是几件废弃的箱柜。柜子上的顶箱，里里外外全糊着花花绿绿的年画。细看都是"灯方"。显然，当年由于顶箱残破，就用印废的年画粘糊。这个细节，足使我从满屋七零八落的东西——这些历史的残片想象出昔时一个家庭式年画作坊的彩色图景。郭书荣说，前些天他们还从这柜子里发现一卷文书呢。

待贾振邦拿来一看,颇是珍贵。三件文书一为买地契约,二为分家的契约。买地契约为咸丰元年(1851 年);分家契约一件为民国六年(1917 年),另一件被鼠咬,年代缺失。值得注意的是,这两件分家契约在提到画版时,都有一句话是"本画版只许使,不许卖"。

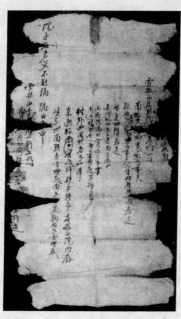

祖宗留下的"分家契约"上,
明文写着"画版只许使不许卖"

在传承的意义上,这句话很像宁波天一阁范氏家族的"代不分书"。表现武强人对画版的珍重。也说明画版在民间文化上具有重要的传承性。因而,守住画版是武强年画艺人们的一个坚定不移的传统。正由于这句话,这批顶上画版历尽凶险,保存到了今天!

从前一件文书(咸丰元年)看,立约一方为贾崇德。贾崇德的父亲贾行礼肯定生活在道光年间,如果还早——便是嘉庆。那么这顶上秘藏之版会有嘉道的古版吗?如果贾行礼一代手中还有来自他的先人更早的古版呢?此时,我对屋顶上的古版已充满神奇美妙的猜想了。

为此，在第二天发掘古版前的新闻发布会上，我说："这顶上秘藏古版最大的悬念是有没有清初前三代的古版，倘若有，就是民间国宝。"

发　掘

10日晚，冷雨彻夜未停。我给京津的亲友们通了电话，方知数十年未遇的寒流正笼罩着我们这次田野抢救。

11日清晨。得知由京、津、鲁、楚等各地闻讯而来的专家与记者已有百余人。星夜里赶至武强的有著名民俗学者白庚胜和民间艺术专家、中央美术学院教授薄松年先生。薄松年先生的到来将使这次古版的鉴定更具权威性。但老先生早已年过七十，居然冒雨而来，令我感动。此时，雨未停，风又起。我拟建议发掘一事改期。但记者们的积极超出我的想象。《东方时空》、山东电视台以及凤凰电视台的记者们连早饭也未吃，揣些干粮在衣兜里，就扛着机器奔往旧城村。争取在大批发掘人员与记者们到达之前，占得最佳机位。

早饭时，我对薄松年教授说："道路很滑，您不要去了。"

薄松年教授说："不，我一定去。搞田野调查怎么能不下去？"他很坚决。

我与郑一民和县政府有关人士经过紧急又短暂的讨论，决定按原计划今日上午发掘，下午鉴定。但要注意几点：

1. 要保证发掘出来的古版不遭受雨淋。

2. 每块版出土都要编号。

3. 确保现场所有人员的安全。

大队出发时，当地政府为大家又准备了一百双胶靴，竟无一剩余，可见人们对发掘过程的关切。

我因昨日去过现场，没有再去。而是去武强年画博物馆看馆藏的古版。我想更多地了解武强画版的题材种类、不同时代的风格，以及刻版的手法，好为下午的鉴定做相关的准备。

武强年画博物馆已经整理出来的古版有三千七百八十八块，包括套版。其中二级文物四十件，三级文物九十件。在近期对年画产地拉网式的普查与抢救中，又获得一些古版，尚未清理出来。已整理好的古版均整齐地放在柜橱与书架上，只是还没有实行计算机的管理。武强年画博物馆的藏版数量在中国各个产地中应占首位。这表现武强年画资源的雄厚和他们对自己文化的珍重与经意。

在发掘现场那边，进行顺利。后来我通过梵宇的现场录像看到，发掘时首先除掉屋顶的砖层，砖块下边的一层黄土很厚，达三十多公分。发掘人员除去土层，再用瓦刀小心而轻轻地将画版一块块从土里取出，有如发掘古墓中的随葬品。然后依次编号，装入事先备好的硬纸夹，再装入防雨的塑料袋中。

然而，遗憾的是，由于房子历时太久，顶上砖层的灰缝早已开裂，长年渗入的雨水或融化的雪水，浸湿了土层。武强的土是黏土，一旦渗入水分，很难散发。尽管当年贾增起藏版时将雕刻的一面朝下，但木版很怕水与土，故而背面大多朽坏，严重者糟烂不堪，面目全非。西边房内用纸吊顶棚，比较透气，尚有一些古版较完整地保存下来；东边房内的纸吊顶棚坏掉后，改用塑料吊顶，水气闭塞在内，致使顶上藏版全部腐烂，无一幸存。这是事先全然不曾想到的。也是任何考古发掘都共有的一条规律：结果无法猜，只有打开看。至于这次发掘成果究竟如何，还要到下午的鉴定会上才能做出评估。

鉴　　定

下午三时，在武强年画博物馆正门前的走廊上，摆放一条十多米长的巨型桌案。被发掘出的贾氏秘藏年画古版,整齐地平放在桌面上。总共五十二个硬纸夹,纸夹上有编号。内放画版一百五十五块。等待着专家们一一鉴定。记者们里三层外三层地围着,心情兴奋又焦迫,想看看这中间究竟有没有"宝物"。

参加鉴定的专家共七位。有薄松年(中央美术学院教授)、白庚胜(民俗学家)、郑一民(民俗学家)、郭书荣(武强年画专家)、张春峰(武强年画专家)、崔明杰(衡水市文化局专家)和我。

经过近一个小时对这批古版的反复观察、研究、比较,我大致得出以下的结论:

1. 旧城村贾氏秘藏的古版约为三百块。由于东边藏版全部朽烂,损毁一半左右。

2. 已发掘出的古版一百五十五块。因朽坏而面目全非者占五分之三,套版占五分之一,线版占五分之一。由于武强画版多为窄条木板(宽约二十公分)榫接而成,一些线版,仅为半块。完整和较完整的线版为十五块。

3. 此次发掘的古版,没有神马和神像,如最常见的"灶王"与"全神",一块版也没见到;没有"门神";没有武强年画中最具特色的"灯方"和"窗花"。在体裁上,多为四裁或三裁的"方子",也有少量的贡笺,因为这种贡笺的大版都是木板条拼成的,其中一些部分朽毁,故皆残缺不全。

此次发掘的古版在题材内容上颇为丰富。经过初步考辨,已知有娃娃戏、戏剧画、吉祥画、美人图和社会风俗画等。

4. 由于画版表面都有不同程度的侵损,很难从视觉上观察古版的年代。确认年代的依据主要是两条:一是画面的内容与风格;二是刻版的时代特点。经与专家们讨论,后又做了进一步研究,对较完整的十五块线版做出初步鉴定:

序号	发掘时纸夹号码	画 名	体裁	鉴定年代	画店名称	备 注
1	20	美人图	对幅	咸同	盛兴店	只有右幅
2	5	美人（富贵）	对幅	清末	复盛兴	只有左幅
3	36	乐鸽图	三裁	同光	盛兴画店	
4	28	钱能通神	三裁	咸同	盛兴店	
5	49	鹊报佳音	四裁	清末	东兴号	
6	8	三鱼争月	三裁	咸同	盛××	
7	6	万象更新	门画	同光	盛兴	右幅
8	10	猫蝶图	三裁	同光	盛兴画店	
9	13	盗芝草	四裁	清末	盛兴画店	局部有残
10	45	游西湖	贡笺	同光		只有一半
11	35	忠心保国	三裁	清末		
12	26	双官诰	三裁	清末	盛兴画店	
13	39	蝎子洞	四裁	同光	盛兴店	
14	22	指日高陞	三裁	民国癸丑（1913年）	盛兴画店	
15	44	合家出行图	四裁	民国		

20

我对这批古版总的评价是，数量颇大，在当前我国年画生态日渐势衰、遗存所剩无多的情况下，有如此大宗秘藏古版的面世，令人惊喜。遗憾的是，那时村人保护手段极其原始，故绝大部分都已受潮朽烂，损失惨重。然而，从幸存的较完好古版看，收获仍很可观。从三方面说：一是有的年画题材虽然曾有运用，但此次发掘的古版的画面绝大部分未曾谋面，故有版本（或称孤本）的价值；二是一些古版雕刻甚佳，刀刻线条，如同笔画，婉转自如，极富表现力，应为雕版中的精品。如《乐鸽图》和《万象更新》。三是在年代上，下限为民国初年，上限可至清代中期。如《美人》和《钱能通神》，形象古朴，刀法纯熟，刻线柔和又生动，再晚也是清代中期的刻品。另一幅《三鱼争月》，尤使我关注。就其"三鱼争头"的图像而言，在各地年画都未曾出现过。倒是在中古时代的壁画和侗族石刻中有此形象。此外，无论是构图还是构思，都具有嘉道或更早一些的特征。对这幅画我已在另一篇《古版"三鱼争月"考析》中详细道来。对这批发掘的古版的初步研究，也在《贾氏古版解读》一文中做了周到的阐述。

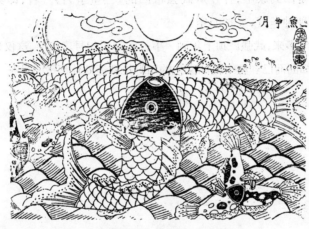

此次发掘的古画版《三鱼争月》

这次发掘古画版收获颇大。一方面，它将为武强年画乃至中国民间年画的遗存增添一份沉甸甸的财富。另一方面，也是使我更为感动的——则是来自全国各地的记者们，和我们一起跋涉于泥泞之中，顶风冒雨，绝无退缩。在"媒体指导生活"的时代，他们有此文化热忱与文化责任，乃是民间文化之幸事，也是我们所盼望的。因故，我建议武强年画博物馆将刚刚发掘出的古版，择选两三，刷印若干，赠予诸位专家与记者，作为纪念。同样受到了感动的郭书荣馆长立即应允，于是带着田野芬芳的古版年画便纷飞到众人手中。

此次田野作业可谓十足的艰辛。由武强返津路上，风雨大作。我们一行人分乘两部车，车身被狂风吹得摇晃——后来才知道河北沿海正遭受一次猛烈的风暴潮。偏偏行到中途,一部车子竟无端熄火,必需众人一齐推车助力,才能发动,但走不多远又熄火停车。于是大家一次次去推,个个浑身被冷雨浇透,鞋子灌成水篓。以致到了青县一家乡村饭店烤火与喝姜汤时还在冻得发抖。田野抢救真的这样艰辛么?

可是回到家中,打开从武强带回的《三鱼争月》一看,即刻满心欢喜。种种辛劳,一扫而空。

半年多来,武强屋顶上年画一事就此划了句号。然而,这仅仅是一个小小插曲而已。整个民间文化的田野抢救还处处都是问号呢。

癸未手记

我从零四年的生命蛋糕中切一块给了《收获》，来写这个名曰"田野档案"的专栏。这便使我得以在终日未已的奔波中停顿少时，将癸未这一年堆满心中的那些非凡的见闻，以及所感所思，记录下来，也享受一下久违的书房特有的静寂与深邃。

书房是安顿心灵的地方，一如窗外的大地是无边的冰雪的下榻之处。

白雪是大自然特有的最美的植被。人在它的上边还可以用足迹证明自己的思想。写诗。

南乡三十六村

阳历年初，农历年尾，大年追近，心切难抑。原由是年文化具有时间性。濒危将亡的年画只有在这短短的一段日子里，才会把它仅存无多的活态充分显露出来。于是抢在"中国民间文化遗产抢救工程"启动之前，我们加急地召开"全国木版年画普查工作会议"。在与全国各地年画工作者聚首谈过，并将刚刚拟好的"普查提纲"发给大家之后，旋即组织一行人马，纵入身边著名的画乡杨柳青镇。

近数年，逢到腊月我都会到镇上来，想亲眼看着这个曾经五彩缤纷地覆盖了整个中国北方的杨柳青年画，怎样一点点悄无声息地死去。如今镇上真正的年画传人只有玉成号霍氏一家，两男一女都已年过五十。其"勾、刻、印、画、裱"，全然保持着本地正宗的传统与艺术的真谛。其中霍庆有似乎比一般民艺学者更具文化眼光，一直致力于收集散落民间的年画遗存，并在他家小小的四合院内的回廊上充满诱惑地展示出来。然而，今年我们一入古镇，却好像这里刚刚刮过一阵全球化的飓风。

一座超级的流行于当今中国城市的大广场雄踞在古镇中央；一排无比巨大的罗马柱贯通东西；石家大院那一带高墙深院的历史街

区已经被一条红红绿绿、旅游化的仿古街所代替。霍家那个沿河的、半掩在树荫下的小宅院玉成号呢？找了许久，才知道不久前已经拆除。家庭式的作坊已不复存在，弟兄几人分道扬镳。霍庆有搬进一座由香港设计师建造的洋楼里。去年我来镇上追寻《五大仙》的绘制者时，还到玉成号串过门呢，但如今好像被蒸发掉了。一千年的古镇就如此鬼使神差地在转瞬之间一扫而光？

抢救的急切感顿时冲上心头。无疑，这件事已经进入"倒计时"。我把人马一分为二。一半人全力搜寻镇上的遗产，另一半人去对镇郊的南乡三十六村进行拉网式普查。看看田野之间还残余着多少农耕文化。

一二百年前，在杨柳青骄傲地作为闻名天下的画乡时，这南乡三十六村乃是镇上大大小小画店或版印或手绘的加工基地。各乡农人几乎都能画一手好画，人们说"家家能点染，户户善丹青"，这是指这南乡而言。一入腊月，北至东三省、南抵中原各地的画商们，都云集于此。他们将成捆的艳丽五彩、活灵灵的年画，装上马车或运河里的货船，像运送粮米那样一车车拉到远近各省。俄国著名的汉学家阿克列谢耶夫在《1907年中国游记》中曾经详细记载过他在这画乡被震惊得目瞪口呆的种种见闻。

然而，始自辛亥，中国人的生活向近代文明转型，年画随之衰落。日本军队扫荡南乡，应是一个促使这片神奇的土地快速走向荒芜的转折点。再经过"文革"的暴力摧残，及至八十年代，本地一位名叫张茂之的乡土文化工作者对南乡三十六村做过一次田野调查。在那个时候，其中十多座村庄的年画作坊就完全绝迹了。这中间包括周李庄、南赵庄、薛庄子、董庄子、康庄子、房庄子、东流城、小甸子、大沙窝村等。由是而今，又过了二十年。情景复如何？

一入南乡，雪就下来了；走着走着，雪不但没停，反而下得愈来愈紧,落在肩上"沙沙"的真的有些声音了。

这南乡三十六村看上去彼此极为相似。砖的或土的房舍,东一个西一个的水塘,横七竖八的沟渠,丛生的杂木,平平淡淡的田野……本来就连成一气,此刻大雪的白色又把它们浑然地涂成一体;再加上这种昔日的文明为之荡然的失落感,更显得一片苍凉!

我们撒下大网,慢慢拉上来一看,几乎是一张空网!在那些二十年前年画就已尽绝的村落里,更是毫无收获。当年健在的老艺人如今大半已经作古。我们访到的艺人只有区区的四位,也都是七老八十。

第一位名叫房荫枫。七十三岁,原住张窝,后迁入房庄子,搬进公寓式商品楼。他手绘神像极精,尤其是《五大仙像》,恐怕是绝无仅有的了。但他现在兴趣转向了中国画,基本上与年画绝缘。

第二位名叫杨立仁。八十二岁,住南赵庄。清代中末期其家开设的"义成永"画铺名噪南乡。雇工二十人,一人一天印一千张"画坯子"。北京城门上贴的八尺巨型门神就出自他们杨家。民艺专家杨先让先生自美国来信,说他曾在波士顿发现一幅巨型门神,极为精美,但不能断定它的产地。我回信说,杨柳青挨近京都,故有一种巨型门神专门供给京城的城门与王公贵胄的宅门使用。其他产地都不制作这种巨型门神。

杨立仁家的古版曾经满满地堆了三间屋,却全部毁于"文革"。他至今珍存的几套灶王和一块《八仙》老版是冒着危险,藏在干燥的灶膛里,才躲过劫难,幸存至今。其中一块《独灶》(30×20公分)线刻极精,流转自然。但随着祭灶风俗的衰微,这种年画的市场正在快速地萎缩,眼瞧着就退出生活了。近些年,逢到祭灶之前,年过八旬的杨立仁都要挽起袖子,挥刷使墨,每种印一百张,却不去卖,不过是过一过手瘾送送人罢了。

第三位名叫董玉成,七十八岁,住古佛寺村。这位老画师是此次普查发现到的,尤使我惊喜的是,前些年我在杨柳青镇地摊上发现的《双枪陆文龙》、《大破天门阵》、《合家欢乐过新年》，原来都是他的作品。他属于写意性质的"粗活"，半印半画，风格十分率真与浑朴。他家中还有一块老版《大年初二回娘家》（53×78公分），是我首次见到的风俗画品。足见此地对"回娘家"这一风俗的重视。董玉成代代都是农人，农忙耕地，农闲画画。人生得肩宽胸阔，腰板硬朗，一望而知是庄稼地里的好手。但今年他停了笔。他说感觉自己画不动了。是真的画不动，还是买画的人日渐稀少的原故？董玉成的画艺无人承继，他停了笔等于这一传承脉络的断绝。

第四位名叫王学勤。六十七岁，住在地势低洼一些的宫庄子。善画缸鱼，画风朴实饱满，阳刚十足。颜色里好像加了硫酸，十分强烈和刺激，大红、浓绿、鲜黄、翠蓝，全是原色，原汁原味保持着杨柳青"粗路"年画的本色。他有一间小小的画坊，依我看比任何一位大画家的画室都更加迷人。小炕桌上堆满色碟墨碗，几百枝画笔插在各种筒子里。四面墙壁上密密地排列着如同窗扇的"门子"。在门子的正反面贴上线版的画儿，然后在上边涂红抹绿地着色。于是一大排五彩大鲤鱼在他小屋的四壁上一顺儿地游着，摆着夸张至极的大尾巴，搅起流光溢彩的年意。王学勤像他上边一代代祖辈那样生活与画画。祖传的古版《鱼龙变化·海献蜃楼》（门画48×28公分）和《居家畜贵·百代长寿》（对美48×28公分）一直在他手中珍藏。他家中有个小院，一边是住房与小画坊；一边是小小的粮仓与马棚，养一头骡子。院里堆着草料，几把长杆农具倚墙而立，一棵歪脖小树斜在院中央。他春夏秋三季在田地里干活，待到地净场光，便钻入画坊里印画描画。家里不富裕，画坊里没有炉子，冷如野外，所以他总是把几件褂子杂七杂八一层层地套在身上，好像巴尔扎克在《邦斯舅舅》中描写的执政时期人们爱穿的那种"五层背心"……墨的气味散布在画坊内寒冷的空气里；涮笔用的小缸水面冻了一层薄冰，涮笔时先要用笔杆将冰片搅开；小桌上有一小碗，里边盛着从枯干的荆棘上掰下来的"刺",用来当做"按钉"把需要着色的画儿固定在门子上。每每画完一批,便卸下画,捆成捆儿,用自行车驮到静海、独流、唐官屯等地的集上,一边吆喝一边卖。画价低廉,一块钱卖两张,却往往卖不出去。这便是农耕形态应用性的杨柳青年画最后和最真实的景象了。

站在大雪纷飞的炒米店大街上,我心中全是迷雾。这里曾是南乡三十六村黄金般的年画集散中心。清末民初尚有画店百余家。如今竟了无痕迹,雪天里更是人影寥寥;临街只有零零落落几家乡间饭店与杂货铺,都紧紧掩着门。历史在这里好像没有任何作为。是历史的更迭就是如此绝情,还是我们从来没有把民间文化视为一种精神遗产?

冯骥才在董庄子集市的年画摊上,
找到了年画艺人王学勤

在这样冷的天气里,冰凉的雪花变得硬了,蹭过脸颊有些发痛。

我请同来的电视工作者记录下上述的一切。将"视觉人类学"的视角注入这次抢救行动是这次普查工作的特点之一。我们要记录农耕社会文化终结期的原生态,也要记录一切不能忘却的遗存,无论是物质还是非物质的。

我们的另一支人马在杨柳青镇上的工作成绩颇佳。他们对霍氏家族进行档案化的调查工作。同时,用摄影与摄像记录下霍家人年年腊月底祭祀先辈画工的仪式。还找到一位能用杨柳青口音来唱"白秀英卖年画歌"的七旬老人,也做了文字与视觉的记录。

于是,我们决心将这一著名画乡的遗产普查做到"一网打尽",并在一个月后与杨柳青当地的志愿者牵起手来。

内丘神马

第一次见到内丘的纸马便很吃惊。如此古朴的版画还在印制吗?

待进入内丘这些疑讶便不问自解。

车子行在县城里,我们不知不觉不再说话,眼睛盯在车窗外边。暮色已经深浓,街两边的窗子却黑糊糊很少有点灯的,也没有路灯;垃圾就堆在道边。广告大都是单色的,一块块白板子上用红漆绿漆粗拉拉写着店铺名称。奇怪的是看不见行人,唯一有活气儿的倒只是我们这辆车子了。这使我恍忽想起二十年前去探望沦落在泊镇的姐姐时的那种凄凉。

此刻,我想起自己写过的一句话:愈是穷困和边远的地方,民间文化反而保存得更完整一些,纯粹一些。倘若真的这样,岂不更是悲哀。

我们的文化不是保护下来的,而是被历史遗忘在那里的。我们只不过没有力量去破坏它罢了。

内丘西邻三晋,东望齐鲁,北拱石门,南接邢台,身隔燕赵之地狭长的一角,与晋中峥嵘跌宕的太行山相连。然而,贫瘠的生活总是与灿烂的想象为伴,生出奇异的文化;封闭的世界又使历时久远的文化仍处于活态。而这种存活着的古文化,不只是一种被应用着的形式,更是其内在的灵魂。

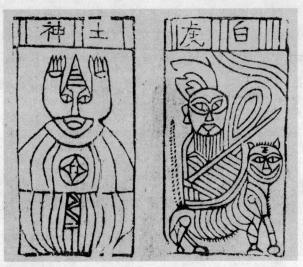

内丘纸马《土神》、《白虎》

比如内丘这里纸马的"万物有灵"。

在遥远的古代,人们对天地万物种种莫测与不解,归结于神灵的摆布。从天上不测的风云,人的祸福,意外的房倒桥塌,椅散梯折,乃至倏忽而至的畜疫与车祸,全认做神灵一时的不快与愠怒。东方先人认识世界的方式是感悟。这种感悟是一种心灵的智能。早在西汉以前,我们的先人就知道用感悟得来的二十四节气来把握农耕的节律了。

于是在人们的想象中,天地万物无一不有神灵的存在。人们把这些神灵画出来,刻印出来,并在除旧迎新的日子里,对他们焚香行礼,表达虔敬,企望未来的日子里事事平安。这便是民间纸马的来历。

能想象得出这巴掌大小的印着古怪形象的纸片上，承载着明天的祸福与安危呢？这粗砺的小画纸原是我们祖先一种庄重的精神符号。

此次对内丘纸马考察的重点是魏家村和南北双流村。内丘有三百零一个村，原本大都印制纸马，自印自用，自给自足。但经过近半个世纪的风云变幻，如今恢复刻印的只剩下七八个村庄（金店镇的魏家屯村、黄釜村、河巨村；城关镇的南双流村、北双流村、石家庄村、前鲁亭村和后鲁亭村等）。魏家屯村的魏进军家世袭此业。以家庭为作坊。印制时，夫妻联手，相当纯熟。魏进军尚有家传老版多种。诸如《连中三元》（30×20公分）、《关公像》（30×20公分）、《祖先牌位》（30×20公分）、《全神图》（30×20公分）等，皆为"大神灵"。只有一种《八仙祝寿图》（11×48公分）属于吉祥图。基本上是清末民初的刻品。

所谓纸马，就是在神像前备马一匹，供神乘骑，故称纸马。内丘的纸马分为大纸马（一称大神灵）和小纸马（一称小神灵）。大纸马是财神、灶爷、全神、门神，形式上与各地的灶王和全神一样，尺寸相同，都是30×20公分左右，也都是套版印刷，没有特别之处。但内丘的"小纸马"却极具特色。

在内丘的先人看来，只要有一种东西，必然有一种神灵在其中。有房子就有上方仙家，有井就有井神，有车子就有车神，有纺布机就有机神，有梯子就有梯神，有道路就有路神，有厕所就有粪神……小纸马上大多是这种万事万物中无所不在的神灵。前边所说在神像前画一匹马，主要是指大纸马；小纸马太小，只有神像，没有马，却也称做纸马，要不神灵怎么来到身边？

印制小纸马的画版通常采用杜梨木或枣木，刮平后雕刻。内丘盛产杜梨。宋代范成大就以七绝一首名曰《内丘梨园》，赞颂过内丘的梨子。小纸马的尺寸一律是10×20公分，单线黑色，但不是墨汁，而是用烟黑加上水胶煮成。如果想换换颜色，不换版色换纸色，印小纸马的纸张是一种价钱极廉的白线纸，通常使用的是黄色和粉红色两种。印刷十分简便。由于画版小，无需套色，印制时只在画版刷些墨色，将纸反铺在版上，不使棕刷，而是用手掌轻轻地边按边抹即成。在南北双流村一些家庭中，至今还用这种极其原始的方法来印制纸马。

小纸马印好，由妇女放在小簸箕里拿到集上，找块空地，铺块土布或硬纸板便卖。远近各乡各县来采买年货的人，谁不顺便请些神灵回去？当地人请神像不能称"买"，而是称"揭"。买纸马称作"揭码子"。人们"揭码子"时，全凭自己的需要。倘若常常出远门，便要揭一张"路神"；家中养牛，则要揭一张"牛王"；梯子出过事，伤过人，就要揭一张"上下平安"的"梯神"。但对于"天地神"、"财神"、"吉神"、"喜神"、"土神"等等，都是必"揭"的。

在三个村子与两个集市上，我采集到的小纸马共三十六种。如下：

门　君	南海大士	地　藏
药　王	土　神	地　母
山神土地	财　神	老　君
喜　神	吉　神	仓　官
行雨龙王	火　神	井　神
青　龙	白　虎	场　神
路　神	车　神	机　神
仙　女	鲁　班	上方仙家
小　仙	师　祖	中梁祖
五　道	鸡　神	猪　神
牛　王	马　王	牛王马王水草
水草大王神	牌　位	梯　神

每一纸马上，除神像外，上方有神名，简明而直观。最有特色的是，神仙的衣衫多用直线和排线，形象高古而怪异。比如土神从鼻翼两边各伸出一条胳膊，向上高举，叫人想起《山海经》中那些异人异兽。然而这奇怪的形象却颇有来头。相传土神在土里行走，故而双臂向上托举着大地；此外《世略》说："土者，乃天地初判黄土也，故谓土母焉。"再看这土神的肚子上有个◉，却正是女阴的符号。

内丘的纸马真的保持着这些古老文化的源头吗？

身在这荒僻的山村里，手捏着这些古老神灵的纸马，我的心忽地一动。如今，当现代科技的声光化电挟持着我们飞奔向前、全然不能自已之时，我们的历史生命在这里竟然如此的稳固与执拗！

此刻，已近年根。此地村人的家中，小小的神灵已经处处可见。大门两旁贴着"路神"与"喜神"，神像前还有一个小小的可以插香的香灰盒；院子正中摆放天地桌，上边的木龛内是"天地三界"，下边则是那双手擎地的土神。房上是"上方仙家"，梯子上是"梯神"，粮仓上是"仓官"，碾房是"青龙"，磨棚是"白虎"，房外是"火神"，房内是"财神"，车子上是"车神"，牛棚马圈上是"牛王马王"，鸡窝的门上是"鸡神"……有的一脸胡须，有的满面春风，有的立眉怒目，有的则神情肃穆，莫测高深。我们来自大城市的人看到这些从未见过的面孔，自然会感到怪异；此地的村人却深知这些神灵的性情与法力，并与之神交已久，心灵互通。在蒙昧的远古，没有科学，不能解释大千世界，人对天地万物全凭感知。物我相通的两极，一边是心灵，一边是神灵。这不是迷信，而正是我们祖先天人合一的方式。此中那一份对美好生活的苦苦盼切不叫我们深深地为之感动吗？

有趣的是，当今内丘的"车神"纸马，上边的神像已然换成一个戴头盔骑摩托的男子，这是他们新造的神吗？不是。它让我们感到现代生活的触角已经伸到了这里——包括对生命的威胁。

内丘的纸马多么敏感！

在中国，内丘与云南大理的纸马是一东一西两个纸马之乡。比较言之，云南多些浪漫神奇，内丘则更高古旷远。云南的画版曲线较多，轻灵优美；内丘的刻工擅长直线，朴拙凝重。内丘虽然与武强相距不远，间有滏阳河牵连，但在刻版上——尤其是小纸马的制作上，刻艺精良的武强对内丘似无太大影响。内丘小纸马的画版都是本地木匠所为。画稿图样代代相传，地域精神沿袭不变。一代代木匠用虔敬之心和粗笨的扁铲与凿子，在木版上挖出这些形象，却一样饱含着一种对生活的忠诚与恳切之情。

然而，这种纸马是应用性的。依照此地习俗，年前请神，年后却无须送神。小纸马贴在墙上、房上、井上、马棚上，任其风吹日晒，自然消失；印画的版子也是磨损便废，没有想到保存它。故而许多古老的纸马早已散佚，很难存留。比如相传"七十二行"的祖师像，随着那些行业与作坊的消亡，大多泯灭于无。故此，在内丘我们就决定将此地纸马列入中国木版年画普查对象，并在日后出版《中国木版年画全集》时将内丘纸马与云南甲马合为一集。

我将"普查提纲"交给他们。请他们尽快成立"普查小组"，并嘱咐他们一定要对全县所有村落进行一次终结性的地毯式的调查。有几种材料一定要通过普查挖掘和整理出来：

1. 内丘纸马营销地区图。

2. 内丘纸马作坊分布图。

3. 内丘纸马总目。

4. 各种纸马的张贴处，风俗内涵及其相关的民间传说与故事。

5. 古版与老纸马的原件。尤其对那些已经不再制作的老纸马要着力搜寻。甚至要做到"捕风捉影"。

癸未年底，在山东潍坊的年画会议上，内丘来人告我，他们已经访到的纸马多达一百二十种。有的已是绝世的孤品。我欣喜难耐，晚餐时特意斟满了酒敬了他们一杯。

拜 灯 山

在燕北那些古村落里,我忽然感觉手腕上的表针停了。时间变得没有意义。历史在这里突变为现实。其实这并不奇怪,中国的现代化还只是神气十足地端坐在各省的一些大城市里,历史却躺在这些穷乡僻壤——尤其是各省交界的地方呼呼大睡。连数百年前那些为了防范"外夷侵扰"的土堡也依然如故。在中古时代多民族征战的燕北,每一座村庄外边都围着一道高高的土夯的墙,像是城墙,它历久益坚,尽管有的只剩下狼牙狗啃般的残片,却仍像石片一样站立着,在今天来看成了一种奇观。一些墙洞和豁口是图走近道的村人钻来钻去的地方,最坚固的是门堡,四四方方,秃头秃脑,好像碉堡,但早都没有了门板。堡门上却清清楚楚写着村名和建堡年号。抬头一瞧往往吓一跳。有的竟是"康熙"甚至"嘉靖"和"洪武",已经三四百岁了。

堡内的历史似乎保存得更好一些。街区的格式还是最初的模样,老屋老宅只是有些"褪色"罢了;一些进深只有数尺的小庙,墙上的壁画有的竟是大明风范;那些神佛的故事画上,每个画面旁边都有一条写着说明文字的"榜书"。最令人神往的是,各个村口几乎全有一座戏台。据说半个世纪前,蔚县有戏台八百座,一律是木造彩绘,式样却无一雷同。数十年来不断地拆毁,遗存仍很可观。只是放在那里无人理睬,任凭风吹雨淋日晒鸟儿筑巢,小孩儿爬上去蹲在里边拉泡屎。

可是这些戏台往往称得上是一座博物馆。戏台两侧的粉墙上,有残存的绘画,有闲人漫题,有泄私愤的骂人话,有当年戏班子随手写上去的上演的剧目,有的还有具体的纪年;甚至还有"文革"期间全村划分阶级成分的名单公告。它们之所以至今还保留在墙上,就是没人把它们当做是一种历史。而现在仍然没人把它当做历史。

在上苏庄村北端一座数丈高的土台上有一座三义庙。庙前的台阶陡直,可谓直上直下。殿前对联写着"三人三姓三结义,一君一臣一圣人"。北方乡间建"三义庙",多是为了从刘备、关羽和张飞三兄弟那里取一个"义"字,来维持人间关系的纯正。但上苏庄村的"三义庙",却多了另一层意义。站在庙门前,居高临下,俯视全堡,细心体会,渐渐就会破解出此堡布局的文化内涵。

据说当年建堡时,风水先生看中一条自东南朝西北走向的"龙脉",如果依此龙脉布局建村,可望兴旺发达。但这条龙脉不是直通南北,怎么办?从八卦五行上看,龙脉的"首"与"尾"都在"土位"上。这便要在"土"上好好做文章。由于火生土,就在南端建造一座灯山楼,敬奉火神,促其兴旺;可又担心火气过盛,招来火灾,于是又在北端建起这座三义庙来。因为相传刘备是压火水星,可以用来抑火。

这样,一个完美的村落就安排好了:堡内中间一条大道,由西北向东南,正是龙脉。南端是灯山楼,北端是三义庙;一火一水。火生土,水克火,相生相克,迎福驱邪。这使我们在不觉间碰到了中国文化中一个最本质的追求——平衡与和谐。

然而这一切,在上苏庄村特有的一个古俗中表现得更为深切。这古俗叫做拜灯山。

灯山是指灯山楼,就是堡南那个火神庙。拜灯山是敬祀火神。敬火神不新鲜,但这里敬神的方式可谓举世罕见。

本来拜灯山只是在每年正月灯节举行。此地的主人知道我们这些来蔚县参加"全国民间剪纸抢救专项工作会议"的人多是民间文化的学者,难得到这里来,便特意为我们演示此项古俗。

拜灯山的风俗分前后两部分。人们先要在灯山楼前举行奇特的敬神仪式，然后去到村口戏台前的广场上看戏听曲，载歌载舞，大事欢庆。

北官堡的灯山楼称得上天下奇观。说是神庙，其实只是一个神龛，灰砖砌成，高达三丈，龛内没有神像，空空的只有一个巨大的梯式的木架。一条条横木杠排得很密。这些木杠是拜灯山时放灯碗用的。平时没有灯碗，只有一个大木架。但绝没有小孩爬进去玩，因为这是神龛。

在拜灯山仪式举行的前一天，先由艺人按照一定的文字笔划在木架上摆灯碗，也就是用灯碗点状地组成特定的文字与花边图案。这些文字构成的吉祥话，是用来表达心中美好与崇高的愿望的。如：五谷丰登，四季平安等等。灯碗是一种粗陶小碗，内置灯捻与麻油。灯楼内的文字年年不同，但艺人严守秘密，村人绝不知道，这也使拜灯山更具神秘性。

天色黑时，全堡百姓走出家门，穿过大街缓缓走向堡南的灯山楼。一路上，跨街挂着的方形纸灯都已点亮。上边饰着彩花彩带，灯笼上写着吉语。如风调雨顺，人畜两旺，国泰民安，和气生财等等。美好的词句渲染着人们的心情。据说，一般挂灯十二盏，闰月十三盏，寓意月月平安。当人们聚到灯山楼前，已是一片漆黑，没人说话，全都立在一种庄重又肃静的气氛中默默等待。

不多时，堡北高处三义庙的灯亮起来，如同启明星，很亮很白。跟着，堡内各处小庙燃灯烧香，神的气息笼罩人间，拜灯山的活动便开始了。三位艺人手持蜡烛，爬上楼内木梯，由上而下将木梯每一横木杆上的油灯点着。渐渐亮起来的灯火连结起来的笔划一点点、一个字一个字地显露出来。顺序而成是四个大字"天下太平"。四字形成，众人欢呼。艺人们将一道巨大的纱幕拉上，遮在外边，里边木梯的影子就被遮住，惟有灯光由内透出，朦朦胧胧，闪闪烁烁，亮亮晶晶，尤其风动纱帘时，灯光分外生动，仿佛有了生命，景象真是美妙之极！不多时，一阵锣鼓响起，由大街北边传来。随着敲锣打鼓，一群盛装艺人们鱼贯来到灯山楼前。主角是由孩子装扮的"灯官"——据说这孩子必得是"全科人儿"。他坐在"独杆轿"上，由四名扮成衙役的村汉抬着。还有一些身穿文武戏装的人物跟在后边。其中一男一女反穿皮衣，勾眉画脸，扮成丑角，分外抢眼。这一行人走到灯楼前，列队，设案，焚香，作揖，施叩礼，敬拜火神，其态甚虔。我暗中观察四周的村民，没有一个笑嘻嘻的，更没人说话，全是一脸的郑重和至诚。在这种气氛里自然会感受到火神的存在。

有人连着吆喝三声："拜灯山喽！"声音是本地的乡音。

跟着鞭炮响起。据说燃放鞭炮，一为了助兴；一为了通知村口戏台那边，表示这边的拜灯山仪式已经完毕，那边的大戏即将开锣。

灯官一行转过身来，经来路返回。随行的戏人开始戏耍起来，刚才那种虔敬与神秘的气氛转为火爆。渐渐的那着装怪诞的一男一女两个丑角成了主角。

村人们都知道这男的叫"老王八"，女的叫"老妈子"。他们演的是"王八戏妈子"。但一般人说不清楚为什么王八要戏耍妈子。与我同来的民间文化的学者也无一能够说得明白。中国的民间文化从来都是这样——我们不知道的远比知道的多。

倘若听当地老人说一说，这两个人物的来历非同小可。他们竟是神话时代的北方之神玄武与玄武的妻子。

玄武在道教中主管北方，所以北方百姓对玄武尤其崇敬。然而，在中国的民间，人们对自己的敬畏者并不是远远避开，而总是尽量亲近，与之打成一片。敬畏龙王又戏龙舞龙，惧怕老虎却反而将虎帽虎鞋穿戴在孩儿身上。由于传说中玄武是龟蛇合体，民间称乌龟为王八，故戏称玄武为"老王八"。而"老妈子"是此地人对老婆的俗称。这样一来，神与人便亲密起来。人们把老王八的脸画成一个龟面;头上竖一根珠簪,舞动时,珠簪乱颤,好似蛇的芯子;脖子上还戴一串铃铛,一边跑一边哗哗地响。"老妈子"的脸被画成鸟面,头顶红辣椒,手挥大扫帚,两人相互追逐,滑稽万状,尤其到了十字街口供奉火神的灯杆下,有一番激烈的扑打,最后老王八将老妈子拥倒在地,引得人们哈哈大笑。据一位老人说,这不是一般打逗,是表示玄武夫妻在交媾。传说中玄武与妻子生殖能力极强,此中便有了多子多福的寓意,分明是一种原始的生殖崇拜了。对于远古的人,生殖就是生命力;生殖本身就是最强大的避邪。它正是这一古俗里久远与深刻的精髓。在这些看似嬉闹的民俗里,潜在着多少古文化的基因呢?

老王八扑倒老妈子之后,这边的活动即告结束。此时,不远的村口锣鼓唢呐已经大作起来。那边欢庆的气氛与这边快乐的情绪如同两河汇流,顷刻融在一起。大批的人拥向村口戏台。

据说,身后的灯山楼那边,会有一些不孕女子偷油灯,拿回去摆在自家供桌上,传说可以早日得子;还有人举着娃娃去爬灯杆,喻意升高……据说,先前蔚县一带不少村庄都有拜灯山的风俗,但大都废而不存。沿传至今的独独只有上苏庄村。对于拜灯山,我所看重的不只是这种具有神秘感的风俗形式,更是其中那种对命运和大自然的虔敬,和谐的精神,还有亘古不变的执着与沉静。

打 树 花

一直来到暖泉镇北官堡的堡门前,也不清楚堡外民居的布局。反正我是顺着人流、沿着一条九曲十八弯的小街挤进来的。小街上没有灯,到处是乱哄哄来回攒动的人影,嘈杂的声音淹没一切,要想和身边的人说话,使多大的劲喊也是白喊。但这嘈杂声里分明混着一种强烈的兴奋的情绪。有时还能听到一声带着被刺激得高兴的尖叫。这种声音有个尖儿,蹿入夜间黑色的空气里。

北官堡的堡门像个城门。一个村子怎么能有这么大的土城？至少三四丈高的土夯包砖的"城墙"上竟然还有一个檐角高高翘起的门楼子。门前是个小广场。站在城门正对面，目光穿过门洞是一排红灯，前大后小，一直向里边向深处伸延。显然那是堡内的一条大街。这一条街可就显出北官堡非凡的家世与昨天。但这家世还有几人知道？

门前广场上临时拉了一些电灯，将堡门下半截依稀照见，上半截和高高在上的门楼混在如墨的夜色里。一个正在熔化铁水的大炉了起劲地烧着。鼓风机使炉顶和炉门不停地吐着几尺长夺目的火舌。这火舌还在每个人眼睛里灼灼发亮，人们——当然包括我，都是来争看此地一道奇俗"打树花"。我于此奇俗，闻所未闻；只知道此地百姓年年正月十六闹灯节，都要演一两场"打树花"。

当几个熊腰虎背的大汉走上来，人们沸腾了。这便是打树花的汉子。他们的服装有些奇异，头扣草帽，身穿老羊皮袄，毛面朝外，腰扎粗绳，脚遮布帘，走起来又笨重又威风，好像古代的勇士上阵。这时候，人群中便有人呼喊他们一个个人的名字。能够打树花的汉子都是本地的英雄好汉。不久人声便静下来。一张小八仙桌摆在炉前，桌上放粗陶小碗，内盛粗沙，插上三炷香。还有几大碟，三个馍馍三碗菜，好汉们上来点香，烧黄纸，按年岁长幼排列趴下磕头。围观人群了无声息。这是祭炉的仪式。在民间，举行风俗，绝非玩玩乐乐，皆以虔诚的心为之待之。

仪式过后，撤去供案，开炉放铁水。照眼的铁水倾入一个方形的火砖煲中。铁水盛满，便被两个大汉快速抬到广场中央。同时拿上来一个大铁桶，水里泡放着十几个长柄勺子，先是其中一个大汉走上去从铁桶中拿起一个勺子，走到火红的铁水前，弯腰一舀，跟着甩腰抡臂，满满一勺明亮的铁水泼在城墙上。就在这一瞬，好似天崩地裂，现出任何地方都不会见到的极其灿烂的奇观！金红的铁水泼击墙面,四外飞溅,就像整个城墙被炸开那样,整个堡门连同上边的门楼子都被照亮。由于铁硬墙坚,铁花飞得又高又远,铺天盖地,然后如同细密的光雨闪闪烁烁由天而降。可是不等这光雨落下,打树花的大汉又把第二勺铁水泼上去。一片冲天的火炮轰上去,一片漫天的光雨落下来,接续不断;每个大汉泼七八下后走下去,跟着另一位大汉上阵来。每个汉子的经验和功夫不同,手法上各有绝招,又互不示弱,渐渐就较上劲儿了。只要一较劲,打树花就更好看了。众人眼尖,不久就看出一位年纪大的汉子,身材短粗敦实,泼铁水时腰板像硬橡胶,一舀一舀泼起来又快又猛又有韵律,铁水泼得高,散的面广,而且正好绕过城门洞;铁花升腾时如在头上张开一棵辉煌又奇幻的大树。每每泼完铁水走下来时,身后边的光雨哗哗地落着,映衬着他一条粗健的黑影,好像枪林弹雨中一个无畏的勇士。他的装束也有特色。别人头上的草帽都是有檐的,为了防止铁水蹦在脸上,惟有他戴的是一顶无檐的小毡帽,更显出他的勇气。

暖泉镇北官堡的民俗"打树花"

据当地的主人说,这汉子是北官堡中打树花的"武状元"。今年六十一岁,名叫王全,平日在内蒙打工,年年回来过年时,都要在灯节里给乡亲们演一场打树花。

正像所有民俗一样,打树花源于何时谁也不知。只知道世界上惟有中国有,中国惟有在蔚县暖泉镇北官堡才能见到。除去燕赵之地,哪儿的人还能如此豪情万丈!

此地处在中原与北部草原的要冲,过往的行旅频繁,战事也忙,那种制造犁铧、打刀制枪、打马蹄铁的"生铁坑"(翻砂作坊)也就分外的多。人们在灌铁水翻砂时,弄不好铁水洒在地面,就会火花飞溅,这是铁匠们都知道的事。逢到过年,有钱的人放炮,没钱的铁匠便把炉里的铁水泼在墙上,用五光十色的铁花表达心中的生活梦想,这便是打树花的开始。当然,关于打树花的肇始还有一些有名有姓、有声有色的传说呢。

民俗的形成总是经过漫长岁月的酿造。比如最初打树花用的只是铁水一种,后来发现铁水的"花"是红色的,铜水的"花"是绿色的,铝水的"花"是白色的,渐渐就在炉中放些铜,又放些铝,打起的树花便五彩缤纷,愈来愈美丽;再比如他们使用的勺子是柳木的。民间说柳木生在河边,属阴,天性避火,但硬拿柳木去舀铁水也不行,这铁水温高一千三百度呢。人们便把柳木勺子泡在水桶里,通常要泡上一天一夜,而且打树花时每个汉子拿它用上七八下,就得赶紧再放在水桶里浸泡。多用几下就会烧着。湿柳木勺子的最大好处是,铁水在里边滑溜溜,不像铁水,好像是油,不单省力气,而且得劲,可以泼得又高又远。

铁水落下来,闪过光亮,很快冷却。打树花的过程中,常常会有一块两块小铁粒落在人群里,轻轻砸在人们的肩上,甚至脸上,人们总是报之以笑,好像沾到福气,我还把落到我身上的一小块黑灰的铁粒放在衣兜里,带回去做纪念。

有人说,蔚县的打树花至少有三百年,不管它多少年了,如今每逢正月十六——也就是春节最后的一天,这里的人们都上街吃呀,乐呀,竖灯杆呀,耍高跷呀,看灯影戏呀,闹到半夜,最后总有一场漫天缤纷的打树花;让去岁的兴致在这里结束,让新一年的兴致在这里开始。

中国人过灯节的风俗成百上千,河北蔚县暖泉镇北官堡的打树花却独一无二。

王 老 赏

我最初知道王老赏是四十年前。他刻刀下的那些活灵灵的戏剧人物被精印在硬纸片上,装在一个银灰色的纸盒里,让我着迷。我喜欢他那种朴拙中的灵动,还有古雅中的乡土气味。王老赏是较早地登堂入室的一位民间艺人。尽管蔚县剪纸发轫于清代末叶,但王老赏使那一方水土生出的剪纸艺术,受到世人的倾慕。

然而,当我去造访蔚县这块神奇土地时,就不只是去探寻王老赏的遗踪了,我还要了解这个闻名天下的剪纸之乡如今"活"得如何?怎么"活法"?

一入县城,一种商业化的剪纸的气氛就扑面而来。各种剪纸的广告、专门店,以及图像随处可见。

当今,各地方都在用自己的地域文化"打造品牌",营造声势,建厂开店,拿它赚钱。这里也是一样,连王老赏的故乡南张庄也在村口竖一块巨型广告牌,写着"中国剪纸第一村"。

这种景象,比起陕西窑洞里那些盘腿坐在炕上的剪花娘子,在阳光明媚的斜射中,弯弯的眼角含着笑,用剪布裁衣的大铁剪子随手剪出一个个活蹦乱跳的生灵,完全是两种感觉。

可是进一层观察,整个蔚县剪纸已经进入了另一种存在的形态。

首先是此地的剪纸已经进入规模生产。从县城里国营的剪纸厂到南张庄那里一家一户家庭式的作坊,雇用着少则三五人、多则数十人的剪纸工,从熏样、打纸闷压、刻制到染色,分工进行流畅而有序的流水作业。每个作坊的主人都是剪纸艺人,他们主要的工作不再是制作而是设计和营销了。原先,剪纸的忙季多为秋收后转入农闲的日子,现在则是一年四季天天如此,因为他们多是依靠各地工艺品批发商包括外商的订单来制作。

当今,蔚县境内有十六个乡镇的九十六个村庄从事剪纸。剪纸专业村二十八个,家庭式剪纸作坊一千一百户,艺人两万余人。年产剪纸三百万套,年收入三千万元。在中国许多地方剪纸艺术如入秋后的山间野树,日渐衰颓和凋零,蔚县所展示的不是一个奇迹吗?

蔚县剪纸的奇迹与它独特的艺术魅力有关。各地剪纸普遍以单一的红纸为材料,这便使得用彩色点染的蔚县剪纸独领风骚。它使用阴刻,正是为了那些大块的纸面易于着色。它在色彩上直接吸收了木版年画成熟的审美经验,遂使这种艳丽五彩、强烈夺目的民间小品成为了中国文化一个典型的符号,并走向海外。如今蔚县剪纸已经不只是年节应用的窗花,它广泛地成为美化家居的饰品、馈赠友人的礼品和艺术欣赏品,融入现代人的生活。

能适应这种转变的,是因为蔚县剪纸还有一个优势——它是"刻"纸,不是"剪"纸。

中国剪纸有剪刻之分。剪纸用剪子来剪,刻纸用刻刀来刻。剪纸一次只能剪一张,刻纸一次能刻许多张,多至十几张甚至几十张,成品能够一模一样。剪纸比较随意,富于灵性,线条生动,朴实粗犷;刻纸必需按照画稿雕刻,容易刻板,但可以达到极其繁复和精细的境地。这也是刻纸与生俱来的优点。它使刻纸便于成批生产,满足现代市场大批量的需求。

进入了当代商品市场的蔚县剪纸,一边在复制传统的经典,如戏剧人物和脸谱;一边创新。新题材大量涌入。当代工艺美术在题材上的新潮流是彼此照搬,互通有无。如果刺绣去绣《清明上河图》,雕刻也雕,烙画也烙,剪纸也剪;如果雕刻去雕《九龙壁》,烙画也烙,刺绣也绣,剪纸也剪。于是圣诞老人、世界名都、各国总统、卡通人物,全进了剪纸。剪纸题材的开拓,原本无可厚非,尤其民间艺术是一种应用艺术,有市场就存活,没有市场就死亡。但在历史上,各个地域的民间文化都是在相互隔绝的状态下独立完成的,地域的独特性是它的本质。而民间文化与精英文化最本质的区别是,精英文化是个性的文化,是张扬艺术家本人个性的;民间的文化则是共性的文化,只有那个地域的人都认同了这种审美形态,它才能够生成与存在。但是,当它进入当代商品市场之后,就要适应广泛的口味。地域性向世界性转化,随之便是原有的个性魅力的弱化与消损。

民间艺术中最重要的内涵是地域精神和生活情感。当民间艺术成为商品后,它原发的生活情感就消失了;招徕主顾成了它主要的目的。于是加金添银,崇尚精细,追求繁缛,叫人感到它们在向买主招手吆喝,挤眉弄眼,失却了往日的纯朴与率真,这也是我在当今蔚县的一些剪纸商店里感受到的。

当然,我也看到令人欣然的另一面。

那是在南张庄,一座极其普通的民居小院,简朴的小门楼的瓦檐下挂着一块黑漆金字的横匾,上边写着“民间剪纸大师王老赏故居”。我带着一种遥远而亲切的情感走进去。虽然这里的住家早已不是王家后裔;由于事隔至少五十年(王老赏于1951年故去,享年六十一岁),几乎没有王老赏的遗物,但这小院却真切地保存着王老赏昔时的生活空间。瓦屋,砖墙,土地,老树,马棚,柴房……看上去都不平凡。任何故居都有一种神圣感,因为先人生活乃至生命的气息——村人称做“仙气”,总是微微发光地散布在这里的一切事物里。使凡世景象化为神奇。

我忽然想,在中国,哪里还会把一位民间艺人的故居挂起牌子,原生态地保存着?天津的泥人张和北京的面人汤——恐怕全被那些拔地而起"穿洋装"的高楼大厦踢得无影无踪了吧。

蔚县剪纸的真正希望,还是在于他们把自己的民间艺术当回事。他们有一些民间文化的学者,长期从事这一宗地域文化遗产的调查、收集、整理,并已经出版一些颇具水准的图文专著,并一次次召开剪纸艺术的研讨会。有了这般学术保证,遗存就不会被轻易地随风散失。他们的文化眼光比一些大城市还要深远呢。

同时,逢到春节,此地贴窗花的习俗依然强盛。蔚县的传统根基很深,单是在不同形式上窗格上排列窗花的方阵,就深受周易八卦、天干地支和二十八宿的影响。此地学者在这方面有很精到的研究。看来,真正使民间文化的生态得到保护,还是要靠民俗生活的存在。

一边是传统犹存,一边是商品市场在加速膨胀,蔚县剪纸正在由农耕文化形态向现代的商品形态转化。他们将何去何从?从商品市场上看,民间文化在悄悄地变异,形存实亡;从文化生态上看,农耕文明正在日益衰竭。虽然蔚县剪纸风光尚好,也只不过由于天远地偏,真正意义的现代化大潮尚未来到罢了。他们感到这种远在千里又近在眼前的危机了吗?谁来帮助和提醒他们?

孤独的仁慈堂

初夏里,"非典"告罄,我从欧洲返回天津的第三天,即往海河沿岸跑一跑。因为海河正在大规模改造。我在维也纳时,住所的传真机上两次收到来自家乡百姓的告急书。回家后,又从成堆的来信中看到分别关于"江苏会馆"和仁慈堂濒临拆除而要我出面呼吁的信件。我必须先弄清实情。

及至河边，我的心受到强烈震撼。海河两岸已经完全成了大工地。遍地粉碎的瓦砾，连残垣断壁也没有。目光在荡平的两岸毫无阻碍，只有海河的水无力地流着。脚踩着被日头晒得发烫的乱砖破瓦，怎么也想不起这里的历史街区曾经是什么样子。这时才感到物质的世界竟是如此脆弱。没有物证的历史如同一团流烟。

我只得把自己的注意力放在那些尚且存在的事物上。跑遍了两岸，从划定为拆除的地区中调查出几处具有重要历史文化价值而必须保住的建筑。其中海河南岸为三处，北岸为一处。都是急中之急。

一是益德王戏楼。

地处原北门内。是津郡盐商巨富益德王的私家戏楼，是一座砖木结构罩棚式建筑，应建于十九世纪晚期。它位于原益德王大宅的后院，与大宅的建筑群为一个整体。1995年"旧城改造"时，将益德王大宅拆除。由于戏楼位于拆迁"红线"之外，幸存下来。戏楼的占地面积约七百平米。一楼池座，二楼包厢，整个戏楼由七十八棵木柱支撑，精整又美观，极具晚清特色。天津为水陆码头，江湖戏班往来不绝，各色戏楼如百卉纷呈。既有广东会馆室内的公共戏楼，李纯祠堂院中的露天戏台，也有石家大院举行堂会的私家戏院；而益德王这座私家戏楼足以显示此地盐商鼎盛时期之殷富，以及当时戏剧活动的繁盛。自然是一件珍贵的遗存。

二是东安市场。位于东马路四十八号，大门开在一条小胡同内。这座与北京东安市场同名的木结构的古商场，尽管历时百年，早已成为"大杂院"，但楼内气质深郁，极具古风。屋顶是六边形的罩棚，靠顶一圈玻璃大窗，以使阳光射入。在建筑形制上颇似2001年拆除的天津总商会会所。总商会为平房，东安市场是上下两层，楼内大厅有木梯曲折而上，大气又美观。据楼中一位八旬老者回忆，当年各色小店云集于此，还有照相馆、小画铺、锣鼓店、石印社等等也参杂其间，是一个颇具情味的购物小天堂。天津是北方商业重镇,这座古市场应是津门商业史一件罕见的文物。由于废弃已久,又夹在左右几家大商店中间,故无人能知。这一发现,也是我们此次调查的重要收获。

三是仁慈堂。

1864 年(同治三年)法国天主教会在东门外海河边小洋货街上购买了一座深宅大院,把仁慈堂迁过来,同时将这里作为在三岔河口建造望海楼教堂的筹备处。1870 年,由于仁慈堂的传教士和修女残暴地欺凌中国童工,遂爆发了震惊中外的望海楼教案。在教案中,百姓一举烧毁望海楼教堂和仁慈堂。这座仁慈堂是处理善后事宜时在原址上重建的。应在甲午海战(1894 年)前后。由于时隔太久,这座法式的宗教小楼早已成为民居,被历史忘却,直到这次海河改造大举拆迁,才现出它昔时的姿容。它作为中国近代史上第一件重大教案的遗址,当然要受到保护。

以上三处都在海河南岸。

在海河北岸,一片正在拆除中的原奥地利租界的历史街区已经所剩无几。一座奥匈帝国领事馆似乎有幸被保留下来。但是大片建于上世纪初的巴洛克式建筑都被推土机无情地消灭掉。在二十世纪末,中国城市历史所遭遇的最大的恶魔就是推土机了。

奥地利租界于 1903 年划定。1907 年始建,1919 年被中国政府收回,其间二十余年。属于津郡外国住宅的老区。但此时已经七零八落,在缭乱不堪的瓦砾堆中,原先的街道只有凭着道路两边的树木才能辨认出来。此中有两座奥式建筑。一为大北饭店(原奥匈帝国俱乐部),一为"朱家大院",似乎马上就要拆除。朱家大院的屋顶已经被挑落见天。立面上下两排华美的科林森式的石柱几乎一推都要跌落下来。阳台下雕工精美的巴洛克风格的"牛腿",好像在向我呼救。我听见了它嘶哑的呼声。如果这两座建筑在维也纳,一定被当做历史的纪念品。

于是,我先找到主管海河南岸那一地区的政府领导,为益德王戏楼、东安市场和仁慈堂"说情"。这几位领导都很熟识,对我的道理也深信不疑,但他们表示很为难,因为这些土地已经"卖"给开发商,要想说服开发商恐怕难如上青天。此后,我又找到负责海河北岸原奥地利租界地段拆迁的主管人。我问道:拆掉奥地利租界后,那里要干什么?答曰:建奥地利风情区。我又问:把历史真的拆掉,再造个假的吗?答曰:会更好看。于是我再三阐述历史原物的价值,可是当我看着他们直怔怔的毫无感受的面孔时,竟开始怀疑自己的理由了。所幸的是他们最终还是答应把朱家大院和大北饭店保留下来。

两个月过后,原奥租界的大北饭店没有动,但朱家大院已化为乌有;东安市场和益德王戏楼也只是曾经和我照过一面而已,被推土机推到地狱去了。只是仁慈堂还在那里。我去看了仁慈堂一眼。它独自呆在那儿,四下空无一物,无所依傍,非常孤单,它的命运将如何? 还在等待着生死裁决吗? 可是它"活"下来又会怎样? 如果将来周围全都是霓虹灯闪烁的酒楼商场,它即使呆在那里又能说明什么? 说明自己的多余?

十一月份。国土资源部请我去给全国国土局的局长做一次关于"城市文化保护"的演讲。我称那次是和土地爷聊天。我再三说:"城市的土地不是野地。上边有许多历史财富和文化瑰宝。如果一块土地没有经过专家鉴定,请千万别卖给开发商!"我当时说得言之凿凿,感觉自己很有说服力。可是,事后我去到各地考察时,眼瞅着中国这场空前的波澜壮阔的造城运动之猛烈,之强劲,之势不可挡,心里才明白,我这句话也只是从嘴里说出来罢了。于往日无补,于今日没用,于来日何益?

四　堡

心里一团如花似锦的猜想,在四堡灰飞烟灭。

这猜想源自建安版的图书。曾经看过一部宋代的余氏靖安刻本《古列女传》，让我对这南国的雕版之乡心醉至矣。

在宋代四大雕版印刷基地中，福建的建阳一直承担着那片大地上文明的传播。其他几个雕版中心如汴梁、杭州和临汾，总是随着战乱与京都变迁或兴或衰，惟有这"天高皇帝远"的建阳依然故我。从遥不可及的中古一直走到近代。

我喜欢建安图书的民间感。它自始就服务于平民大众，也就将先民们的阅读兴趣与审美融入坊间。大众的文化总是要跳过文字，直观地呈现出图像来。于是建安版创造的那种"上图下文"的图书——比如著名的《虞氏全相平话五种》，至今捧在手中，犹然可以体味到古人读书时的快感。这种快乐被享受了近千年，并影响到1925 年上海世界书局的连环图画的诞生。

明代以来，杭州、吴兴、苏州，以及相继崛起的金陵派和徽派刻印的图书，一窝蜂地趋向文人之雅致，刻意地追求经典，建安图书却始终执拗地固守着它的平民性。大众日常消遣的故事、笑话、野史，农家应用的医书、药书、占卜、堪舆以及专供孩童启蒙的读物，都是建安版常年热销的图书。平民大众是建安图书最强大的支持者。正为此明代戏曲小说才得以广泛流行。应该说，明代小说的盛行，自有这些民间书肆中刻工们的一份功劳和苦劳。今天看来，这种由民间印坊养育出来的纯朴的气质便是建安版特有的审美品格了。

然而，建安图书真正的福气，是它至今还保存着一个雕版印刷之乡——四堡。中国古代雕版基地大都空无一物，只剩下建安这个"活化石"。它犹然散发着书香墨香文明之香吗？

当今文化遗存的悲哀是，只要你找到它——它一准是身陷绝境，面污形秽，奄奄一息。四堡也不例外。尽管它挂着"文物保护单位"的金字招牌，却没有几个人看重这种牌子，因为人们弄不明白为什么要挂这块牌子。

元代建安版《全相三国志平话》

　　四堡身在闽西，肩倚武夷山脉，一双脚站在连城、清流、宁化与长汀交界处。地远天偏，人少车稀，这种地方正是历史的藏身之处。但现代化法力无边，近几年古镇热闹起来了，居然还冒出几家汽车修理店、发廊、音像铺和洗浴室，红眉绿眼地在大街两旁伸头探脑。传统的古镇都是一条大街贯穿其间，而传统的商业方式则是把各种农副产品堆在要道边，甚至将道路挤成羊肠小道来争抢生意。别以为雕刻之乡还有多远，只要从这儿跳下车，躲过车尾骡头，踩着坑坑洼洼的地面往道边那一大片湿乎乎的老房子里一钻，就来到我心仪已久的雾阁村的"印房里"了。

　　令我吃惊的是，这里居然还完整地保留着二百年来声震闽西的印书世家邹氏的坊间与宅第。大大小小一百四十间房子，屋连屋，院套院,组成客家人典型的民居——"九厅十八井"。在四堡,这种房子都是一半用于生活,一半用于印书。可是,无论陪同我的主人,怎样指指点点地讲述哪间是客厅,哪间是印坊,哪间是纸库,哪间是书库,我也无法生出往日那种奇异又儒雅的景象来。

倘若留意,那又细又弯高高翘起的檐角,鸟儿一样轻灵的木雕斗拱,敷彩的砖雕,带着画痕的粉墙,还残存一些历史的优雅。但对于挤在这老宅子里生活的人们来说,早已经视而不见。历史走得太远了,连背影也看不到。高大的墙体全都糟朽,表面剥落,砖块粉化,有些地方像肚子一样可怕地挺出来;地面的砖板至少在半个世纪前就全被踩碎了;门窗支离破碎,或者早已不伦不类地更换一新;杂物堆满所有角落,荒草野蔓纠缠其间。唯一可以见证这里曾是印坊的,是一些院子中央摆着一种长圆形的沉重的石缸。它是由整块青石雕出,岁月把它磨光。当年的印房用它来贮墨,如今里边堆着煤块或菜,上边盖着木板;有的弃而不用,积着半缸发黑和泛臭的雨水。

生活在这拥挤的黏湿的腐朽的空间里,是一种煎熬。特别是电视屏幕上闪现着各种华屋和豪宅的时候,人们会憎恶这里,巴望着逃脱出去,盼切现代化早日来到,把它们作为垃圾处理掉。

这就是发明了印刷术的古国最后一个"活化石"必然的命运么?

应该说连城县和四堡镇还是有些有心人的。他们将邹氏家族的祠堂改造为一座小型博物馆,展示着从四堡收集来的古版古书,以及裁纸、印书、切书、装订等种种工具。还将此地雕版的源起、沿革、历代作坊与相关人物,都做了调查和梳理,并在这小展馆中略述大概。可是当我问及现存书版的状况时,回答竟使我十分震惊——只有一套完整的书版!难道这块生育出千千万万图书的沃土已然资源耗尽,贫瘠得连几套书版也找不出来?

其实并非如此,直到今天,无孔不入的古董贩子还在闽北和闽西各地进村入乡、走街串巷去搜罗古书古版。我忽然想起在天津结识的一位书贩子，书源甚厚，原来一些外地的小贩专门在晋、鲁、冀等地挨村挨户为他收集木版小书，然后装在麻袋里背到天津来，被他整麻袋买下。四堡人穷，自然就拿它们换钱。在四堡人的心里这些书版不值几个钱，"文革"时使它生火烧饭和取暖。河北芦台一带，人们还拿着带凸线的画版当做搓板洗衣服用呢！文化受到自己主人的轻视才是真正的悲哀。

四堡的古书坊建筑十分优美，且具特色。
雕花的斗拱形似飞鸟，显示闽西轻灵的气质

四堡的雕版印刷肇始何时，仍是一个谜。但它作为建安版的一个产地，自然属于中华雕版印刷史源头的范畴。特别是宋代汴京沦落，国都南迁，文化中心随之南移，负载着文字传播的印刷业，便在福建西北这一片南国纸张的产地如鱼得水地遍地开花。我国四大发明中的两项——纸张与印刷，始终密切相关。明清两代五六百年，建安图书覆盖江南大地，这也正是四堡的极盛时代，连此地妇女民间服装也与印书有关。她们的上衣"衫袖分开"，非常别致。每每印书时套上袖子,印书完毕就摘去袖子,如同套袖。这种服装如今在民间还可以找到。可是到了十九世纪,西方的石印与铅印技术相继传入,四堡的雕版便走向衰落。当一种历史文明从应用到废弃的过程中,最容易被视为垃圾而随手抛掉。四堡的这个过程实在太漫长了,人们早已把遥远的历史辉煌忘得一干二净。从大文明的系统上说,中华文明传承未断;但在许许多多具体的文化脉络上,我们却常常感受到一种失落!

在连城、龙岩、泉州和厦门,我都刻意去古董店来观察建安书版的流散状况。很不幸,在四堡见不到的书版,在这些商店里很容易地见到。买一块雕工美丽的书版用钱不多。我收集了一些书版和插图版。其中一套清代同治甲戌年(1874 年)《太上三元赐福宝忏全卷》,刀法相当精到,使的不过是两瓶酒钱。据说港台有人专门来福建买建安书版,韩国人与日本人更是常客。在二十世纪九十年代书版的买卖一度很红火。现在冷下来,因为好的书版差不多卖绝了。一位贩子对我说:"你出大价钱也买不到明代的版子了。你得信我。这东西我干了十几年。我是专家。"

54

同治甲戌(公元 1874 年)建安版《太上三元赐福宝忏全卷》插图

我相信他的话。这些年文化遗存大量流失的另一个负面,是培养出一大批具有专家眼光的贩子来。他们甚至比专家更具鉴别与辨断力。在金钱的驱动和市场的渴求中,他们深入穷乡僻壤,扎进山村水寨,走街串巷,寻奇觅宝,他们干的也是一种田野作业,而且不怕吃苦,又肯用力,见识极广,眼光锐利。由于他们是自己掏钱花学费,自然练就了不能掺杂的真本领。

反过来,由于长期对文化的轻视,受制于经费的拮据,便捆住了专家们的手脚。在这些文化沃土上,到处是古董贩子,反倒很少看到专家的身影。

对于四堡来说,一边是文明的中断,人们对先人创造的漠视;一边是没有专家来把历史的文脉整理出来,连接到当代人的心灵中。而四堡现有的书坊不会坚持太久,残剩在民间的古版又会很快地灭绝。照此说来,最终的结果是,我们这个曾经发明了印刷术的古国就不再有"活态的见证"可言了?

那么,谁救四堡呢?

客 家 土 楼

能称得上人类民居奇迹的,一定有中国客家人的土楼。不管世界有多少伟大的建筑,只要纵入闽西永定和南靖一带的山地,面对着客家人的土楼,一准会受到震撼,发出惊叹。

这种巨型的土堡,带着此地土壤特有的发红的肤色,一片片散落在绿意深浓的山峦与河川之间。它们各异的形态不可思议。圆形的、方形的、纱帽形、八卦形、半月形、椭圆形、交椅形……最大的一座土楼占地竟有数千平米。遗存至今竟有三万五千座!

尽管人们对这种家族式和堡垒式的民居的由来猜测不一,我还是以为中古时代,时受强悍的北方民族侵扰的中原的"衣冠士族"一次次举家南迁而来时,心里带着过度敏感的防范意识,才把自己的巢修筑成这个模样。高大而坚固的外墙，下边绝不开窗，整座楼只开一个门洞，而且是聚族而居。是不是最初这些客家人与本地的原住民发生的激烈的磨擦——那种"土客械斗"所致？我分明感受到这土楼外墙曾经布满了警觉的神经。

定居于异乡异地的客家人很明白，家族是力量之源，是抵御外敌之本，也是生命个体的依靠与归宿，所以，他们把家族的团结和凝聚看得至高无上，甚至把祖先崇拜列在神佛的信仰之上。在每一座土楼里，设在正中的公共建筑都是一座敬奉列祖列宗的祠堂。不管各家土楼怎样安排内部的格局，也都必须严格地遵循长幼尊卑的伦理关系。来自中原的儒家的道德伦理是土楼最可靠的精神秩序。它使这些宗亲式的土楼奇迹般地维持了一二百年，甚至五六百年！像永定县高头镇高北村的承启楼和湖坑镇洪坑村的振成楼，人丁鼎盛时都在六七百人以上。一座楼几乎就是一个村落。一代代人生老病死、婚丧嫁娶皆在其中。各有各的规范与习俗，分别生成各自的文化。进入每一座楼，上上下下走一走，不单内部结构、家居方式、审美特征乃至楹联匾额都迥然殊别。它积淀了数百年的气息和气味也全然不同，这种感觉每踏进一座土楼都会鲜明地感到。任何一座土楼的历史都是一部胜似小说的独特的家族史。在人类学家看来，土楼的内含一定大于它令人震惊的形态。它的魅力决不止于它外形的奇特，更是它的和谐、包容与博大精深。

土堡的"干打垒"的技术来自北方吗？如今，无论是丝绸之路上的古城遗址还是燕北的古村落，那些残存的夯土建筑都已是断壁残垣，只有这里千千万万巨大的土堡，依然完好如初。客家人缘何如此聪明，懂得从此地土产中采集竹片、糯米汁和红糖，合成到泥土中，使得这些"干打垒"的土堡历久不摧？现存最早的土楼竟然建于唐代大历四年（公元769年），更别提宋、元、明、清各朝各代大量的遗存，至今仍旧鲜活地被使用着。

然而土楼在瓦解！不是坍塌，而是内在人文的散失。

不管古代的客家人怎样的智慧，完美地解决了土楼的通风、防潮、隔音、避火、抗震、采光和上下水一切问题。但现代科学带来的方便和舒适无可比拟。于是人们开始一家一家搬出土楼，另择好地方，筑造新居。当前，客家人的后裔已经开始一次新的迁徙运动——和他们的祖先正好相反——他们在纷纷搬出土堡。随着现代化进程的加快，必然愈演愈烈。等到人去楼空的那一天，这数万座曾经风情万种的民居奇观交给谁呢？交给旅游局吗？

在已经被确定为国家重点文物保护单位的振成楼、承启楼、奎聚楼等处，已然可以看到人烟稀薄的迹象；许多屋门上挂着一把大锁，有的锁已经锈红。我们不能简单地指责客家后人轻视自己的文化，人们有权选择自己喜欢的和更舒适的生活方式。而且还要看到，在西方伦理的影响下，宗亲的情感也只是更多地残存在老一辈的心灵里。土楼失去了它精神上的依据和生存之必需。

同时，土楼正在申报世界文化遗产。我想，它无疑是人类珍贵的遗产。可是一旦"申遗"成功，便会成为全球性旅游产业的卖点之一。天天从早到晚一批批异地异国的游人涌进来，爬上爬下，楼中居民要承受这些陌生人在自家的门口窗口伸头探脑，时不时对着自己举起数码相机咔嚓一亮。如今这几座确定为文保单位并开放旅游的名楼中的居民已然日复一日地遭受这种商业骚扰了。对于土楼的住民，旅游业是巨大的压力，正在加速把他们逐出土楼。

倘若这些著名的土楼最终都成为空楼，它们只是一只只巨大而奇特的蝉蜕，趴在闽西的山野间，其中的人文生命与历史传承都不复存。那些古楼的记忆将无人能够解读。兀自留存的只是一种"不可思议"的建筑样式，再加上导游小姐口中的几个添油加醋的小故事而已。

这也是神州各地古民居共同的命运与相同的难题。

保护历史民居的最高要求是设法把人留在里边。这些问题恐怕还没人去想。那么谁想？何时开始去想？

永定的客家土楼"五云楼"建于
明代永乐年间，如今只剩下一户人家

革家·反排·郎德

不入深山，焉如苗寨。

然而，车子真的驶进大山，却像登上老虎的肩膀。狭窄的山路在一千米的高山上左拐右拐，所有折返全都是死弯儿，偏偏又下起了雨，从车窗下望，烟云弥漫的山涧深不见底，心里就打起鼓来。忽然一个鲜蓝色的大家伙出现在挡风玻璃上，连司机小阎——这个行走山路的老手也不觉脱口惊呼一声"哦"。原来一辆出事的大卡车歪在路边！幸亏路边多出一块半米宽的小平面把车子扛住，否则早已落下深渊，粉身碎骨。我说，这司机命有鸿福，被老天爷"拉了一把"，但听了我这话没有人笑，也没人搭话茬。车厢里隐隐有种恐惧感。只听见车轱辘在泥路上拧来拧去吱扭吱扭的声音。可是，当车子停在一个宽敞的地界，下了车，抬头一瞧，马上换了一种感觉和心境——就是再险的道路也得来。一片苗家的山寨如同一幅巨型的图画挂在天地之间。

几乎所有苗寨都藏在这偏远的大山的褶皱里。

现代化的触角伸到这里来了吗？喜欢异域情调又不畏辛苦的旅行者到这里来了吗？当我注意到又长又细的电线、电话线已经有力地通进山寨，我相信这里的文化一准会发生松动。这是我此行考察要关注的"点"。我要顺着这电线和电话线去寻找我的问题。

我把几天里跑过的山寨，按照它们所受现代化影响的程度由弱到强排一排队，前后顺序应该是黄平枫香寨、台江反排寨和雷山郎德寨。枫香寨和反排寨在 2002 年刚被当地县政府列为"生态保护区"，而郎德早在 1986 年就被辟为省级"村寨博物馆"，2001 年列为国家重点文物保护单位。早已是贵州省极富名气的旅游胜地之一。

黄平县革家的枫香寨包括四十九个村寨，鸟儿一般散布在云贵高原东南边缘的千米大山上。在刚刚修好的一条盘山公路之前，革家人基本上与世隔绝。驱车入寨时，常常会有一头水牛挡在路上，按喇叭也不动。它不怕汽车，这些老牛的祖祖辈辈也没见过这种家伙。至今革家人还在使用半原始的耕作方式。所以无论是自然还是人文这里都是原生态的。

革家人穿着他们红白相间的民族盛装夹道而立，唱着歌儿，并在村口中央设栏门酒，敬酒扣饭，把装在绿草编的兜儿中的红鸡蛋挂在我们的脖子上。此时,我着意地观察她们的表情,一概是真心实意,淳朴之极,没有任何表演之嫌。跟着那些花儿一般的姑娘们,一群群迎上来拉着我们的胳膊时,热情又亲切,他们自古以来就是这么迎接贵客。

革家人自称是射日的羿的后裔。这不仅象征地表现在他们头饰上——插着一根银簪;还在各家祭拜祖先和神佛的神龛上悬挂竹制的弓箭。革家人不承认自己属于苗族,是一支有待识别的民族。它们的文化自有完整和独特的体系。从语言、信仰、道德、伦理、建筑、器物、工艺、节庆、礼仪、服饰和文艺,都有独自的一套。这是世居此地二万多革家人千年以上历史积淀的结果。而今天,依旧活生生地存在于革家人的山寨里。祖鼓房里的香烟袅袅飘升;早晚就餐前以酒祭祖;房前屋后摆着泛着蓝色的用于"蜡幔"的巨大的染缸;墙壁上挂着许多牛角、猪蹄、鸭毛,是亲友间互赠牲畜礼尚往来的依据……我在这里只看到一件"外来文化",竟与我有关。在一位银匠家的神龛两边,居然贴着各一幅《神鞭》的电影剧照,却也是十几年前(1986 年)的了。当地人说革家人是羿之后,天性尚武,故而对善使辫子的傻二抱有兴趣。他们从何处得知《神鞭》,读书?看电影?不得而知。反正当今的科学万能,世界上任何地方也无法封闭了。

革家人送别客人时的礼节可谓惊心动魄。当你从山上的小路走下来时,几百个身穿华服的革家女子会簇拥着你漫山遍野地随同而下。你走小路,她们就走在路两边青草齐腰的野山坡上。她们红色的服装在绿色的山野上像火苗一样跳跃,身上到处的银饰在阳光里闪闪烁烁,好似繁星闪着细碎的光芒。一路上她们还一直不停地唱着山歌,把一杯杯糯米酒送到你的口边。这种礼节充满着一种原始的纯朴、真率与激情。如果这里被开发旅游了,还会有这种场面,或者说它情感和文化的内含还会这样纯粹吗?

台江的反排苗寨是一个十分独特的苗族分支。只有一千五百人，生活在大山夹峙的山坳坳里。依山而建的单坡吊脚楼与重重叠叠茂密的树木及其浓郁的沁人心肺的木叶的气息相融一体。反排苗人来自远古的长江流域，及今四十五代。在上千年漫长的历史时间里，反排苗寨是由一套极特殊的社会机构——"将纽"（祖先崇拜）、"议榔"（寨规民约）和理老（民间权威）来规范的。在山寨中间一个斜坡上，一块突出地面、半尺来高、黑色方形不起眼的小石柱，就是全寨最高贵的"议榔石"了。直至今天，山寨每有大事，鼓主、寨老和村长都要在这块具有无上权威的石头前商议并做出决断。至于这小小山寨的生活习俗、婚丧仪规、节日庆典、传说艺术、装饰饮食，也都有特立独行的一套。山寨里最引起我关注的是那些石头的神像。这些神都是自然神。人们相信万物有灵，井有井神，水有水神，山有山神，风雨桥的桥头有桥神，他们还敬拜大树和巨石；神像没有任何人工雕造，都是自然的石头，但都是些有灵气的石头。一块石头，前边神奇地伸出一个"头"，正面似脸，又有某种不可思议的神气。这些石头的神像是从哪里发现的，谁搬到这里来的，有多少年，没人知道。

小小的反排寨驰名于黔东南，是由于他们能歌善舞。这种用于祭祀祖先的舞蹈极有特点。在木鼓与芦笙雄厚而和谐的伴奏中，年轻人有节奏并起劲地一左一右大幅度地翻转上身，四肢如花一样开放，动律强劲又流畅；姿态奔放又舒展，气氛热烈又凝重，单凭这木鼓舞就把这支苗人的历史精神、地域个性和独自的美感全展示出来了。

可是当他们在山寨前的小广场上以木鼓舞对我们表示欢迎时，站出来一个身穿民族服装的姑娘，用都市舞台上的腔调来报幕。马上让我感到他们在追求都市的认同。他们这样做，既是自觉的，也是不自觉的。这便反映了一种文化的趋向——即弱势文化向强势文化的倾斜；本土文化向全球性流行文化的倾斜。

反排村苗家人在风雨桥头摆放的天然的
石头，形态奇异，若有神灵，人们视为桥神

反排苗寨的木鼓舞早在 1956 年就参加全国农民体育运动会的演出。改革开放以来，不仅跑遍大江南北的大都市甚至到中南海内献演，而且到许多欧美国家参加艺术节。在这样频繁的商业或非商业演出中，他们的木鼓舞还会保持多少原发的情感，那种祭祀祖先时心中庄重又豪迈的情境？他们的艺术名扬天下当然是好事，但是否会不幸应验了德彪西那句话：牧童的笛声一旦离开乡村的背景，就会失去生命。

更加深我这个想法的是在雷山县著名的郎德寨中。一场音乐会式的演出中，报幕的女孩子居然带着港台腔。在这古老的村寨里,虽然山水依旧,风物犹在,但在吊脚楼下,街口处,常常会有身着民族服饰的妇女挎着小竹篮,上来兜售此地的土产。诸如仿制的银冠和银镯、玩具化的竹笙和简易的绣片等等。一些有特色的吊脚楼已经被开辟为"景点"。在一处临池的木楼上,几位盛装女子背倚"美人靠"在刺绣,墙上挂着她们的绣品;栏杆外的池水被一片青翠的浮萍铺满,再后边是秀美的山川与高高低低的山寨。这漂亮的场面好像在等待拍照,或是等着游人挤在中间合影留念。他们的风俗、特色乃至生活都在商品化。我忽然想,这就是革家枫香寨和反排苗寨的明天吗?

郎德古寨的少女

生活在这浩荡而峥嵘的贵州高原上的人们，有多达四十九个民族身份。其中三十二个民族，十七个世居民族。他们在相互隔绝的历史生活中，创造了斑斓多姿又迥然各异的文化。由于传承有序，很多文化都是高深莫测的"活着的历史"。然而，在进入二十世纪八十年代时却遭遇到它们的终结者——现代化和全球化。

它们也有幸运的一面，是此地的政府与文化界觉悟得早。自八十年代这里便有了初步的保护措施。九十年代以来，一些保持原始生态并拥有珍贵文化遗存的村寨被列入省级文化保护单位。1997年中挪合作分别在梭戛（苗族）、隆里古城（汉族）、镇山（布依族）和堂山（侗族）四处建立了"生态博物馆"，从而将这个诞生于法国的一种全新的文化保护的概念与方式，注入到贵州这些日见衰竭、亟待抢救的文化肌体中。法国人对待"生态博物馆"这一概念的明确定义是："在一块特定的土地上，伴随着人们的参与，保证研究、保护与陈列的功能，强调自然和文化遗产的整体，以展现其有代表性的某个领域及继承下来的生态方式。"无疑，这是现代文明最科学的体现了。贵州历来有一批专事民族文化研究的学者，他们的优良传统是一直坚持艰辛的田野调查。因此各民族的文化底细都在他们心里。在他们的参与下，贵州可否建成一个世界级的多民族生态博物馆群？

然而，事情又有不可抗拒和不幸的一面，便是历史文明在当代瓦解速度之快超出我们的想象。当代人被消费主义刺激得物欲如狂，很少有人还会旁顾可有可无的精神。失去了现实和应用意义而退入历史范畴的民间文化自然被摒弃在人们的视野之外。因此现代化和全球化对它的摧毁是急剧的、全方位的、灭绝式的。几乎是一种文化上"断子绝孙"的运动。只要看一看大江南北大大小小城市与县城的趋同化和粗鄙化的骤变就会一目了然。

尽管少数民族的村寨都在偏僻之地，但凡是被现代化触及到的，即刻风光不再。一些村寨已经被改造为单调的工业化产品一般

64

的新式建筑群;大批年轻人摆脱了千年不变的劳作与生活方式,走出村寨到外地打工,一切人文传统因之断绝。单是黔东南地区到江浙一带打工的人数已逾三十万。逢到过年时带回来的往往是王菲和任贤齐的磁带。当电视信号进入山寨,人们自然会把现代都市生活视如缤纷的天国之梦。那些与生俱来的传统风习便黯淡下去。这种冲击是时代的必然,但也正从心灵深处瓦解他们独自的精神。他们怎样才能从人类文明的层面看到自己文化的价值而去珍惜它、保护它、设法传承它?

如今使用自己民族语言的村寨急剧减少。仅举天柱县为例:2002 年侗族村二百十三个,只有一百四十五个使用侗语;苗族村一百十二个,操苗语的还剩下三十二个。眼下,三十岁以下的年轻人基本上不穿民族服装,在反排苗寨我还看见一位穿牛仔裤的女孩子,竟和那些站在上海外滩与北京王府井街头的女孩一模一样,那些母亲与祖母传下来的精美绝伦的头冠、项圈、手镯、耳环、压领、凤尾和头花呢?十年前,一位法国女子在贵阳市租了一套商品房,花钱雇人去到各族村寨专事收集古老的服装与饰物。这套房子是她聚集这些珍贵的民族民间文物的仓库,每过一阵子,便打包装箱运回法国。她在此一干就是六年。最后才被当地政府发现,警醒之后把她轰走。且不说这位法国女子弄走多少美丽又珍奇的文化遗存,看一看北京潘家园的古玩市场的民族物品商店上成堆的民族服装与器物,就能估算出那些积淀了千年的村寨文化飘零失落的景象。而他们口头不再传说的故事、歌谣和神话呢?又流散到哪里去了?不是正在像云烟一样消失得无影无踪?我们现在要做的是跋山涉水去到村寨里把那些转瞬即逝的无形的文明碎片记录下来,还是坐在书斋里怨天尤人地发出一声声书生的浩叹?

我看到一个村寨打算建立"文化保护区"的报告中的一句话是:要"在接待外来观光、旅游、采风、寻古探奇的客人的食、住、游、购、娱等方面形成一条龙服务"。如果真的实现这个想法,恐怕他们的民族文化最终都会像美国夏威夷的"土著文化"——变成一种用来取悦于人而换取美元的商品。

少数民族存在于自己的文化里。一旦文化失去,民族的真正意义也就不复存在。这恐怕是对于少数民族文化的抢救和保护的真正意义之所在。

而对于正在无奈地走向贫乏和单一的全球化的人类来说,则是要尽力扼守住一分精神的多样。

四 访 杨 家 埠

我坚持要在年底前召开"中国木版年画抢救中期推动会议",是因为这个项目启动于年初,历时一年,收获甚丰。不少年画产地(如山东杨家埠,高密;河北武强,内丘;河南朱仙镇;湖南滩头;山西临汾等)普查已经接近完成,应进入整理和编辑阶段;另一些产地(如天津杨柳青、陕西凤翔、四川绵竹等),也将普查工作细密的筛子推入田野与村落。此时急需做的事是进行各产地之间的交流,相互借鉴,规范标准,确定期限,使最终的"收割"工作整齐有序。

此项工作在基本上没有国家经费的情况下展开,所仰仗的全是各地政府在文化上的自觉。山东潍坊的寒亭区和杨家埠深明大义,慨然出资支持这次会议,故而把会议订于 12 月 26 日在潍坊寒亭召开,邀请全国各产地派人来聚首一谈。当年事情当年办,不留尾巴进来年——此亦我做事的习惯。

既然来到寒亭,一定要去杨家埠村,看看那些依然刻印画品的小作坊,拜访杨洛书老人。他今年七十八,却照例是每年农历十月二十五日到集上去买四大样(猪肉、白菜、粉条、火烧),煮上一锅,然后按照祖上的规矩,摆供焚香,犒劳案子,开张印画。我还要把从贵阳捎来的一瓶茅台送给他呢。

这次已是四访杨家埠了，原以为只是重温故旧，不料竟有令我惊喜的新得。一是在老艺人杨福源家中，看到墙上挂着一幅《孔子讲学图》。孔子在杏坛讲学，下面坐着七十二弟子。每人一个模样，身边标示姓名。过去不知道杨家埠有这样题材的画，大约与孔子是山东人有关。这种画不是纯粹的年画，而是年画产地刻印的版画。画面上的文字用的是木版书籍上的字体。这个细节颇引起我的注意。

在杨家埠发现了许多古版画。
这是其中一幅清代中期的《孔子讲学图》

在寒亭的两日里，每晚都要寻一点时间，去拜访此地的民间年画的收藏者。杨家埠一个突出特点是当地有人从事收藏。收藏的本身是一种文化上的自觉与自珍。它的好处是把遗存留在当地，不像山东的平度年画都已飘散四方,致使这次抢救一直无从下手。此外,我也很想了解此地民间收藏的水准,希望从中能有重要的发现。这次见到的寒亭的两位收藏者很有趣,一位藏画,一位藏版,好像分工来做。

藏画者为马志强先生。所藏年画二三百幅,间有高密手绘年画,但大多还是杨家埠的遗存,其间孤品甚多。比方《西王母娘娘蟠桃会》、《二进宫》、《一门三进士》、《文武财神》和《夜读"春秋"》等等都是杨家埠历史上罕见的力作。一些巨幅而豪华的家堂,应在杨柳青和武强之上。其中一连四幅条屏《治家格言》,以"朱夫子治家格言"全篇文字为画面衬托,形式很别致。我注意到文字是刻书的字体,颇见功力。难道杨家埠曾经有这样的刻书高手吗?此外,还有十多卷《避火图》也都是见所未见。

《避火图》是直接描绘性爱生活之版画。或作为性生活的助兴之用;或作为性启蒙,在女儿出嫁时,由母亲悄悄放在陪嫁的箱底。形式为手卷,只有十二至十四公分宽;一连八至十二个画面,内容稍有连续性。如此大小,便于藏掖。《避火图》平时高高的放在房梁上,相传具有避除火灾之力。实际上是由于这种画不便出示于人,避人耳目罢了。昔日画铺卖画,都是把《避火图》贴在门后。杨柳青、武强等地也有《避火图》,但不及杨家埠这样花样繁新。马先生所藏的《避火图》中,竟在光着身子做爱的女子身边写上人名。有的是戏曲人物的女主角,有的是古典小说的女主人公。比如崔莺莺、青凤、莲花公主、娇娜、白娘子、荷花三娘、阿绣、花姑子等等;还有的是外国女子。看起来很荒诞,却由此可以窥见人们的心底。人们平时看戏时,戏台上那些艳丽五彩、谈情说爱的女主角都是可望而不可及的。现在居然这样公开做爱,不正是宣泄着那时人们被压抑的性心理和性想象吗?

马先生的个人收藏远远在杨家埠年画博物馆之上。杨家埠是我国三大年画产地之一。但几十年前便是不断革命的对象。一次次的暴力洗劫,差不多空了。马先生的收藏很少来自当地。他广泛地从当年应用年画的黄县、滨州、莱州等地的乡间去搜寻,反而将失散的历史汇集得有声有色。

另一位藏版者为徐化源先生,藏版百余块,全是杨家埠的刻品。杨家埠的代表作如《深山猛虎》、《神鹰镇宅》、《男十忙》、《女十忙》、《麒麟送子》和《摇钱树》,一应俱全。其中一种"精刻版"叫我领略到杨家埠刻版的独到之功。阳刻的线全用"立刀",下刀很深,线条犹然宛转自如,版面精整至极,宛如铜铸,单是画版本身就是一件精美的浮雕艺术品。

另外两块版,更使我震惊。一块是杨家埠名画《天下十八省》的印版。画面巨大,描绘着中华山川与各省城镇,应是一幅可以纵览神州的古版地图。此版是其中失群的一块,约40×30公分。线刻之细,匪夷所思。现在杨家埠年画博物馆收藏一幅完整的版画《天下十八省》,但与此版不同。我相信这块版是那幅画的祖版。

还有一块也是一块失群的画版。反正面全是文字,依序罗列着夏商周以来历代皇帝称号与年代。类似武强《盘古至今历代帝王全图》。但没有图像,可能图像在其他版块上。尤使我关注的是这些文字都是书版字体,刀刻精纯老到,笔划坚实有力,肯定出自雕刻书版的刻工之手。它使我将杨福源所藏的《孔子讲学图》、马先生所藏的《治家格言》联系到一起,朦胧地感觉到一片刻书的背景。但目前对杨家埠年画的研究还没有旁及到此地图书刻印的历史。所以在会议的闭幕式上我特别强调:

1. 要注意调查年画产地与雕版印刷的历史渊源。像天津杨柳青、河南朱仙镇、苏州桃花坞、山西临汾,都与当时雕版印刷密切相关。年画是我国四大发明之一——印刷术发展的直接产物。

2. 要注意调查民间的收藏品。民间收藏已经聚集着相当一批遗存。对这些遗存中的精品也要设法记录、拍照、立档。

3. 民间年画遗存的一大特征是很少重复。每每发现一件,即是见所未见的孤品,它说明年画这宗文化财富的博大。因此,还要从细调查,避免漏失,尽量把遗存之精华发现出来,记录在"家底"上。

没想到,此次行动还有这样的收获。而意外的收获常常是田野工作的快乐。

可是,对于整个民间文化抢救工程却毫无快乐可言。一年里,耳朵里灌满了方方面面口头的支持,两手却始终空空,举步维艰,一如逆水行舟,偏偏又不肯放弃心中信奉的决定。一天夜里,一位好友自石家庄打电话给我,说:"你为什么要把自己放在这样一个困境里?你是殉道者还是一个理想主义者?"

我没有回答,书案上放着两封信。它们在台灯雪白的灯光里一个个字清晰入目——

一封信是一位陌生的七旬老者。家住津西静海县城。他凭着回忆为我画出一幅绝妙的镇海县古城(一字街品字城)图,并告诉我这座世无其二的古县城,半个世纪来一直在不间断地拆除中,直到1989年拆掉孔庙与城隍庙后,便连一丝儿痕迹也没有了。然后他说希望我能出力抢救。我读着信,报以苦笑。从遗骨不存的亡者身上还能抢救回来生命么?陌生老者的信把我引入空茫。

另一封信是内蒙古的民间文化学者郭雨桥写给我的。他今年始发于新疆乌鲁木齐,终抵于内蒙呼和浩特,途经四省,重点为两州、九县、十七乡,历时一百零八天,行程一万三千七百公里,进行草原民居建筑的普查。我很欣赏他不仅仅从建筑学而是从人类学角度来普查民居建筑。他把风俗、信仰、礼仪、服饰、节庆,乃至自然环境和野生鸟类也纳入调查对象;同时按照此次抢救工作规定以视觉人类学的方式,对文化遗产进行立体和三维的"全记录"。三个多月他拍摄胶卷一百零二个,摄像三十一盘,整理文字十五万字。我感觉他的收获如同我的收获，极是心喜。但是他在信中告诉我，今年已六十岁。返回呼和浩特便接到退休的通知。他感到困惑。他的整个草原民居调查还需要至少三年时间。像他这样弃家不顾的学者，终年在山野草场中踽踽孤行，默默劳作，还能有多少人？去年他在内蒙草原上写信给我。说他早晨钻出蒙古包，看着一片静穆的白云覆盖的草地，他哭了，他被大自然圣洁又庄严的美感动了。他本想打电话把他的感受直接传递给我，但天远地偏，没有信号。这样的学者又有多少人？故而，多年来他个人的工资稿费全部都为他的责任感付出了。这位学者的信也把我引入空茫。

一年已尽。又是周天寒彻和严严实实遮盖着大地的白雪。

我从中辨认出这一年自己的足迹，纷沓而缭乱；到底是由于奔波还是徘徊不定？也许正是遍看了大地母亲般的民间文化在急速衰亡，才陷入这种焦灼的徘徊中。我知道，我们为之努力和奋争而得到的会十分有限。那无以估量的已知和未知的历史文明最终要像长江的遗存那样丧入浩荡的江底。因为，面对这全球化对本土文化的追杀，整个社会是麻木和不以为然的。我们真的对自己的文明如此绝情？为什么还偏偏自诩为文明古国？是无知还是虚伪？是说给自己还是说给别人听？

看不见窗外的景色，听得见簌簌的雪声。无风时雪花落下来似乎重一些，我感觉到外边的积雪在渐渐加厚。一年里走过的地方都被这大雪厚厚地包藏起来了吧。待冬去春来，揭去这大雪一看，下面尚有茸茸的翠绿还是一片荒芜和无尽的苍凉？

大理心得记

两团浓浓的文化迷雾安静地停在滇西大理一带的田野中,一动不动,绵密而无声,诱惑着我。这迷雾一团是甲马,一团是剑川石窟中那个不可思议的阿姎白。

我第一次见到云南的甲马纸时,便感到神奇至极。一种巴掌大小的粗粝的土纸上,用木版印着形形色色、模样怪异的神灵。这些神灵只有少数能够识得,多数都是生头生脸不曾见过。其中一位"哭神",披头散发,嚎啕大哭,浑身滚动着又大又亮的泪珠,使我陡然感受到一种独特又浓烈的人文习俗隐藏在这哭神的后边。这是怎样一样特异的风俗? 怎样一种幽闭又虔诚的心灵生活? 至于阿姎白——那个白族人雕刻的硕大的女性生殖器真的就堂而皇之置身在佛窟之中吗? 两边居然还有神佛与菩萨侍立左右? 能相信这只是一千年前白族雕工们的"大胆创造"?

虽然我的高原反应过强,超过两千米心脏就会禁不住地折腾起来。但对田野的诱惑——这些神秘感、未知数和意外的发现,我无法克制;它们像巨大的磁铁,而我只是一块小小的微不足道的铁屑。何况在大理还要召开一个学术性座谈会来启动甲马的普查呢。

4 月 16 日我和中国民协一些专家由北京飞往滇西。其中杨亮才是专事民间文学研究的白族学者,精通东巴文字的白庚胜是一位纳西族专家。有他们引导我会很快切入到当地的文化深层。

甲马上的本主们

这种感觉不管再过多久也不会忘记——

车子停在路边,下车穿过一条极窄极短的巷子,眼睛一亮,豁然来到一个异常优美的历史空间里。手腕表盘上的日历忽然飞速地倒转起来,再一停,眼前的一切一下子回复到三百年前,而这一切又都是活着的。两株无比巨大的湛绿的大青树铺天盖地,浓浓的树荫几乎遮蔽了整个广场。这种被白族人奉为"神树"的大青树,看上去很像欧洲乡村的教堂——村村都有。但周城这两棵被称做"姐妹树"的大青树据说已经五百岁;围在小广场一周的建筑也不年轻。雕花的木戏台、窗低门矮的老店以及说不出年龄的古屋,全应该称做古董。广场上松散地摆放着许多小摊,看上去像一个农贸的小集。蔬菜瓜果花花绿绿,带着泥土,新鲜欲滴;日常的物品应有尽有。然而人却很少,无事可做的摊主干脆坐在凳子上睡着了,鸡在笼子里随心所欲地打鸣,一大一小一黄一白两条觅食的狗在这些菜摊中间耷拉着舌头一颠一颠走来走去;白族妇女的一双手是不会闲着的,用细细的线绳捆扎着土布。这是扎染中最具想象力和手工意味的一道工序。一些染好待出售的布挂在树杈上,在微风里生动地展示着那种斑斓和梦幻般的图案。在外人看来这些花布大同小异,但每一家的扎染都有着世代相传的独门绝技。只有她们相互之间才能看出门道,却又很难破解别人的奥秘与诀窍。

这儿,没有现代商场那种拥挤和喧嚣,也没有人比比划划、吆五喝六地招揽生意。似乎集市上的东西都是人们顺手从田野或家里拿来的,没人买便拎回去自己享受。一种随和的、近于懒散的气氛;一种没有奢望却自足的生活;一种农耕时代特有的缓如行云的速度;一种几乎没有节奏的冗长又恬静的旋律。

一个意外的发现,使我几乎叫出声来。在广场西边一家小杂货铺的几个货架的顶层,堆满一卷卷粉红色和黄色的小小的木版画。要来一看,正是我此行的目标——甲马!这种在内地几乎消失殆尽的民俗版画,在这里居然是常销的用品,而且种类多不胜数!

店主是位老实巴交的姑娘,头扣小红帽,不善言辞,眼神也不灵活。我问她这铺子卖的甲马总共多少种,都怎么使用,哪种人来买等等。她一概说不好。只说一句:"谁用谁就买呗。"

"这么多甲马是从哪里批发来的?"我问。姑娘说,是她父亲自已刻板印制的。她父亲是本村人,六十来岁,叫张庆生。大理的甲马历来都是本村人自刻自印。目前周城村还有三四家刻印甲马呢。我对她父亲发生兴趣,再问,不巧,她父亲有事外出去洱海了。

《追赶甲马》

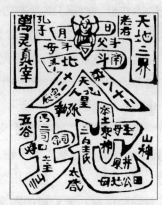
《天地三界》

我决定每种甲马买两张。价钱低得很,每张只有三角钱。我边挑选边数数,最后竟有九十多种。这使我很惊讶。店铺里卖的东西必定是村民需要的。这周城人心中有如此众多的神灵吗? 都是哪一些神灵?

云南的甲马不同于内地的纸马。但它是从纸马演化或分化出来的一种。纸马源于远古人最深切的生活愿望——祈福与避邪。那时人们无力满足自己这种愿望,只有乞求神灵的帮助。在汉代人们是通过手绘的钟馗、门神、桃符以及爆竹来表达这种心理的,并渐渐地约定俗成。等到唐宋雕版印刷兴起之后,这种广泛的民俗需求便被木版印刷的纸马承担起来。北宋时期的纸马就有钟馗、财马、钝驴、回头鹿马、天行帖子等等很多种了,《水浒传》中神行太保戴宗的靴子上不也贴着纸马吗? 一些像开封这样的大城市还有专门销售纸马的铺子,就像此刻眼前周城这家卖甲马的小店铺。这难道是中古时代留下来的一块活灵活现的"活化石"?

一千年来，纸马的风俗流散全国。几乎各地都有这种小小的自刻自印而神通广大的纸马。纸马走到各地，称呼随之不同。河北内丘叫"神灵马"，天津叫"神马"，广州叫"贵人"，北京还有一种全套的神马，被称做"百分"；云南便称之为"甲马"、"马子"或"纸火"。所谓"纸火"，大概由于甲马在祭祀过后随即就要用火焚烧，但内丘的神灵马却任其风吹日晒，自然消失。各地纸马上的马多是神灵的坐骑，云南甲马的本身就是快速沟通凡世与天界的一种神灵了。

中国的地域多样，文化上都很自我，相互和谐的古老方式便是"入乡随俗"。纸马的随俗则是依从当地的心理。这就不单因地制宜地改变了纸马使用时的习俗，各地独有的神灵也纷纷登上这天地三界神仙的世界中来。

我拿起一张甲马。灰纸墨线，刀法老到。中间挺立一人，佩刀执弓，颇是英武。上书二字："猎神"。我问这是白族的神吧？

杨亮才挺神秘地微微一笑说："这人叫杜朝选，我们就去看他。"

我像听一句玩笑，笑嘻嘻随着亮才走进一条蜿蜒的长街。这街又窄又陡，路面满是硌脚的碎石头，好像爬一座野山。走着走着便发觉街两边一条条极细的巷子全是寂寥深幽的古巷；临街上的窗子形制各异，有的方而拙，有的长而俊，古朴又优美，好似窗子的展览。一路上还有废弃已久的枯井、磨台、风化了的石门礅、老树、残缺的古碑、墙上插香用的小铁架以及浸泡着板蓝根的大染缸……我忙伸手从裤兜里掏出手机赶紧关掉，生怕这种全球化的物件打破我此刻奇异的如梦一般的感受。在一条深巷尽头，出现一座松柏和花木遮蔽的宅院，不知哪户人家。亮才推门进去，竟然是一座小庙。正房正中供奉一位泥塑大汉，威风八面，双目如灯。亮才说："这位就是猎神杜朝选，周城这村的本主。"我忽然明白，这是一座本主庙。正是那张传说可以接通神灵的甲马纸——猎神，把我引入白族奇异的本主文化中来。

《虚空过往之神》

《猎神》

《哭神》

《谷神》

《本境铁柱》

《太阳之神》

我读过一些白族本主文化研究的书。我对这地远天偏的白族特有的民间崇拜好奇又神往，但没想到自己毫无准备，已然站在一座本主庙里。我向庙中各处伸头探脑，所有物品全都不懂不知没有见过。书本上的东西在现实中往往一无所用。只有历史文化的浓雾将我紧锁其间。

不管白族的本主是否上接原始的巫教，不管它从佛教和道教中接受多少祭祀的仪式，在直觉的感受上它并非宗教，分明还是一种纯朴的民间崇拜。在周城附近慧源寺中一座本主庙里，我看到当地的一个民间组织莲池会正在祭祀本主。头包各色头布的妇女与老婆婆们手敲长柄木鱼，齐声诵经；身边竹编的盘子上，恭恭敬敬地摆着茶壶、小碗、茶水、瓜果、干点、米酒、松枝与鲜花。没有铺张，只有真切；没有华丽，只有质朴的美；一句话，没有物质，只有精神。那种发自心灵的诵经之声宛如来自遥不可及的远古。什么原因使它穿过岁月的千丛万嶂来到眼前？

本主崇拜是以村为单位的。一般说，一个村庄一个本主。也有几个村庄供奉同一个本主，或者一个村庄同时敬祀两三个本主的。周城就有两个本主。南本主庙供赵本郎，北本主庙供杜朝选。本主又称本神，即"本境之主"或"本境福主"。用现代汉语解释就是"本村保护神"。按《本主忏经》的说法，本主可以给予人们"寿延绵，世清闻，兴文教，保丰年，本乐业，身安然，龄增益，泽添延，冰雹息，水周旋，安清吉，户安康"。故而，村民对本主信仰极虔，凡生活中生育、婚姻、疾病、生子、耕种、盖房、丧葬、远行等等，都要到庙中告知本主，求得吉祥。甚至连买猪买鸡或杀鸡宰猪，也要到本主面前烧几根香，直把心里的事都说给本主，方才心安。从生到死，一生都离不开本主的护佑与安慰。

这些独尊于一个个村落中的本主，彼此无关，没有佛教道教的神仙们那种"族群"关系。至于本主成分之庞杂,真是匪夷所思。大致可以分为七类。一是自然物本主,包括太阳、山、雪、古树、黄牛、灵猴、白马、鸡、马蜂、神鹰、壁虎等。有的村庄会把一块石头或一个大树疙瘩奉为本主,当然一定是"事出有因"。比如大理阳乡村的树疙瘩本主相传曾经阻挡洪水,为该村建立过宏勋。二是抽象物本主,比如龙和凤。白族是崇拜龙的。即汪士桢说的"大理多龙"。龙是雨水的象征。但传说中龙的家庭十分庞大。比如龙王、龙母、黄龙、白龙、赤龙、母猪龙王、独脚龙王、温水龙王、马耳龙神等等,不胜枚举。不同的龙因为不同的原因成为本主,不一定都和雨水洪水有关。三是历史人物本主。其中不少是南诏国和大理国的帝王将相,爱国名将段宗膀和李宓都是著名的本主。人们敬重这些历史人物,甚至连李宓手下的爱将,还有大女儿和二女儿,也在不同的村子里被封为本主。四是英雄本主。他们是百姓敬仰的为民除害的英雄豪杰。由于年代久远,在民间已成为神话传说的主人公。周城的猎神杜朝选就是其中一位。其余如柏洁圣妃、洱海灵帝、海神段赤城、南海阿老、除邪龙木匠、赤崖老公、挖色秀才、药神孟优、独脚义士阿龙等等,多不胜数。五是民间人士。这些人士曾经都是实有其人。或做过好事,或极有个性而令人羡慕,或品德高尚被视为楷模,因而被立为本主。这种本主属于"人性神身"。六是为白族熟知的其他民族的人士,比如诸葛亮、韩愈、傅友德、忽必烈等等。七是佛道神祇。虽然本主中有佛道诸神,但本主的主流还是从白族自己的土壤中生出的令人崇敬的人物。只要全村的百姓普遍认可,便封为本主,立庙造像,烧香敬奉。由于本主曾是活人,每个本主的生日都要大事庆贺。

本主没有严格的教规,但在村内却有极强的凝聚力。他们的事迹村中百姓无人不晓。比如周城本主猎神杜朝选,谁都知道此地曾有一条巨蟒兴妖，掠去二女子，杜朝选与巨蟒血腥拚杀，最后斩蟒救女。这二女子知恩必报，一齐嫁给杜朝选。故而周城北本主庙杜朝选的神像旁，还有二位夫人以及孩子一家人的塑像。在白族的本主庙中人性和人间的味道极浓，这是其他宗教寺庙中没有的。特别是一些本主还带着"人性的缺欠"。比方邓川河溪口一位本主白官老爷，性喜拈花惹草，人极风流，但后来幡然醒悟，改邪归正，村民不仅原谅他，将他封为本主，还在他身边塑了一个美女。另一位身居鹤庆的风流本主东山老爷，常与邻村小教场村的女本主白姐夜间幽会。由于贪欢，天亮返回时慌慌张张穿走白姐的一只绣鞋。人们便让这两位本主将错就错，神像上各有一只脚穿着对方的鞋子。洱源南大坪的本主曾因偷吃耕牛的肉，被人揪去一只耳朵。庙中他的神像也缺一只耳朵，便是尽人皆知的"缺耳朵本主"。从教化的层面说，这些故事具有告诫的意义。但从人类学角度看，它们表现出白族特有的宽容、亲和与自由。这一点对于我下边研究和认识阿姎白很有帮助。

　　白族的本主庙不像佛庙道观深藏于山林之中。它们全在村内老百姓的中间。村民心中有事，如同到邻居家一样，出门走几步，一抬腿就进了本主庙。用自己创造的神灵来安慰自己的心灵，便是古代人类最重要的精神生活的方式了。白族的本主与汉族的妈祖有些相似，每年都要把神像抬出庙宇，以示"接神到人间"，同时歌之舞之，既娱神也娱人，沟通人与神的联系，使心灵得到安全感和满足感。但比较起来，白族人与他们的本主之间更具亲情感。他们连本主的脾气、性情、爱好、吃东西的口味，全都一清二楚，并像关爱亲人一样照顾本主。每个本主都有一个传说。每个传说都是一篇美丽的口头文学。收集起来便是一部民间文学沉甸甸的大书。这些本主的"本生故事"，大多是曾经在人间的种种美德。白族人便以此来传承他们的生活准则、伦理模式、道德理想与价值观,以及审美。

《当生本爷》

《鸡煞》

白族人与本主沟通和祈求保护的另一种方式,是通过甲马。许多村庄的百姓把他们的本主刻印在灵便又灵通的甲马纸上。当白族的本主们登上甲马,我们就深知甲马纸的分量了。这也是云南甲马不同于其他地区纸马并具神秘感之关键。

我将云南甲马的神灵与白族的本主做比较,其结果告诉我,甲马上的神灵并不都是本主,本主也并没有全部登上甲马。其原故有二:一是本主崇拜只有白族才有,而甲马遍及云南各族。二是甲马的精神本质源自原始崇拜的"万物有灵"。它超出本主范围。在"万物有灵"这一点上,甲马与全国各地的纸马又是一致的。

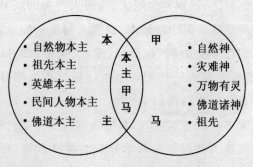

在甲马汪洋恣肆的世界里,除去大量的白族的本主之外,其他神灵大抵分为两部分。一是与物质生活相关,一是与心灵生活相关。

与物质生活相关的甲马,可以对生活——畜牧、农耕、狩猎、行路、家居、建屋、生育、健康、衣食、天气等施加全方位的保护。比如五谷神、水草大王、地母、风神、水神、树神、火神、猎神、井神、放羊哥、圈神、粪神、送生娘娘、河伯水神、金花银花、桃花夫人、土公土母、安龙奠土、张鲁二班等等。品类之多,难以穷尽。由于在人的祈望中避祸比得福更为深切,所以原始崇拜中对灾难神的祭拜要重于吉祥神。在这里,各种制约不幸与疾病的甲马应有尽有。比如二郎神(冰雹)、火神(火灾)、瘟司(瘟疫)、夜游神(恶梦)、巫蛊(神智迷乱)、虹神(小孩口吃)、哭神(小孩啼哭)、瘟哥(医神)、姑奶奶(生疮长疥)、罗昌阁大王(眼疾)、耗神(腰酸背疼)等等。比起河北省内丘的纸马,云南甲马要广泛得多。也可能内丘地处中原,生活较之开放,许多古纸马早已消失,于今存之无多。

较之与物质生活相关的甲马,另一部分与心灵生活相关的甲马就更加丰富了。这是甲马真正价值之所在。

《罗昌阁大王》

《五方车马神君》

从这一类甲马中,可以看到古代白族对大自然的亲和与崇敬

（岩神、太阳神、山神等），对不可知的自然力量的畏惧（火龙、巫师、三木天王、太岁等），对人间祥和的向往与追求（匹公匹母、小人子、解冤结等），对意外不幸的担虑（命符、退扫、床神、平安大吉、六贼神和驱鬼等等）。还有很多甲马体现人们对死者灵魂安宁的祈望，这一切使人想到原始祭祀中的招魂。这些甲马无疑都与博物馆里远古先人的祭器相关相连。

甲马几乎渗透到人们现实生活和心灵生活的所有角落！

在大理我邀集了一些本主文化与甲马的专家座谈。最令我吃惊的是，其中二位专家收藏的甲马都达到一千多种。他们展示的一小部分，已使我如醉如痴。那种神奇又神秘的气氛、怪异荒诞的形象和莫名的由来，使我感受到与其之间，一如大漠荒原，空荡旷远，无法计量。那种粗犷与野性，近乎原始。然而其生命与灵魂的张力，犹然令人震撼。经他们介绍，其中不少是早已不再使用的古纸马。当我们了解到每种甲马都承载着一种古俗或一个使用的传统，更为白族文化的深厚和博大而震惊！

由此，回到本主文化来说，白族现存的本主庙有四百十三座。而历来就有五百神主之说。每一个本主后边都是一大片的背景；都有各自的故事传说和一整套特立独行的祭拜习俗，甚至连祭祀哪位本主的食品必须使用什么，禁忌什么，都有规定。这些习俗只在本村适用，互相决不通用。我们常说的"五里不同风，十里不同俗"，在大理的本主文化中表现得非常突出。最珍贵的是，这一切都是活着的。前些年一位村长为人民做了好事，被本村人立为本主。他的庙和神像在村里，他本人如今也生活在村里。

可是，本主文化的另一面是悄悄的消解与中断。

在鹤庆的新华村，传统的银器工艺正在引发旅游热。村口的广场上停满了花花绿绿的大巴，游客们抱着亮闪闪的银器横冲直撞，东冒一头,西冒一头。我问一位年轻的干部该村的本主情况,他已经张口结舌说不出来,随后居然用港腔说一句:"不好意思。"在周城,南本主庙赵本郎的故事早就不为人们所知。更别提浩如烟海的甲马,一不留意,即刻随风飘去。

在文化遗产中,我更重视非物质的部分,因为它的口传性决定了它相当脆弱的命运。实际上所有物质文化遗产中都包含着非物质的内容。比如敦煌石窟中各朝各代画工们作画时的习俗和技法,谁还能说出? 由于那些口头和非物质的内容中断了,剩下的只有洞窟中物质性的壁画和泥塑了。非物质遗产主要是人的内容,或是通过人传承的内容。它保留在口头记忆里。如果有一天,我们对甲马上的大量的灿烂的口传故事与习俗遗忘了,那么白族留给未来的最多只是一大堆茫无头绪、百思不得其解的民俗图画而已。

所以,在启动甲马抢救和普查的会议上,我们特别强调,一定要把每一张甲马的身份、背景及承载的各种记忆性的信息调查清楚。说到这里,我忽然想到它既是民间艺术,又是民间文学和民俗呢。但是至今,我们对白族各村的本主并没有彻底摸清,对甲马更是如此,究竟它是一千多种、两千多种、三千多种还不得而知呢,更别提它无形地承载多少历史与文化的信息了。这件事多么浩大与沉重!然而几位本地的研究甲马与本主文化的专家却说他们一定会做好这件事。他们没有慷慨激昂,点头承诺时却没有半点犹疑。我知道,承担的另一面一定是爱。而文化遗产只能在自觉的爱中才能保存下来。

解密阿姎白

去剑川石窟看阿姎白真费了不少周折。本该从大理直抵剑川,由于鹤庆那边有事,下一站又是丽江,只能另走一条路,便与剑川擦肩而过。人在丽江时,心里仍放不下阿姎白。最终下决心放弃了泸沽湖之行,掉转头来,翻山涉水,来到剑川的石宝山。

在白族语言中,阿姎就是姑娘;白是掰开和裂缝的意思。阿姎白是姑娘开裂地方,即女性的生殖器。但世界上还有哪个民族把它雕刻成一个巨大的偶像,赤裸裸一丝不挂地放在石窟中供人祭拜?前几年,世界妇女大会在北京召开,一些西方代表专门跑到剑川,来见识闻名已久的阿姎白。真的看到了,全都目瞪口呆。

说实话,我并没有这种好奇心。吸引我来的缘故,是我不相信那种通用的解释——它是云南佛教密宗思想的产物。甚至追根溯源,说它来自于印度教中具有性力崇拜的湿婆神。我第一次看阿姎白的照片时,照片拍得模糊,那阿姎白黑乎乎的,分明是一尊佛。

车子进石宝山,即入丛木密林。外边树木的绿色照入车窗,映得我的白衬衫淡淡发绿。还没来得及把我这奇异的发现告诉给同车的伙伴,沁人心肺的木叶的气息,已经浓浓地渗入并贯满车厢了,真令人心旷神怡。跟着,车子进入绿色更深的山谷。

陪同我的一位剑川的朋友说,每年的七八月,著名的石宝山歌会就在这里。到这时候,大理、洱源、鹤庆、丽江、兰坪一带的白族人,穿戴着民族服饰,手弹龙头三弦,聚汇到这里唱歌、对歌、比歌、赛歌,用歌儿一问一答,寻求臆想中的情侣。动听的歌声贯满这深谷幽壑,翠木绿林为之陶醉。一连几天纵情于山野,人最多时达到数万。这位朋友还说:"在这期间,不少女子——有结了婚的,也有没结婚的,跑到山上阿姎白那里,烧香磕头,还用手把香油涂在阿姎白上,祈求将来生育顺当,不受痛苦。一会儿你就会看到,阿姎白给摸得黑亮黑亮,像一大块黑玉!"

剑川这位朋友的话,叫我在见到阿姎白之前,已经朦胧地理解到它的由来。

剑川石窟凡十六窟。石窟自道边石壁凿出,石质为红沙石,这颜色深绛的石头与绿草相映,颇是艳美。阿姎白为石钟寺第八号

剑川石窟石钟寺第八窟,中为阿姎白

窟,窟形浅而阔,大大小小的造像与佛龛密布其间,都是浮雕和高浮雕,上敷五彩,斑斓华美。中开一洞形佛龛。就是阿姎白的所在地了。第一眼看上去,便让人起疑。龛外一左一右为一对巨大的执刀佩剑的天王。难道阿姎白也需要天王守候吗?龛楣莲花宝盖上有墨书题记。年深日久,字迹漫漶,缺字颇多。所幸的是竟残留着建窟年代,为"盛德四年",乃是大理国第十八代王段智兴的年号。这一年是宋淳熙六年(1179年)。值得注意的是,墨书题记中没有阿姎白及相关的记载,却有"观世音者","天王者","造像"等字样。那么洞内的雕像就应该是佛像,而非阿姎白了?

探头于洞中。中间即是阿姎白。一块巨石,上小下大,端"坐"石座上。此石极其粗砺,貌似自然石,中开一缝,缝沟深陷,两边隆起,如同花瓣,由于人们长期用手抹油,日久天长,亮如黑漆。这样一个巨大的女性生殖器立在这里,的确是天下的奇观!这样直观和直白的表现,亦是世上无二。

然而,细看龛内两边石壁上,浮雕着两组佛像。左为阿弥陀佛,

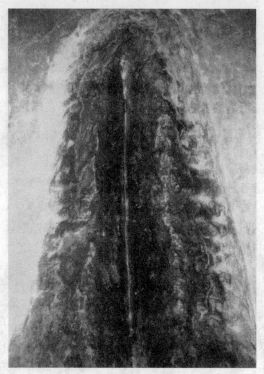

阿娹白

右为毗卢佛。造型严谨,雕工精整,明显是汉传佛教艺术的风格。于是,问题就出来了:阿娹白的雕刻完全是另外一种方式,好似刀劈斧砍,极端的写意,既粗犷又粗糙,决非雕工的手法。而从阿娹白上那一条条生硬的刻痕看,无疑是石匠之所为。这说明,阿娹白与龛内外的佛像完全是无关的两回事。决不是同时雕刻出来的。那么阿娹白是怎么跑到佛龛上去的?

我忽然发现,阿娹白下边的石座是一个莲花座。莲花座前边的雕花已经剥落,但靠在里边的复瓣莲花却完好如初,刻得很好,打磨得也柔细和光滑,与龛内石壁上那两组佛像的浮雕属于同一种语言;但与莲花座上连为一体的阿娹白却风马牛不相及。

我已经明白了！于是，离开佛龛后退几步，再远观一下。这阿姎白分明是佛的形状。上小下大，稳稳坐在须弥座上。而阿姎白——女性生殖器的形状应该上大下小、上宽下窄才是。原来这里本是一座佛的坐像，是不是后来佛像残了，被后人改造成这个样子？

进一步再从历史和艺术上进行推论：

剑川石窟的兴建是在白族政权南诏国和大理国时代。按洞窟中的纪年，由公元 850 年至 1179 年，前后三百年。这期间，正是佛教大举进入云南的时期。白族人南诏和大理的政权和历史上西北的许多少数民族政权一样（如鲜卑的北魏，党项的西夏，蒙古的元朝等），都曾利用佛教作为精神统治的器具。兴建寺庙与洞窟是普及佛教最重要的方式。南诏与大理都是"政教合一"，剑川石窟的兴建就是一种官方行为了。这也表明为什么石窟中会出现南诏大理王朝政治生活的浮雕画面。如此弘扬佛教的石窟无论如何也不可能出现"阿姎白"的形象。

再从剑川石窟的雕刻风格上看，从南诏到大理这几百年间，虽然有时代性的变化，但都是一脉相承，并明显地与四川大足、广元等地石刻如出一辙。这恐怕与南诏国多次对四川发动战争并掳掠大量艺人工匠有关，这在《通鉴》的"唐纪"中有许多记载。因此，无论造像的整体造型、形象特征，还是衣纹的刻法，剑川的石雕都像是出自大足的刻工之手。这种风格是严谨的写实主义的，决不可能从中冒出具有强烈象征意义的阿姎白。

剑川石窟的开凿终结于南宋，至今八百年。在漫长历史的磨难中，有自然消损也有人为破坏。窟中造像破损甚多，有的缺失佛首，有的臂断身残。许多造像上都有后代人修补时榫接的洞孔。这便是再造阿姎白的背景。没有疑问了，阿姎白是利用一尊残损的佛像改造和再造的。很清楚了，阿姎白不是云南佛教的密宗思想使然。不是佛教的创造，而是再造。那么是谁再造的？是民间；这再造的精神动力来自哪里？来自民间——一种民间的精神。

这民间的精神,在上一节关于白族本主文化的阐述已经说得很明白,那便是信仰选择的自由和对于人间情爱的宽容。而这种精神,在一年一度石宝山歌会如此浪漫而自由的天地里,更加无拘无束,恣意发挥。阿姎白的出现,势所必然。

然而,阿姎白可不是性崇拜,而是生殖和生命崇拜。

远古时代的人,无力抵挡各种灾难的伤害,生命的成活率很低,为了补充自身的缺失,生命的繁衍便是头等大事。人自身的生殖的器官变得至高无上,而渐渐演化为一种生命的图腾。几乎所有古老民族都出现过生殖——生命的崇拜。但这个具有原始意味的生命崇拜缘何一直保存到今天?每逢七八月,它依然被人们顶礼膜拜?人们抹在阿姎白上新鲜的香油使得这片山野飘动着奇特的芬芳。

从这个意义上说,阿姎白是个奇迹,是如今还活着的极古老的文化。它活着,不是指阿姎白这块不可思议的"石头",而是人们对它的崇拜,是它亘古不变的灵魂。那就是对生命的热爱与虔诚。此外白族人还用一代代人传承下来的各种风俗——本主信仰、绕三灵、三月街、青姑娘节、火把节等等来诠释他们对生命的理解。同时又依靠风俗这种共同的记忆,把他们的民间精神像圣火一样传递下来。

别看我对阿姎白有一个"突破性"的发现,但它告诉给我的更多。那就是,如果我们遗弃了有关阿姎白的口头记忆,最终它留给后人的只是一块被误解的胆大妄为的疯狂的性的石头。

就像一些古村落,将其中的百姓全部迁出,改做商城。其中一切人文积淀和历史记忆随之消散。也许在建筑学者的眼中它风貌依存,但在文化人类学者的眼里,它们不过是一群失忆的、无生命的古尸而已。

有形的文化遗产可以作为旅游对象而被豢养,不能被消费的无形的文化遗产怎么存活?市场可以使没有市场价值的事物立足吗?纯精神的历史事物注定要被人们渐渐抛弃吗?

北岛

里尔克：我认出风暴而激动如大海

一

秋　日

主呵，是时候了。夏天盛极一时。
把你的阴影置于日晷上，
让风吹过牧场。

让枝头最后的果实饱满；
再给两天南方的好天气，
催它们成熟，把
最后的甘甜压进浓酒。

谁此时没有房子，就不必建造，
谁此时孤独，就永远孤独，
就醒来，读书，写长长的信，
在林荫路上不停地
徘徊，落叶纷飞。

正是这首诗，让我犹豫再三，还是把里尔克放进二十世纪最伟大的诗人的行列。诗歌与小说的衡量尺度不同。若用刀子打比方，诗歌好在锋刃上，而小说好在质地重量造型等整体感上。一个诗人往往就靠那么几首好诗，数量并不重要。里尔克一生写了二千五百首诗，在我看来多是平庸之作，甚至连他后期的两首长诗《杜伊诺哀歌》和《献给奥尔甫斯十四行诗》也被西方世界捧得太高了。这一点，正如里尔克在他关于罗丹一书中所说的，"荣誉是所有误解的总和"。

关于《秋日》，我参照了冯至和绿原的两种中译本，以及包括罗伯特·布莱（Robert Bly）在内的三种英译本，最后在冯译本的基础上"攒"成。绿原先生既是诗人又是翻译家，但他《秋日》的译本显得草率粗糙：

> 主啊，是时候了。夏日何其壮观。
> 把你的影子投向日规吧，
> 再让风吹向郊原。
>
> 命令最后的果实饱满成熟；
> 再给它们偏南的日照两场，
> 催促它们向尽善尽美成长，
> 并把最后的甜蜜酿进浓酒。
>
> 谁现在没有房屋，再也建造不成。
> 谁现在单身一人，将长久孤苦伶仃，
> 将醒着，读着，写着长信
> 将在林荫小道上心神不定
> 徘徊不已，眼见落叶飘零。

第一段还不错，问题出在第二段和第三段上。首先，他极力把诗行压成豆腐干，第二段每行字数一样，第三段的两部分也基本如此。为了这种外在形式的工整，他用大量的双音词凑数，这在现代汉语中是最忌讳的，势必破坏自然的语感与节奏。尤其是"再给它们偏南的日照两场"这一句特别生硬，本来很简单，就是"两天南方的好天气"。第二段最微妙的是一系列强制性动词的转换，这在绿译本中体现不够。比如，"并把最后的甜蜜酿进浓酒"，"酿进"原意是"压进"。第三段开始是祈使句"谁此时没有房子，就不必建造，/谁此时孤独，就永远孤独"，而绿原使用的是陈述句"谁现在没有房屋，再也建造不成。/谁现在单身一人，将长久孤苦伶仃"，改变了这一关键处的音调。结尾加了多余的一笔"眼见"，破坏了作者刻意追求的那种客观性描述。

　　三种英译本中顶属布莱的最离谱。他首先把题目《秋日》译成《十月的日子》，把"南方的好天气"译成"地中海的好天气"，把最后一句"在林荫路上不停地/徘徊，落叶纷飞"译成"沿大树下的小路独自走着，/不回家，落叶纷飞。"人家根本没提回不回家，而布莱非要画蛇添足。

　　我之所以不厌其烦地细说翻译，是想让我们知道阅读是从哪儿开始的，又到哪儿结束的，换句话来说，也就是弄清诗歌与翻译的界限。一个好的译本就像牧羊人，带领我们进入牧场；而一个坏的译本就像狼，在背后驱赶我们迷失方向。

　　我所面临的尴尬处境是，除了英文外我并不懂其他外文，按理说我是无法区分牧羊人和狼的，或许我自己就是披着羊皮的狼。然而为了抛砖引玉，继续我们有关诗歌和翻译的讨论，似乎也只能如此——摸石头过河。

　　《秋日》是 1902 年 9 月 21 日在巴黎写的，那年里尔克年仅二十七岁。

　　书归正传，让我们一起来进入《秋日》。开篇就确定了谈话的对象是上帝：主呵，是时候了。这语气短促而庄重，甚至有种命令口吻。夏天盛极一时。参照题目，显然是一种感叹，即不可一世的夏天终于过去了。是时候了，是"把你的阴影置于日晷上，/让风吹过牧场"的时候了。把……置于及让是命令式的延伸。这两组意象有一种奇妙的对位关系，即你的影子与风，日晷与牧场在上下文中彼此呼应，互为因果。你的影子是有形的，而日晷是通过影子的方位确定时间的；而风是无形的，牧场是日晷在时空上的扩展。一般来说，明喻是横向的，靠的是"好像""仿佛""如……似的"这类词来连接；而暗喻是纵向的，靠的是上下文的呼应。另外，说到诗歌的方向性，这首诗是个很好的例子，是由近及远从中心到边缘展开的。日晷是中心，而上帝的影子为万物定位，从这里出发，风吹向广阔的牧场。

第二段仍保持着开始时的命令式。带动这一转变的是风,是风促成段落之间的过渡。前面说过,这一段最微妙的是一系列强制式动词的层层递进:让……给……催……压。这其实是葡萄酒酿造的全部过程,被这几个动词勾勒得异常生动。让枝头最后的果实饱满;/再给两天南方的好天气,/催它们成熟,把/最后的甘甜压进浓酒。若进一步引申,这里说的似乎不仅仅是酿造,而是生命与创造。

第三段是全诗的高潮。谁此时没有房子,就不必建造/谁此时孤独,就永远孤独,这两个名句几乎概括了里尔克一生的主题,即他没有故乡,注定永远寻找故乡。大约在此两年前,他在给他的女友后来成为妻子的信中写道:"您知道吗?倘若我假装已在其他什么地方找到了家园和故乡,那就是不忠诚?我不能有小屋,不能安居,我要做的就是漫游的等待。"也许是这两句最好的注释。就醒来,读书,写长长的信,/在林荫路上不停地/徘徊,落叶纷飞。从开端的两句带哲理性的自我总结转向客观白描,和自己拉开距离,像电影镜头从近景推远,从室内来到户外,以一个象征性的漂泊意象结尾。最后三句都是处于动态中:醒来,读书,写信,徘徊。而落叶纷飞强化了这一动态,凸现了孤独与漂泊的凄凉感。这让我想起苏轼的名句:"转朱阁,低绮户,照无眠。"其电影镜头式的切换有异曲同工之妙。

这是一首完美到几乎无懈可击的诗作。从整体上看,每段递增一句的阶梯式的结构是刻意营造的,逐步推向最后的高潮。复杂音调的变换成为动力,使主题层层展开:开篇显然与上帝有某种共谋关系,同时带有胁迫意味;第二段的酿造过程是由外向内的转化,这创造本身成为上帝与人的中介;第三段是人生途中的困惑与觉醒,是对绝对孤独的彻悟。这三段是从上帝到自然到人,最终归结于人的存在。这是一首充满激情的诗:"主呵,是时候了"和"谁此时没有房子,就不必建造/谁此时孤独,就永远孤独",但同时又非常克制,像激流被岩石压在地下,有时才喷发出来。这激情来自正视人类生存困境

95

的勇气,因触及我们时代的"痛点"而带来精神升华。这首诗的玄妙正是基于意象的可感性,读者由此进入,体验一个漂泊者内心的激情。

就在同一天,里尔克还写了另一首诗《寂寞》。特附上绿原译的《寂寞》:

> 寂寞像一阵雨。
> 它从大海向黄昏升去;
> 从遥远而荒凉的平芜
> 它升向了它久住的天国。
> 它正从天国向城市降落。
>
> 像雨一样降下来在暧昧的时刻。
> 那时一切街道迎向了明天,
> 那时肉体一无所得,
> 只好失望而忧伤地分散;
> 那时两人互相憎厌,
> 不得不同卧在一张床上:
>
> 于是寂寞滚滚流淌……

这显然是一首平庸之作,和《秋日》有天壤之别。把寂寞比喻成雨,从雨的生成降落到最后在同床异梦的人中间流淌,暗示寂寞的无所不在,除了这一点还略有新意,此外无可取处。有时我琢磨,一首好诗如同天赐,恐怕连诗人也不知它来自何处。正是《秋日》这首诗,使里尔克成为二十世纪最伟大的诗人之一。

二

在巴黎时,你感到自己的迫切需要。当时你在"恩师"

罗丹手下,"工作再工作",显示了一种英雄气概。你焦虑时会通过某种艺术形式,把那使你感到恐惧的东西转化为自己的作品……

在今后的岁月里,无论你在何处逗留,无论你是否向往安全、健康与家园,或者更加强烈地向往流浪者的真正自由,乐于被变化的欲望所驱使,在你的内心深处总有一种无家可归感,而这种感觉是不可救药的。

——莎洛美回忆录

1902年8月28日,里尔克第一次来到巴黎。那年春天,他答应为一家德国出版社写关于罗丹的专著,先得到一笔预支稿费。7月28日,他用还不熟练的法文给罗丹写信,希望能见到他。那年里尔克二十七岁,是个初出茅庐的诗人;罗丹六十二岁,是早已闻名于世的雕塑大师。连接他们的是里尔克的新婚妻子克拉拉(Clara Rilke),她曾是罗丹的学生。

巴黎时期的前奏曲是沃尔普斯韦德(Worpswede),那是不来梅和汉堡之间的一个充满艺术情调的小镇,聚集着不少艺术家。通过一个画家朋友,里尔克加入他们的行列。那是世纪之交的狂欢,对末日审判的恐惧消弭后的狂欢。第一次世界大战尚在地平线以外,自文艺复兴以来的价值观虽被动摇,但还未被彻底粉碎。他们一起听音乐会,参观美术馆,狂欢之夜后乘马车郊游。两个年轻女画家的出现引起骚动。她们像姐妹俩,金发的叫波拉(Paula),黑发的叫克拉拉。里尔克在日记中写道:"我推开窗,她俩成了奇迹,向窗外的月夜探出头去,一身银光,月夜冰凉地抚摸着她俩笑得发烫的脸颊……一半是有知有识的画家,一半是无知无识的少女……接着,艺术之神附到她俩身上,他注视着,注视着。当他在此过程中变得足够深沉时,她们又回到了她们特有本质和奇迹的边缘,轻轻地再度潜入了她们的少女生活之中……"这两个女人的双重影像构成了他的少女神话,他写下这样的诗句:"少女们,诗人向你们学习,/学习如何表达你们的孤独……"

对于一个诗人来说,困难的是如何保持生活与艺术的距离。里尔克其实更喜欢金发的波拉,但他不愿破坏这理想的双重影像。踌躇观望中,一场混乱的排列组合,待尘埃落定,波拉跟别人订了婚。七年后,波拉因难产死去,里尔克在献给她的《安魂曲》中写道:"因为生活和伟大的作品之间/总存在某种古老的敌意……"

正是基于这种古老的敌意,他与克拉拉结为伴侣,在沃尔普斯韦德不远的一个农舍住下来。同年年底,克拉拉生下女儿。里尔克对婚姻并无幻想,他写道:"我感到结婚并不意味着拆除推倒所有的界墙建起一种匆忙的共同生活。应该这样说:在理想的婚姻中,夫妻都委托对方担任自己孤独感的卫士,都向对方表达自己必须交给对方的最大信赖。两个人在一起是不可能的。倘若两个人好像在一起了,那么就是一种约束,一种使一方或双方失去充分自由和发展可能的同心同德。"

婚后的现实压力是难以预料的。他使出浑身解数,为了过上普通人的生活,但很快就发现,靠写作养活一家人几乎是不可能的。他到处投稿,只要能赚钱什么都写,仍入不敷出,不仅婚姻生活成了问题,连他自己的创作也受到威胁。摆在面前只剩下一条路:中断稳定的家庭生活,重新上路。

这是里尔克来巴黎的主要原因:首先要解决温饱。今后的十二年,巴黎成了他地理上的中心。他给克拉拉的信中,描述了他首次拜访罗丹的情形:"他放下工作,请我在一张扶手椅上坐下,然后我们交谈起来。他和蔼可亲,我觉得自己好像早就认识他,现在只是重逢而已。我发现他比原先矮小些,但更加健壮、亲切和庄严了。"

整整五年,罗丹是他推崇备至的榜样。"工作"这个词再恰当不过地概括了罗丹对他的影响。和"灵感"这个流行词迥异,"工作"意味着放弃无节制的感情陶醉,最大限度地浓缩题材,使其固定化精确化。罗丹对里尔克的《时辰集》提出尖锐的批评,认为它不伦不类,喋喋不休,是一支饶舌的"即兴曲"。1902年9月5日,即在初次见面的第四天,他在给妻子的信中写道:"首先,他为自己的艺术发现了一个全新的基本要素;其次,他对生活别无他求,只想通过这一要素表达自己,表达自己的一切……他沉默片刻,然后极其严肃地说:'应当工作,只要工作。还要有耐心。'"

就在此信的两周后,他写出了《秋日》这首诗。他开始摆脱早期的伤感滥情,以及廉价的韵律和抑扬格等形式上的条条框框。在漫长的写作准备及青春期的感情动荡后,与罗丹见面造成巨大的心理震撼,他如钟一般被敲响。他开始有意识地将自我感觉外化物化,注重意象的准确性与可感性。

1907年12月,里尔克的《新诗集》出版了。这个集子收入1903年至1907年的诗作。他创造了"咏物诗"这一全新的形式。他在1903年致友人的信中提出自己的纲领:"创造物,不是塑成的、写就的物——源于手艺的物。""咏物诗"形式实现了这一纲领。自《时辰集》以来,他注重的不再是上帝生死爱情,而是具体的存在物:艺术品、动植物、历史人物、旅游观感和城市印象等。为此,他做了大量的"语言素描",即用文字刻画物体,再现其可感的真实。

三

此刻我站在巴黎街头,试图理解一百年前巴黎时期的里尔克。我来参加每年一度的巴黎书展。现在是三月下旬,刚到时几乎是夏天,一件单衣就够了。这两天气温骤降,阴沉沉的,伴有零星小雨。空气污染和全球性的气候反常,巴黎也在所难免。里尔克若活到今天,他的"秋日"会有些尴尬,要不夏天过于盛大,要不冬天不再来临;没有贵夫人和城堡,最多只能求助基金会,或干脆写畅销书;漂泊途中也只能泡泡网吧,无法写长长的信。

从1902年8月起整整十二年,巴黎是里尔克生活的中心,尽管他会时不时离开数日或数月,但最终总要回来。他手头拮据,面临巨大的经济压力,多半在那些廉价的客栈中搬来搬去。巴黎这故乡似乎刚好和俄国截然相反。在他看来,巴黎是恐惧之城,贫困之城,死亡之城。他到巴黎后不久的头几封信里处处流露出一种深深的忧郁,几乎抵消了他和罗丹父往的幸福感:"这座城市很大,大得几乎近于苦海。""巴黎?在巴黎真难。像一条苦役船。我无法形容这里的一切是多么令人不快,我难以描绘自己是如何带着本能的反感在这里混日子!"

而巴黎这所苦难的学校带给他的是艺术上的挑战。在1903年7月18日,他给莎洛美的信中写道:"正如以前一种巨大的惊恐曾慑住我一样,现在这对所有在不可名状的迷惘困惑中被称为生命的东西的惊愕又向我进攻了。"他给自己作为诗人的使命找到一个公式:"恐惧造物"。

1910年他完成长篇小说《马尔特纪事》,这是一本现代主义杰作。他提出后来存在主义提出的问题:"我们怎样才能生活,如果我们根本无法领会这生活的诸要素?"他在这部小说里系统地分析了"恐惧":"恐惧在空气中无所不在。你吸进了透明纯净的恐惧,但一到你的体内,它就沉淀下来,渐渐变硬,变成尖尖的几何体横亘在你的五脏六腑之间,因为所有在法场上,在刑讯室里,在疯人院,在手术室,在秋夜的桥拱下着手制造痛苦和惊恐的东西,所有这一切都具有一种顽强的永恒性,坚持自己的权利,都嫉妒一切存在物,眷恋自己可怕的真实性。"

在巴黎书展的诗歌专柜上,我无意中找到一本里尔克的法文诗集。书的设计很特别，封面上有个圆孔，正对着扉页上里尔克的一只眼睛——他在窥望我。他有一双泪汪汪的眼睛，其中有惊奇有怜悯，还有对自己孤独的漂泊生活的忠诚。这张照片摄于巴黎。

他最常去的地方是卢浮宫和法国国家图书馆。里尔克借助他小说主人公马尔特之口描述了他在法国国家图书馆读书时的感受："我想，我也会成为这样一个诗人，要是我能在某处居住，在世上某个地方，在无人照管的那许多关门上锁的别墅里找一个住处的话，那样我就会使用一个房间（靠山墙的那明亮的房间），在那里和我的旧物、家人照片和书本一起生活，就会有安乐椅、鲜花、家犬和一根走石子路用的手杖。如此而已……然而，事情发展并非如此，上帝会知道，这是为什么。我获准放在一间谷仓的旧家具在朽烂，连我自己也在腐败，是的，我的上帝，我上无片瓦，雨水直扑我的眼睛。"

与里尔克的命运相仿，我和巴黎也有不解之缘。自1992年起，我在巴黎先后住过多次，少则几天，多则半年。不同的是，巴黎是里尔克漂泊中停留的港口，而巴黎于我是为寻找港口搭乘的船。

巴黎的天空很特别，高深莫测，变幻不定，让一个漂泊者更加眩晕。巴黎的放射性街区像法文语法一样容易迷路。我不懂法文，如同盲人在街上摸索。而里尔克法文好，甚至专门用法文写了一本诗集。漂泊与漂泊不同，"同是天涯沦落人"，可人家心明眼亮。

很多年，里尔克都生活在相悖的两极：他向往人群渴望交流，但又独来独往，保持自身的孤独状态；他辗转于巴黎廉价的小客栈，又向往乡村别墅和自然。

1905年秋，里尔克接受罗丹的建议，帮他收发信件，做类似私人秘书的工作，每月得到两百法郎的报酬。但里尔克发现，这极大地限制了他外出旅行的自由，本来算好的两个小时的秘书工作渐渐吞噬了他整天的时间，他的独立性受到威胁。1906年5月

12 日,在一场激烈的口角后,他和罗丹分道扬镳。他在当天致罗丹的信中写道:他发现自己"像个手脚不干净的仆人一样被赶了出来"。

里尔克在巴黎呆不下去了,他开始四海为家,在庄园、别墅和城堡寄人篱下,接受富人的施舍。1906 年秋因过冬成问题,一位贵夫人请他到别墅去住几个月。在一次大战爆发前的四度春秋中,他在欧洲近五十个地方居住或逗留。他心神不宁,但意志坚定地走在他乡之路上:

> 谁此时没有房子,就不必建造,
> 谁此时孤独,就永远孤独……

四

预 感

> 我像一面旗帜被空旷包围,
> 我感到阵阵来风,我必须承受;
> 下面的一切还没有动静:
> 门轻关,烟囱无声;
> 窗不动,尘土还很重。
>
> 我认出风暴而激动如大海。
> 我舒展开来又蜷缩回去,
> 我挣脱自身,独自
> 置身于伟大的风暴中。

我在陈敬容和绿原的两种中译本基础上,参照英译本修改而成。由于这首诗篇幅短小,我把他们的译本也抄录如下:

我像一面旗被包围在辽阔的空间，
我感到风从四方吹来，我必须忍耐；
下面一切都还没动静，烟囱里没有声音，
窗子都还没抖动，尘土还很重。

我认出了风暴而且激动如大海。
我舒展开又跌回我自己，
又把自己抛出去，并且独个儿
置身在伟大的风暴里。

（陈敬容译）

我像一面旗帜为远方所包围。
我感到吹来的风，而且必须承受它，
当时下界万物尚无一动弹：
门仍悄然关着，烟囱里一片寂静；
窗户没有震颤，尘土躺在地面。

我却知道了风暴，并像大海一样激荡。
我招展自身又坠入自身
并挣脱自身孑然孤立
于巨大的风暴中。

（绿原译）

　　陈敬容是我所敬佩的九叶派诗人之一。她译的波德莱尔的九首诗散见于五六十年代的《世界文学》，被我们大海捞针般搜罗到一起，工工整整抄在本子上。那几首诗的翻译，对发端于六十年代末的北京地下文坛的精神指导作用，怎么说都不过分。

　　陈敬容的"预感"有错误有疏漏，比如她把第一段第三四句"下面的一切还没有动静：/门轻关，烟囱无声；"合并为"下面一切都还没动静,烟囱里没有声音",把门给省略了。另外,第二段的第二三句有点儿别扭:"我舒展开又跌回我自己,/并且独个儿"。但就总体而言,陈译本感觉好气势好,更有诗意。比如"我认出风暴而激动如大海"是此诗最关键的一句。我们再来看看绿译本:"我却知道了风暴,并像大海一样激荡",相比之下显得平淡无奇。

绿译本中也有明显错误。比如,"当时下界万物尚无一动弹"这一句,语言拗口,更致命的是以带禅味的阐释,特别是"下界"这一概念造成误导,其实原作意思很简单,就是"下面一切"。还有像"尘土还很重"被他译成"尘土躺在地面"。这就是我所说翻译中的对应性和直接性的问题。有人说,译者是仆人。意思是他必须忠实于原文,无权加入自己的阐释。"尘土还很重"转译成"尘土躺在地面"虽然有逻辑上的合理性——既然重还不躺在地面吗?其实这很危险,是以阐释为名对原文的僭越。

话又说回来了,正是由于前辈的译本,使我们能获得一个理解的高度,并由此向上攀登。我尽量扬长避短。比如,第一句陈译成"辽阔的空间",而绿原译成"远方",相比陈比绿更接近原意。我要找到的一个与辽阔相对应的名词,斟酌再三,我选择了"空旷",正好反衬出旗帜的孤独。第一段的四五行与别处相比是十分克制的,故我用了短句"门轻关,烟囱无声;/窗不动,尘土还很重。"为了避免两句过于对称,我采用了陈的译法"尘土还很重",仔细体会,这个"还"字的确用得妙。最难译的其实还是第二段头一句"我认出风暴而激动如大海",陈译得让人叫绝。接下来的几句从技术上处理更难。综合陈绿译本的好处,我译成"我舒展开来又蜷缩回去,/我挣脱自身,独自/置身于伟大的风暴中。""孑然"显得过于文绉绉的,但陈译的"独个儿"又太口语化了,我挑选了"独自",似乎也不太理想。

把翻译顺一遍就几乎等于细读了。也许这回我们试着从整体上来把握。《预感》这首诗把自我物化成旗帜。第一段显然展示的是一种期待情绪,和题目《预感》相呼应。开篇好:"我像一面旗帜被空旷包围",空旷与旗帜的对应,再用包围这个动词介入,造成一种奇特效果,有一种君临天下而无限孤独的感觉。接着是风暴到来前的寂静,是通过门、烟囱、窗和尘土这些细节体现的,那是"预感"的由来。第二段以"我认出风暴而激动如大海"与"我像一面旗帜被空旷包围"相呼应,更有气势更独具匠心。如果这一句压不住开篇那一句,整首诗就会呈颓势。随后两句借旗帜的舒卷暗示内与外的关系。结尾处我挣脱自身,独自的悖论式处理,指的是超越的自我,置身于伟大的风暴中。在里尔克看来,拯救世界的方法是将全部存在——过去的、现在的和将来的存在放进"开放"与"委身"的心灵,在"内心世界"中化为无形并永远存在。

俄国形式主义批评的代表人物之一维克多·施克洛夫斯基指出:"艺术之所以存在,就是为了使人恢复对生活的感觉,就是为了使人感受事物,使石头显出石头的质感。艺术的目的是要人感觉到事物,而不仅仅知道事物。艺术的技巧就是使对象陌生化,使形式变得困难,增加感觉的难度和时间的长度,因为感觉过程本身就是审美目的,必须设法延长。艺术是体验对象的艺术构成的一种方式,而对象本身并不重要。"《预感》和《秋日》一样,也凸显了这种陌生化的效果。里尔克通过一面旗帜展示了诗人的抱负,而旗帜本身的孤独寂寞,是通过周围环境反衬出来的:诸如空旷、风、门、烟囱、窗、尘土及风暴,正是这一系列可感性的精确细节,延长了我们体验的过程。在这首诗中,反衬法就是一种陌生化。如果我让我的学生写一首关于旗帜的诗,他们多半只会去写旗帜本身,即质地、颜色和飘扬状态。

最后值得一提的是《预感》这个题目起得好,与旗帜在风中舒展的过程同步,预感既悬而未决但又充满期待,强化了这首诗的神秘性。设想一下,如果题目叫"旗帜"就差多了。一首好诗的题目,往往不是内容的简单复述或解释,而是与其有一种音乐对位式的紧张。

陈译本标明的写作时间是 1900 年,而绿译本中却不然:"写作日期不明:1902—1906 年,或系 1904 年秋,瑞典。"《预感》和《秋日》都收入《图像集》。

五

> 是因为你的内疚与它(恶魔般的妄想)绑在一起,自童
> 年时代就已存在,当你还是个孩子时它就施加恶劣影响,
> 甚至后来,我们被一种道德教化的内疚所折磨,它时而是
> 以肉体惩罚的方式表现出来的。于是当我们长大成人,这
> 种内疚侵入肉体的运行,并孕育了灾难。
>
> ——1925 年 12 月 12 日
> 莎洛美致里尔克的信

1875 年 12 月 4 日,勒内·玛利亚·里尔克(Rainer Maria Rilke)出生于布拉格。父亲是个退役军官,在铁路公司供职。母亲来自一个富有家庭,她爱慕虚荣,渴望上流社会的生活。他们的婚姻生活并不幸福。

也许为了纪念在此前夭折的女儿,他被母亲当成女孩抚养,穿裙子烫头发抱娃娃,在性别错乱中一直长到七岁。但母亲整天做白日梦,很少关心他。他后来的成名,多少满足了母亲的虚荣心。里尔克写给初恋女友的信中,称他母亲是一个"追求享乐的可怜虫"。里尔克一方面讨厌母亲,一方面又继承了母亲的某些秉性,比如,他自认为是贵族后裔,一直设法证明自己的贵族血统。其实,里尔克的天才跟家族毫不沾边,祖先们都是农民军官房地产商,别说诗人,甚至连教师学者牧师都没有。

在天主教贵族小学毕业后,他被送进军事学校,以了父亲未遂

之愿。里尔克一直认为,这段生活是他特有的痛苦经验的原型。他满腔怨恨地写道:"我童年时熬过的那邪恶可怕的五年残酷极了,没有一丝怜悯可言;可是,我到现在还记得当时我顽强地在里面找到了某种帮助。"

在那种学校拳头就是权力。里尔克后来追忆道:"在我幼稚的头脑里我相信自制让我接近基督的美德,有一次我的脸被痛击时膝盖发抖,我对那个不义的攻击者——我至今还能听见——以最平静的声音说:'我受苦因为基督受苦,在无怨的沉默中,你打我,我祈祷我主宽恕你。'不幸的人群愕然立在那儿,然后跟他一起轻蔑地笑起来,与我绝望的哭声相连。我跑到最远的窗角,强忍住泪水,只让它们夜里滚烫地流淌,当男孩们均匀的呼吸在大宿舍里回响。"

1891 年 7 月,他由于身体欠佳被除名离开了军事学校,终于脱离苦海。翌年春,他回到布拉格。当律师的叔父希望他能继承自己的事业。苦读三年,里尔克考上大学。开始他选了哲学系,半年后转修法学,但他对法学毫无兴趣。不久他决心放弃学业,打破束缚他自由发展的精神桎梏。他告别布拉格,搬到慕尼黑,专心于写作。1921 年底,在他给一个瑞士年轻人的信中写道:"为了在艺术上真正起步,我只得和家庭、和故乡的环境决裂,我属于这么一种人:他们只有在以后,在第二故乡才能检验自己性格的强度和承受力。"

里尔克在文学起步时很平庸,且是个名利之徒。他到处投稿,向过路作家毛遂自荐,在一个权威前抬出另一个权威,并懂得如何跟出版商讨价还价。

1893 年年初,他在布拉格初次堕入情网。他写了大量情诗,并把第一部诗集《生活与歌》献给女友,这本诗集也是由她赞助出版的。两年半后,由于一次海边度假时的邂逅,他和女友分手了。三十年后,那位一直未婚而心怀怨恨的女友开始报复他:她出售当年里尔克写给她的信,并写文章辱骂他,说他是同性恋,长得奇丑无比等。

里尔克不久就全盘否定了《生活与歌》,甚至中止发行这部处女作。至于其他三部早期诗作《宅神祭品》、《梦中加冕》和《基督降临节》,他一生都还认为它们尚有几分存在的理由。他在 1924 年一封写给友人的信中,描绘了自己青年时代:"我当时傻里傻气抛出那些一文不值的东西,是因为当时有一种不可遏制的愿望推动我,要向格格不入的环境表明我有权从事这种活动。我推出这些习作,别人便会承认我有这种权利。那时我最希望的是在社会中找到能助我一臂之力的人,跻身于精神运动之列。在布拉格,即使在比我所经历的更理想的情况下,我都感到自己被排挤在这类精神运动之外。我一生惟有这段时间不是在工作的范围中奋斗,而是以可怜的早期作品追求世人的承认。"

六

我陷入困境。首先是关于里尔克的资料浩繁无边,包括他无数诗作散文艺术随笔书信日记,还有关于他的多种传记和回忆录。我就像个初学游泳的人,在汪洋大海挣扎。而更困难的是,如何评价他一生的写作。

和里尔克相识是七十年代初,我从《世界文学》上初次读到冯至先生译的里尔克的诗,其中包括《秋日》。说实话,他并没有像洛尔加那样让我激动,我们并肩擦过。人到中年重读里尔克,才终有所悟。他的诗凝重苍凉,强化了德文那冷与硬的特点,一般来说,这样的诗是排斥青年读者的,只有经历磨难的人才准许进入。

他的写作高峰无疑是巴黎时期,特别是从 1902 年到 1907 年这五年的时间。《秋日》和《豹》都写于这一时期。在我看来,《杜伊诺哀歌》和《献给奥尔甫斯十四行》的成就被人们夸大了,特别是在德语世界。

莎洛美一针见血地指出:"上帝本身一直是里尔克诗歌的对象,并且影响他对自己内心最隐秘的存在的态度,上帝是终极的也是匿名的,超越了所有自我意识的界限。当一般人所接受的信仰系统不再为'宗教艺术'提供或规定可见的意象时,我们可以这样来理解,里尔克伟大的诗歌和他个人的悲剧都可以归因于如下事实:他要把自己抛向造物主,而造物主已不再具有客观性。"

要想理解里尔克,非得把他置于一个大背景中才行。他从早期的浪漫主义向中后期的象征主义的过渡,正好反映了现代性与基督教的复杂关系。按墨西哥诗人奥克塔维欧·帕斯的观点,现代性是一个"纯粹的西方概念",而且它不能与基督教分离,因为"它只有在这样不可逆的时间的思想中才会出现"。

现代性与基督教的紧张,可追溯到文艺复兴及整个启蒙时期,虽然权威原则在宗教内外都受到挑战,神学仍是传统的基石。十八世纪后半叶兴起的浪漫主义,则是反对启蒙时期理性主义的一场新古典主义运动。而尼采提出"上帝之死",正是对千禧年周期结束前带宿命意味的悲叹。按帕斯的观点,上帝之死的神话实际上不过是基督教否定循环时间而赞成一种线性不可逆时间的结果,作为历史的轴心,这种不可逆时间导向永恒。但问题在于,"在作为一个线性不可逆进程的时间概念中,上帝之死是不可想象的,因为上帝之死敞开了偶然性和无理性的大门……尽管每一种态度的源泉都是宗教的,但这是一种奇怪而矛盾的宗教,因为它包含了宗教乃空虚的意识。浪漫派的宗教是非宗教的、反讽的:浪漫派的非宗教是宗教的、痛苦的。"

而从十九世纪中期起至二十世纪初,世俗化运动和基督教的对立,似乎是对上帝之死的进一步的肯定。其实无论如何离经叛道,大多数西方作家都延续着犹太—基督教的传统。"上帝之死"开启了宗教求索的新纪元,一种以自身为途的求索。

在这个大背景下,我们就比较容易理解里尔克的反叛与局限。他早期的浪漫主义对上帝之死这一主题的迷恋,到中晚期作品中对上帝之死的后果的探索,正反映了现代性在文学领域的嬗变,里尔克的诗歌与基督教的平行与偏离,最终导致一种乌托邦的新的宗教形式。他的二元性的信念是根深蒂固的,恰恰来自于基督教的心智结构。他的诗歌中反复出现的是二元对立的意象,诸如上帝/撒旦、天堂/地狱、死亡/再生、灵魂/肉体。换言之,他没有脱离基督教的话语系统,这从根本上影响了他在写作中的突破。而巴黎时期显然是他对这套话语系统的最大偏离,这与和莎洛美的恋情、俄国原始精神的感召、巴黎的世俗与厌世的对立,以及罗丹言传身教有关。

七

> 如果说我是你那几年的妻子,那是因为你是我生活中第一个男人,肉体与男性是不可分割的,无疑是生活的本来面目。我可以用你曾向我表白时所说的话,一个字一个字向你坦白:"只有你才是真的。"
>
> ——莎洛美回忆录

一个作家的命运往往是被一个女人改变的。1897 年 5 月初,在一位朋友家喝茶时,里尔克结识了莎洛美(Lou Andreas-Salome)。那年她三十六岁,比里尔克大十四岁。莎洛美是俄国将军的女儿,在彼得堡冬宫附近官邸中长大,后出国求学,在意大利结识了当时尚未成名的哲学家尼采,尼采向她求爱,被拒绝了。他向朋友们这样描述莎洛美:"目锐似鹰,勇猛如狮,尽管如此,还是个孩子气的姑娘","是目前我所认识的最聪明的人"。除了尼采的母亲和姐妹,莎洛美无疑是他一生中最重要的女人。后来莎洛美和弗洛伊德又成为好朋友。

莎洛美的丈夫安德里斯(Friedrich Carl Andreas),经过多年的冒险旅行后成为柏林大学东方语言系的讲师。当着莎洛美的面,他用匕首刺进自己胸膛,险些致命。在死亡威胁下,莎洛美同意和他结婚,但有言在先,从新婚之夜到安德里斯死去的四十三年中,她一直拒绝与丈夫同床。

里尔克一见到莎洛美就堕入情网。他在头一封信写道:"亲爱的夫人,昨天难道并非是我享有特权和你在一起的破晓时光?"在猛烈的词语进攻下,一个月后,莎洛美投降。整整三年,莎洛美成为他生活的中心。

莎洛美在她的回忆录中写道:"尽管我们邂逅于社交场合,但从那以后我们俩就生活在一起,把自己的一切都交给了对方。""后来,里尔克紧随他的目标,即追求艺术的完美。很明显,为了达到目标,他付出了内心和谐的代价。从最深刻的意义上来说,这种危险毫无疑问存在于所有艺术努力之中,而且跟生活是敌对的。对于里尔克而言,这种危险更加严重,因为他的才华被转而用来对那些几乎无法表达的东西做出抒情性的表达,最终目的是要通过他的诗歌的威力说出那些'无法说出的东西'。"

认识莎洛美后,里尔克的改变是不可思议的,从对风景气候动植物的感知到身体上的需求。比如,他开始喜欢素食,跟莎洛美在林中光脚散步。在这一切之上,莎洛美给予他的是安全感和真正自信。从两件事上可以看出,爱情穿透得有多么深:其一,在莎洛美鼓励下,他从此把名字按照德文拼法,完成了对自我的重新命名;其二,他的书写体大变,有一种老式的优雅。他们于1901年曾一度中断通信,大约两年半,即1903年6月他俩又恢复通信。里尔克在信中写道："谁知道我会不会在最黑暗的时刻到来呢?"此后,里尔克和她的关系从顶礼膜拜转为相敬如宾,友谊持续了一生。

和莎洛美紧密相联的是两次俄国之行。1899 年春,里尔克和莎洛美夫妇一起从柏林抵达莫斯科。到达后第二天晚上,他们见到了列夫·托尔斯泰,一起在克里姆林宫庆祝复活节之夜。五年后,里尔克写信给莎洛美:"我有生以来只经历过这一次复活节,那是个漫长、不寻常、令人战栗而振奋的夜晚,街上挤满人群,伊凡·维里奇(克里姆林宫的钟楼)在黑暗中敲打我,一下又一下。这就是我的复活节,我想人生有此一次足矣。在莫斯科之夜,我得到那信息及非凡的力量,它进入我的血液和心灵。"

他们还认识了俄国画家列昂尼德·帕斯捷尔纳克,他是诗人包里斯·帕斯捷尔纳克的父亲。那时包里斯只有十岁,跟父亲到火车站为莎洛美和里尔克送行。他后来非常推崇里尔克,把他的诗译成俄文。

首次俄国之行只是走马观花。1900 年 5 月 7 日,第二次俄国之行开始了,这次只有他们俩。为了这次旅行,他们做了大量的准备工作。与第一次相比,这次旅行丰富多了。他们专程到图拉去拜访托尔斯泰;去基辅参观名胜古迹,加入宗教游行队伍;乘船沿伏尔加河漂流,看望他曾翻译过的农民诗人。里尔克作了如下描述:

> 在伏尔加河上,在这平静地翻滚着的大海上,有白昼,有黑夜,许多白昼,许多黑夜。……原有的一切度量单位都必须重新制定。我现在知道了:土地广大,水域宽阔,尤其是苍穹更大。我迄今所见的只不过是土地、河流河世界的图像罢了。而我在这里看到的则是这一切的本身。我觉得我好像目击了创造;寥寥数语表达了一切存在,圣父尺度的万物……

他在 1903 年 8 月 15 日致莎洛美的信中声称:"我赖以生活的

那些伟大和神秘的保证之一就是：俄国是我的故乡。"

俄国神话一直陪伴他的一生。

八

豹

（在巴黎植物园）

他因望穿栅栏
而变得视而不见。
似有千条栅栏在前
世界不复存在。

他在健步溜达
兜着最小的圈子。
如中心那力的舞蹈，
伟大的意志昏厥。

眼睑偶尔悄然
张开——一个影像进入
贯穿四肢的张力——
到内心，停住。

似乎有必要把参照的两种译本抄录在下，有助于展开关于翻译的讨论：

扫过栅栏的他的视线，
逐渐疲乏得视而不见。
他觉得栅栏仿佛有千条，
千条栅栏外不存在世界。

老在极小的圈子里打转，
壮健的跨步变成了步态蹒跚；
犹如力的舞蹈，环绕个中心，
伟大的意志在那里口呆目惊。

当眼睑偶尔悄悄地张开，
就有个影像进入到里边，
通过四肢的紧张的寂静，
将会要停留在他的心田。

（陈敬容译）

他的视力因栅木晃来晃去
而困乏，什么再也看不见。
世界在他似只一千根栅木
一千根栅木后面便没有世界。

威武步伐之轻柔的移行
在转着最小的圆圈，
有如一场力之舞围绕着中心
其间僵立着一个宏伟的意愿。

只是有时眼帘会无声
掀起——。于是一个图像映进来，
穿过肢体之紧张的寂静——
到达心中即不复存在。

（绿原译）

说实话，这两个译本都让我失望。陈的形式上的工整破坏了中文的自然节奏,显得拗口,以至于会产生这样的句式"千条栅栏外不存在世界""壮健的跨步变成了步态蹒跚"。还有"伟大的意志在那里口呆目惊"。相比之下,绿原的译本较好,但也有败笔。比如,"威武步伐之轻柔的移行/在转着最小的圆圈,/有如一场力之舞围绕着中心/其间僵立着一个宏伟的意愿。"首先两个"之"的用法破坏了总体上口语化的效果,"轻柔的移行"其实就是溜达,而"僵立着一个宏伟的意愿"显然是误导,原意是昏厥、惊呆。结尾处"到达心中即不复存在"就更是错上加错。参照英文译本,我压缩了中文句式,尽量使其自然顺畅。

《豹》写于 1902 年 11 月,仅比《秋日》晚两个月,收入 1907 年出版的《新诗集》中。据作者自己说,这是他在罗丹影响下所受的"一种严格的良好训练的结果"。罗丹曾督促他"像一个画家或雕塑家那样在自然面前工作,顽强地领会和模仿"。本诗的副标题"在巴黎植物园"就含有写生画的意味。

开篇表明困兽的处境:他因望穿栅栏/而变得视而不见。/似有千条栅栏在前/世界不复存在。人称代词"他"有作者自喻的意味,豹是作者的物化。"千条栅栏"用得妙,是从豹的眼中看到那遮挡世界的无尽的栅栏。在这里栅栏不再是静止的,随困兽的行走而滚动延伸。而栅栏这一隐喻代表着虚无,故世界不复存在。一般来说,隐喻是纵向的,是在与望穿、视而不见和世界不复存在的关联中展现自身的。

第二段第一句健步与溜达的对立,而兜着最小的圈子加剧了这内在的紧张,与伟大的意志昏厥相呼应。中心既是舞台的中心,又是作者内在的中心,是内与外的契合点。在我看来,力的舞蹈是这首诗的败笔,因过度显得多余;伟大的意志昏厥则是这首诗的高光点,由内在紧张而导致的必然结果。按雅哥布森所说的横向组合轴来看,力和舞蹈显然是陈词滥调,伟大的意志与昏厥之间则有一种因撞击而产生火花的奇特效果。幸好有了这不同凡响的后一句,才得以弥补前一句的缺憾。

第三段是全诗的高潮:眼睑偶尔悄然/张开——一个影像进入/贯穿四肢的张力——/到内心,停住。显然与开篇他因望穿栅栏/而变得视而不见,与第二段伟大的意志昏厥相呼应。在昏厥之后,眼睑偶尔悄然张开意味着那清醒的瞬间。接着是一连串动词的巧妙运用,从一个影像进入,于是贯穿四肢的张力最后到内心,停住,戛然而止。原文中动词比"贯穿"生动,有滑动穿过之意,而张力指的是静止中的紧张,即静与动的对立。影像到底是什么? 显然是外部世界的影像,当它最后抵达内心时停住,暗示着恐惧与死亡。

九

任何人如果在内心深处看到这情景都会明白:要减缓里尔克在终极意义上的孤独感,我们所能做的是多么微乎其微。只在一瞬间,他能亲手阻断这种孤独感与幻象之间的联系。那是在高山之巅,他防护着自己免于走向深渊,因为他就是从那深渊里出来的。那些看着这情景的只能听之任之,虔诚但无力。

——莎洛美回忆录

在长篇小说《马尔特纪事》到《杜伊诺哀歌》的十多年时间,里尔克只出版了一本小册子《玛利亚的一生》。里尔克的创作与生活出现全面危机。他在写给莎洛美的信中缅怀最美好的巴黎时期,即《新诗集》的时期,那时他的写作如泉涌,不可遏制。"现在我每天早上睁开眼睛,一边肩膀总是冰凉的。我做好了创作的一切准备,我受过如何创作的训练,而现在却根本没有得到创作的委托,这怎么可能呢? 我是多余的吗?"尤其是第一次世界大战的后三年,他几乎在文坛销声匿迹。

1910 年他和塔克西斯侯爵夫人（Marie Taxis）的相识，对他的余生举足轻重。侯爵夫人不仅是他的施主，也是他由衷钦佩的女性。他们经常见面的地点，是现在意大利境内亚得里亚海边的杜伊诺城堡（Duino），那是侯爵夫人的领地之一。1910 年 4 月 20 日，里尔克第一次到杜伊诺小住，他惊叹这宏伟的宫殿与壮丽的景观。1911 年 10 月他重返杜伊诺，一直住到第二年 5 月。

有一天，他为回复一封讨厌的信而心恼，于是离开房间，信步朝下面的城堡走去。突然间，狂风中似乎有个声音在向他喊叫："是谁在天使的行列中倾听我的怒吼？"他马上记下这一句，一连串诗行跟进。他返回自己房间，到晚上第一首哀歌诞生了。不久，第二首哀歌以及其他几首的片断涌现，"晚期的里尔克"登场了。经过数年挣扎，他于 1915 年 11 月完成了第四首哀歌，接着是长达六年的沉默。

他后来在给朋友的信中回首在一次大战期间他的状态："战争期间，确切地说出于偶然，我几乎每年都在慕尼黑，等待着。一直在想：这日子一定会到头的。我不能理解，不能理解，还是不能理解！"他遇到前所未有的创作危机，他不得不终日伏案，博览群书。1914 年夏，荷尔德林诗集的出版让他欣喜若狂，他那一时期的写作留下明显的荷尔德林的痕迹。

第一次大战结束后不久，他来到瑞士，这里的好客和宁静让他感动，他再也没有踏上德国的土地。瑞士成了他的又一个故乡。

1921 年春，他深入研究了法国文学，特别是迷上了瓦雷里。瓦雷里在艺术上的完美让他激动。他写道："当时我孑然一身，我在等待，我全部的事业在等待。一天我读到瓦雷里的书，我明白了：自己终于等到了头。"他开始把瓦雷里的诗翻译成德文。而瓦雷里以同样的情感报答了里尔克。1924 年 4 月，他拜访了里尔克，里尔克还在他当时居住的城堡种了一棵柳树，以志纪念。

1926 年 9 月 13 日,即在里尔克逝世前不久,他们还在日内瓦湖畔相聚。

1921 年 6 月底,在一次漫游途中,他来到慕佐(Muzot),一下子就爱上了这瑞士山间的小镇,并决定在这里定居。东道主帮他租下一栋小楼,里尔克很快就搬进去。慕佐成了他一生中最后的避风港。随后几个月,他几乎没离开慕佐一步,等待着那最伟大的时刻再次降临。同年 11 月,他在给友人的信中写道,他必须像戒斋一样"戒信",以节省更多的精力工作。

这一伟大的时刻终于到来了。1922 年 2 月 2 日到 5 日,二十五首十四行诗接踵而至,后来又增补了一首,完成了《献给奥尔甫斯十四行诗》的第一部分。紧接着,2 月 7 日到 11 日,《杜伊诺哀歌》第七至第十首完稿。14 日,第五首哀歌被另一首精品取代,于是《杜伊诺哀歌》珠联璧合。其源泉并未到此停歇,奥尔甫斯的主题仍萦绕在心头,从 2 月 15 日到 23 日,他又完成《献给奥尔甫斯十四行诗》的第二部分共二十九首。此外,还有若干短诗问世。

2 月 11 日他在给杜伊诺女主人的信中欢呼:"终于,侯爵夫人,终于,这一天到来了。这幸福,无比幸福的一天呵。我可以告诉您,哀歌终于大功告成了,一共十首!……所有这些哀歌是在几天之内一气呵成的。这是一股无以名状的狂飙,是精神中的一阵飓风(和当年在杜伊诺的情形相仿),我身上所有的纤维,所有的组织都咔咔地断裂了——根本不吃饭,天知道是谁养活了我。"他在 1925 年给波兰文的译者写道:"我觉得这确实是天恩浩荡:我一口气鼓起了两张风帆,一张是小巧的玫瑰色帆——十四行诗,另一张是巨大的白帆——哀歌。"

1922 年被称为现代派文学的"神奇之年",里尔克的这两组诗与艾略特的《荒原》、瓦雷里的《幻美集》、瓦耶霍的长诗《垂尔西》以及乔伊斯的《尤利西斯》一起问世。

　　行文至此,我对开篇时对两首长诗的偏激做出修正,这与我重新阅读时被其中的某些精辟诗句感动有关。但无论如何,我仍偏爱里尔克的那几首短诗。在某种意义上,一个诗人对另一个诗人的某种排斥往往是先天的,取决于气质和血液。总体而言,我对长诗持怀疑态度,长诗很难保持足够的张力,那是诗歌的奥秘所在。

　　这并非仅仅是个人好恶的问题,也许值得再回到西方诗歌的大背景中来考察里尔克。在德语诗歌中有一条由克洛普斯托克、歌德、席勒到荷尔德林将哀歌与赞歌相结合的传统,里尔克正是这一传统的继承者。他特别受到荷尔德林的影响。荷尔德林由于疯狂而独树一帜,先知先觉,极力偏离德语诗歌的正统轨道。里尔克对荷尔德林情有独钟,是他懂得这偏离的意义,他试图在这条路上走得更远。在这一传统链条上,《杜伊诺哀歌》和《献给奥尔甫斯十四行诗》在德语诗歌中的重要地位是不容置疑的。

　　问题在于,我在前面提到西方基督教的传统以外,还有一个所谓的以希腊理性精神为源头的逻各斯传统,而西方诗歌一直是与这一传统相生相克相辅相成的。自《荷马史诗》以来,由于其他文类的出现,诗歌的叙事性逐渐剥离,越来越趋于抒情性及感官的全面开放。但植根于西方语言内部的逻各斯成为诗人的怪圈,越是抗拒就越是深陷其中不能自拔。到了二十世纪,更多的西方诗人试图摆脱这个怪圈,超现实主义就是其中重要的一支,他们甚至想借助自动写作来战胜逻各斯的阴影。

　　敏感的里尔克从荷尔德林那儿学到的是这种怀疑精神。他的第四首哀歌,是在阅读刚出版的荷尔德林诗集后完成的。这首诗反的正是柏拉图和基督教的基本精神。里尔克越来越坚定地认为,必须扬弃自然与自由之间的区别。人应该向自然过渡,消融在自然里,化为实体中的实体。

1912 年 1 月 12 日,即他刚刚开始进入《杜伊诺哀歌》时,他在一封从杜伊诺寄出的信中写道:"我在不同的时期有这种体会:苹果比世上其他东西更持久,几乎不会消失,即使吃掉了它,它也常常化成精神。原罪大概也是如此(如果曾有原罪的话)。"

他的好朋友在里尔克和侯爵夫人的通信集的导言中特别提了这席话,并做了如下评述:"一切都应是精神的,一切都应是苹果……理解和品尝之间应毫无区别。正如艺术中图像与本质毫无区别一样。归根结底,不应有什么逻各斯,居于理解和品尝之间,不溶化在舌尖上,正是为了不溶化舌尖上而存在的逻各斯。里尔克生逻各斯的气,生不像水果的滋味那样溶化在舌尖上的逻各斯的气,生耶稣基督的气。尼采断言:怨恨是随着基督教一起来到世上的……"

反过来说,里尔克的局限也恰恰在于此。由于他的家庭环境、教育背景、人生阅历,都注定了他反抗的局限。特别应该指出的是,他为上流社会所接受并得其庇荫,势必付出相当大的代价。他必须知道如何和上流社会打交道,深谙他们的语言和教养,其大量的书信正反映了这一点。他行文睿智幽默,寓于一种贵族式的优雅中。相比之下,后继的德语诗人保尔·策兰,由于其边缘化的背景和苦难的历程,在对逻各斯的反叛与颠覆上,他比里尔克成功得多。

如果说《杜伊诺哀歌》是里尔克试图打造的与天比高的镜子,那么《献给奥尔甫斯十四行诗》就是他在其中探头留下的影像,他想借希腊神话中的歌手奥尔甫斯反观自己肯定自己。《杜伊诺哀歌》包罗万象而显得空洞浮华,相比之下,《献给奥尔甫斯十四行诗》在不经意中更自由,也由于形式局限更克制。

与逻各斯话语相对应的是形式上的铺张扬厉及雄辩口气,这在《杜伊诺哀歌》中特别明显。里尔克在其中扮演的是先知,他呼风唤雨,"敢上九天揽月,敢下五洋捉鳖"。由于篇幅限制,我们就不在此多说了。

十一

> 我自己也在悄悄跟你的那种宿命感较量,没能得出任何结论。我知道,诗人一方面受到命运的加冕和垂顾,另一方面却被命运的轮子碾得粉身碎骨。他天生要承受这种命运。

> ——莎洛美回忆录

从《杜伊诺哀歌》和《献给奥尔甫斯十四行诗》那疯狂的 2 月以后,大概由于过度消耗,里尔克的健康开始走下坡路。他感到极度疲倦,嗜睡,体重明显下降。他不得不求助医生,一再去疗养院治疗。

1924 年初他重访巴黎,住了七个月,直到 8 月才离开。这对他来说几乎是他一生中最快乐的时光。四分之一世纪以前,他是一个默默无闻的诗人,为写一本关于罗丹的专著来到巴黎,如今他功成名就,巴黎笔会俱乐部为他举办招待会,贵夫人争相请他去做客。更重要的是,他想写的作品已经完成。

里尔克的健康状况越来越坏。1926 年 10 月,在采摘玫瑰时,他被玫瑰刺破左手而引发急性败血症,更加剧了病情。他整日卧床,备受痛苦煎熬。11 月 30 日起,为了迎接死亡,他拒绝再用麻醉剂,闭门谢客。12 月 13 日,他在给莎洛美最后的信中写道:"你看,那就是三年来我警觉的天性在引导我警告我……而如今,鲁,我无法告诉你我所经历的地狱。你知道我是怎样忍受痛苦的,肉体上以及我人生哲学中的剧痛,也许只有一次例外一次退缩。就是现在。它正彻底埋葬我,把我带走。日日夜夜!……而你,鲁,你俩都好吗?多保重。这是岁末一阵多病的风,不祥的风……"他最后用俄文写下"永别了,我亲爱的"。

1926 年 12 月 29 日凌晨三时半,里尔克安静地死去。按照他的意愿,他被埋葬在一个古老教堂的墓地中。墓碑上刻着他自己写的墓志铭:

> 玫瑰,纯粹的矛盾,乐
> 为无人的睡梦,在众多
> 眼睑下。

北岛

策兰：是石头要开花的时候了

一

"首先请原谅我未给你写信。我并没理由。"他接着写道,他是"属于闪米特族的犹太人……是的,我们学校正在反犹,关于这我可以写一本三百页的巨著……我今天没上学,因为昨天我在冰上跌倒,自作聪明地把背摔伤了"。

这是保尔·安切尔(Paul Antschel)1934 年 1 月写给姑妈的信,即他十三岁施犹太教成人礼后不久。他姑妈刚移居到巴勒斯坦。这是他留下的最早的文字。在二战结束后,他改名为保尔·策兰(Paul Celan)。

1920 年 11 月 23 日,策兰出生在罗马尼亚切尔诺维兹(Czernowitz,现乌克兰境内),位于奥匈帝国最东端。在他出生两年前,哈布斯堡王朝寿终正寝,主权归罗马尼亚。那里语言混杂,人们讲乌克兰语、罗马尼亚语、德语、斯瓦比亚语和意第绪语。镇上十万居民中近一半是犹太人,他们称该镇为"小维也纳"。

德语是策兰的母语。他母亲温文尔雅,热爱德国文学,特别强调要讲标准德语(High German),以区别当地流行的德语。策兰说过:"我们在家只讲标准德语,不幸的是,方言对我来说很隔膜。"他父亲曾当兵负过伤,信奉东正教并热衷犹太复国主义。六岁那年,他从德语小学转到希伯来语小学,后来又进了国立小学,但家里一直请人教他希伯来语。父亲在他诗中的缺席,多少反映了他们关系的疏远。

成人礼后,策兰不再学希伯来语,并脱离犹太复兴运动。当收音机里传来希特勒的叫嚣时,他加入一个以犹太人为主的反法西斯青年组织,在油印刊物《红学学生》上发表文章。1936 年西班牙内战期间,他为共和派募捐,并参加示威游行。后来虽放弃了共产主义,但对社会主义无政府主义一直有特殊的感情。

策兰在文学上没有那么激进。他读歌德、海涅、席勒、荷尔德林、特拉克尔、尼采、魏尔伦、兰波、卡夫卡等人的作品。他特别钟爱里尔克。一个同学还记得,他们俩到乡间散步,躺在树荫下,策兰背诵里尔克的诗。

策兰年轻时很帅。一个朋友这样描述他:"身材修长,黑发黑眸,一个不苟言笑具有诗人气质的英俊小伙儿……他比较沉默,杏仁脸……嗓音悦耳温柔……声调抑扬顿挫。他幽默犀利尖刻,又往往和蔼可亲。"

父母本来盼儿子能成为医生,但罗马尼亚医学院给犹太人的名额极少。1938 年春策兰高中毕业时,德国军队进军维也纳。父亲打算攒钱移民,而策兰渴望继续读书,得到母亲支持。1938 年 11 月 9 日,他动身去法国上医学预科,火车经柏林时,正赶上纳粹对犹太人的第一次大屠杀。他后来回首那一刻:"你目睹了那些烟/来自明天。"那是欧洲犹太人生活终结的开始。

他在巴黎看望了想当演员的舅舅,并遇见大批西班牙难民。他对先锋艺术的兴趣超过了医学。就在那一年,布鲁东、艾吕雅和杜尚等人在巴黎举办国际展览,把超现实主义运动推向高潮。

1939 年夏策兰回到家乡,改行学浪漫主义哲学。1939 年 9 月,罗马尼亚把部分土地割给苏联,1940 年 6 月,苏军占领切尔诺维兹。策兰不得不学习俄语和乌克兰语。一位乌克兰老师在课上,背诵叶赛宁和隐去姓名的曼杰施塔姆的诗。

1941 年 6 月 22 日,希特勒大举入侵苏联。策兰的朋友不是和俄国人一起逃难,就是被苏军征兵入伍。罗马尼亚加入轴心国,对犹太人的迫害比纳粹还残暴。1941 年 7 月 5 日和 6 日,切尔诺维兹被轴心国占领。罗马尼亚军人和警察协助德国人,试图抹去犹太人六百年的存在。他们烧毁犹太寺院,强迫犹太人佩戴黄星标志,一昼夜屠杀了包括社区领袖在内的三千人,把犹太人赶进隔离区,随后再把其中十万人送往集中营。隔离区的条件可想而知,四五十个人挤在一个小单元里。但据策兰的朋友回忆,那六七个星期的隔离经验并非那么可怕,大家同甘共苦,讲故事,唱意第绪语歌。策兰甚至还在翻译莎士比亚十四行诗。

1941 年秋,由于好心的市长,策兰一家得到许可离开隔离区,暂时逃脱被遣送的命运。策兰把黄星标志藏起来,冒着风险到公园散步。好景不长。1942 年 6 月,省长下达驱逐犹太人的指示。6 月 6 日和 13 日接连两个星期六,弧光灯照亮夜空,盖世太保和本地宪兵把犹太人赶到街上,押上卡车,开到火车站,再塞进装牲口的车厢。

1942 年 6 月 27 日,按策兰的朋友蕾克娜(Ruth Lackner)的说法,她为策兰在化妆品工厂找到藏身处。策兰催父母帮他想办法躲藏,母亲说:"我们逃脱不了我们的命运。毕竟有很多犹太人在特朗斯尼斯蒂尔(Transnistria)集中营了。"(她无从知道那儿三分之二犹太人已经死去)策兰在和父亲口角后愤然离去。据另一个朋友回忆,策兰的父母让他躲到外面。那个星期六晚上,他和策兰到一位朋友家,由于宵禁留下过夜。第二天策兰回家,人去楼空,门上贴着封条。

父母被送往集中营后,策兰进了劳改营,在离家四百公里的地方干苦力。他在给蕾克娜的信中写道:"你写信让我不要绝望。不,茹丝,我不绝望。但我母亲让我很痛苦。最近她病得很重,她一定惦记我,甚至没道别我就离开了,也许是永别。"他在另一封信中说:"我目睹我自己的生活变得苦不堪言,但最终成为正直忠诚的人性之路,我将一如既往地追寻。"

使策兰一举成名的《死亡赋格》写于 1944 年春。他的朋友还记得,一天早上,在大教堂的铁栏杆旁,策兰为他朗诵了这首诗。后来策兰在此诗后标明"布达佩斯,1945 年"。有可能是他在家乡写成初稿,1945 年 4 月移居布加勒斯特最后完成的。1947 年 5 月,《死亡赋格》发表在罗马尼亚文刊物《同时代》上。罗马尼亚文译者索罗蒙(Petre Solomon)写道:"我们发表译文的原作,是基于一个事实。在鲁比林(Lublin),如其他众多'纳粹死亡营'一样,当别人掘墓时,一组赴死的人被迫唱怀旧的歌。"

《死亡赋格》是他第一首公开发表的诗作,不是德文,而是罗马尼亚文译本。他第一次写下自己的新名字:保尔·策兰。

二

死 亡 赋 格

清晨的黑牛奶我们傍晚喝

我们中午早上喝我们夜里喝

我们喝呀喝

我们在空中掘墓躺着挺宽敞

那房子里的人他玩蛇他写信

他写信当暮色降临德国你金发的马格丽特

他写信走出屋星光闪烁他吹口哨召回猎犬

他吹口哨召来他的犹太人掘墓

他命令我们奏舞曲

清晨的黑牛奶我们夜里喝

我们早上中午喝我们傍晚喝

我们喝呀喝

那房子里的人他玩蛇他写信

他写信当暮色降临德国你金发的马格丽特

你灰发的舒拉密兹我们在空中掘墓躺着挺宽敞

他高叫把地挖深些你们这伙你们那帮演唱
他抓住腰中手枪他挥舞他眼睛是蓝的
挖得深些你们这伙用锹你们那帮继续奏舞曲

清晨的黑牛奶我们夜里喝
我们中午早上喝我们傍晚喝
我们喝呀喝
那房子里的人你金发的马格丽特
你灰发的舒拉密兹他玩蛇

他高叫把死亡奏得美妙些死亡是来自德国的大师
他高叫你们把琴拉得更暗些你们就像烟升向天空
你们就在云中有个坟墓躺着挺宽敞

清晨的黑牛奶我们夜里喝
我们中午喝死亡是来自德国的大师
我们傍晚早上喝我们喝呀喝
死亡是来自德国的大师他眼睛是蓝的
他用铅弹射你他瞄得很准
那房子里的人你金发的马格丽特
他放出猎犬扑向我们许给我们空中的坟墓
他玩蛇做梦死亡是来自德国的大师

你金发的马格丽特
你灰发的舒拉密兹

我手头上有两个中译本，一个是钱春绮译的《死亡赋格曲》，另一个是王家新和芮虎合译的《死亡赋格》。我对这两种译本都不满意，最主要的是它们失去原作那特有的节奏感。我决定自己试试。我参照的三种英译本，一个是最流行的汉伯格（Michael Hamburger）的译本，一个是美国诗人罗森伯格（Jerome Rothemburg）的译本，另一个是费尔斯蒂纳（John Felstiner）的译本。这首诗至少有十五种英译本。

　　由于篇幅所限，只能从钱译本和王、芮译本各选某些片断。先来看第一段：

　　　　清晨的黑牛奶，我们在晚上喝它

　　　　我们在中午和早晨喝它　　我们在夜间喝它

　　　　我们喝　　喝

　　　　我们在空中掘一座坟墓　　睡在那里不拥挤

　　　　一个男子住在屋里　　他玩蛇　　他写信

　　　　天黑时他写信回德国　　你的金发的玛加蕾特

　　　　他写信　走出屋外　星光闪烁　他吹口哨把狗唤来

　　　　他吹口哨把犹太人唤出来　　叫他们在地上掘一座

坟墓

　　　　他命令我们奏舞曲

　　　　　　　　　　　　　　　　　　　　（钱春绮译）

　　　　清晨的黑色牛奶我们在傍晚喝它

　　　　我们在正午喝在早上喝我们在夜里喝

　　　　我们喝呀我们喝

　　　　我们在空中掘一个墓那里不拥挤

　　　　住在那屋里的男人他玩着蛇他书写

　　　　他写着当黄昏降临到德国你的金色头发呀

　　　　　玛格丽特

> 他写着步出门外而群星照耀他
>
> 他打着呼哨就唤出他的狼狗
>
> 他打着呼哨唤出他的犹太人在地上让他们掘个坟墓
>
> 他命令我们开始表演跳舞
>
> （王家新与芮虎合译）

相比之下，王、芮译本前三句比钱译本好，但紧接着就乱了方寸。我们在空中掘一个墓那里不拥挤显然是步钱译本的后尘：我们在空中掘一座坟墓 睡在那里不拥挤。它们越到后面就越拖沓：他吹口哨把犹太人唤出来 叫他们在地上掘一座坟墓（钱译）；他打着呼哨唤出他的犹太人在地上让他们握个坟墓（王、芮合译）。

再来看看倒数第三段：

> 他叫 把死亡曲奏得更好听些 死神是来自德国的大师
>
> 他叫 把提琴拉得更低沉些 这样你们就化作烟升天
>
> 这样你们就有座坟墓在云中 睡在那里不拥挤
>
> （钱春绮译）

> 他叫道更甜蜜地和死亡玩吧死亡是从德国来的大师
>
> 他叫道更低沉一些现在你们拉你们的琴尔后你们就
>
> 会化为烟雾升在空中
>
> 尔后在云彩里你们就有一个坟在那里不拥挤
>
> （王家新和芮虎合译）

在此处，王、芮译本显然远不如钱译本，把诗歌降到连散文都不如的地步，对了解像策兰这样的语言大师的中国读者，不能不说是一种遗憾。中文其实是特别适于翻译的语言。比如，关于题目《死亡赋格》，英译者因所属格而头疼，而中译却很自然。中文没有拼音文字的"语法胶"（grammatical glue），故灵活多变，左右逢源，除造词和双关语难以应付外，几乎无所不能。策兰的写作，在某种意义上是抵抗翻译的，而《死亡赋格》却以罗马尼亚文译本问世。

这首诗原题为《死亡探戈》，策兰在罗马尼亚文译本发表后改成《死亡赋格》。让人想到巴赫晚期重要的代表作之一《赋格的艺术》。"赋格"一词来自拉丁文 fuga（即幻想的飞行），是一种在中世纪发展起来的复调音乐，在巴赫手中变得完美。赋格建立在数学般精确的对位法上，其呈示部或主题，总是被模仿呈示部而发展的"插曲"（称为对句）打断。呈示部往往较短，与其他对句唱和呼应，循环往复。

据说，在奥斯威辛司令官的住宅常传出巴赫的赋格曲（死亡是来自德国的大师）。1944 年，苏联作家西蒙诺夫（Simonov）在他的报告文学中，记述了某个纳粹集中营的日常生活："许多高音喇叭播放震耳欲聋的狐步舞和探戈。从早上到白天，从傍晚到夜里一直喧嚣不停。"

整首诗没有标点符号，突出了"音乐性"，使语言处于流动状态。作者采用了"对位法"，以赋格曲的形式展开这首诗。清晨的黑牛奶是主题，它短促醒目，贯穿全诗。由它在其他声部发展成不同的对句，重叠起伏，互相入侵。以黑牛奶这一极端意象开篇，并作为主格，显得尤为荒诞：作为人类生命之源的牛奶却是黑的。清晨的黑牛奶我们傍晚喝/我们中午早上喝我们夜里喝/我们喝呀喝，让人想起《旧约》中《创世记》的开篇："上帝称光为昼，称暗为夜。有晚上有早晨，这是头一日……上帝称空气为天，有晚上有早晨，是第二日……"一直命名到第七日。《死亡赋格》的主题，显然戏仿《创世记》对时间的命名过程。而黑牛奶改变了这命名的神圣性，似乎在以上帝之声反驳圣言。

驱动这首诗的节奏感单调而紧迫，像个破旧钟表，与时间脱节但却在奔忙，死亡即发条。若译者找不到这节奏感，就等于把钟表砸了，只剩下破零件。

在他和我们之间,有一种对应关系。他——在房子里、玩蛇、写信、吹口哨、做梦、放出猎犬;我们——喝黑牛奶、奏舞曲、在空中掘墓。其实,他和我们在同一个地方,使用同一种语言,对音乐有相似的趣味。但他拥有一种绝对的权力:

  死亡是来自德国的大师。

诗中出现了两位女性。金发的马格丽特是德国流漫主义的典型,与歌德《浮士德》的女主角同名。而灰发的舒拉密兹则代表了犹太人。在犹太圣经的《所罗门之歌》(又称《歌中歌》),舒拉密兹是个黑发女仆。在逾越节读经时,她成为犹太人重返家园的保证。这两个名字并置诗中,但又被行隔开。尤其全诗以此结尾,暗示着其命运相连,但不可和解。而灰发的舒拉密兹,这纳粹试图抹去的古老的犹太象征,保留最后的发言权,却以特有方式保持沉默。

读者或许会注意到,死亡是来自德国的大师是在《死亡赋格》过半时才出现的,接连重复了四次。第一次是在他高叫把死亡奏得美妙些之后,显然和音乐演奏有关。在我看来,这是对艺术本质的质疑:音乐并不妨碍杀人,甚至可为有良好音乐修养的刽子手助兴。也许《死亡赋格》正是对阿多诺(Theodore Adorno)那句名言的回应,阿多诺在《文化批评与社会》(1949 年)一文中写道:"在奥斯威辛以后写诗是野蛮的。"他后来撤回了这个说法。

我前两天去斯坦福大学朗诵,和策兰的传记作者费尔斯蒂纳(John Felstiner)教授共进早餐。在教授的建议下,我们早餐后跟着去听他的课。那是一个相当现代化的阶梯教室,讲坛上放着三角钢琴。我们到得早。学生们开始陆续出现,睡眼惺忪。扩音器播放着策兰自己朗诵《死亡赋格》的录音带,声调急促但克制,有时干巴巴的,有时刺耳。我只听懂了一个德文词"德国"。死亡是来自德国的大师。教授把他的中国助教介绍给我们,她已拿到博士学位,正在找工作。死亡是来自德国的大师。教授正做上课前最后的准备,用投影机把一张画投到墙上。死亡是来自德国的大师。策兰的声音在空旷的教室回荡:死亡是来自德国的大师。

三

1945年4月下旬,策兰搭乘一辆苏军卡车离开切尔诺维兹,前往布加勒斯特。切尔诺维兹重新落到苏联手中。他告别了家乡和童年,随身只带着几本好书和自己的诗稿(可能包括《死亡赋格》),还有关于父母的记忆。

到布加勒斯特后,他通过一个来自家乡的犹太诗人,在一家名叫"俄文书"的出版社找到工作。他阅读稿件,把俄国文学译成罗马尼亚文。此前他已有丰富的翻译经验:自幼起就试着把英法俄文诗译成德文,把马克思著作译成罗马尼亚文,从劳改营回来后在一家乌克兰报纸做翻译。翻译对他如同跨越边界,在异地他乡寻找身份认同。当他译的俄文名著出版并受到好评,他骄傲地对朋友说:"要是我妈妈活着看见它就好了! 我觉得她有时对我没信心。"

从1945年4月到1947年12月,策兰在布加勒斯特住了将近两年,是他人生的重要过渡:战后的轻松气氛和青春的成就感相呼应。据出版《死亡赋格》的杂志编辑回忆,除夕夜的晚会上,策兰唱着一首古老的日耳曼民谣,他坐在地板上,用拳头捶地打拍子。这民谣恰好是希特勒年轻时也喜欢的。

策兰和朋友们一度为双关语的游戏着迷。罗马尼亚文译者索罗蒙还记得他的不少妙语,比如:"一个诗人并不等到拨号音才打电话。"这语言游戏也包括名字。他的原名在罗马尼亚文中是 Ancel,他把它颠倒成 Celan(策兰),对一个现代作家,安切尔多少意味着旧世界。他给自己下的定义是：策兰，诗人，一个不受欢迎的人，受限于炉篦与炉渣之间。

他每天从事翻译，但一直坚持用德文写作。被问及这一点时，他答道："只有用母语一个人才能说出自己的真理。用外语诗人在撒谎。"

作为德语诗人，策兰在罗马尼亚看不到多少希望。1947 年 12 月，国王迫于共产党压力退位，人民共和国宣布诞生。匈牙利开始遣返难民，罗马尼亚捕杀他们。据说，有四万罗马尼亚犹太人于 1947 年逃到维也纳。

策兰在最后一刻逃离布加勒斯特，他没有任何合法文件，只是带着大批诗稿。策兰付很多钱给蛇头偷渡边境。策兰说，冬天穿越匈牙利边境是"可怕的艰难之旅"，睡在废弃的火车站，在匈牙利农民帮助下，向维也纳——他童年时代的北极星进发。在布达佩斯逗留一周后，他终于抵达维也纳。这城市成为他战后的终点，一个说德语但没有德国人的地方。

策兰带着他老师斯伯波（Alfred Magul-Sperber）的介绍信，去拜访奥地利文学界的名人巴塞尔（Otto Basil）。介绍信中写道：策兰是"德国新一代最有原创性最明白的诗人"。巴塞尔回忆道："出现在计划办公室的是个面容消瘦目光忧愁的年轻人。他声音柔和，似乎谦卑内向，甚至胆怯。这就是保尔·策兰。看起来饥寒交迫，他刚穿越匈牙利来到维也纳，有时候长途跋涉……他带给我诗稿和斯伯波的信。"

在维也纳的一次朗诵后，策兰写信给老师："相信我，老天知道他们说（就他们所知）我是奥地利及德国最伟大的诗人，我有多高兴。"这多少说明他当时处境的艰难。在另一封寄往布加勒斯特的信上，他署名为"条顿母语的悲哀诗人"。

策兰确实获得了某种成功。巴塞尔在自己的刊物上发表了他的一组诗，还有人帮他出版诗集，安排他在奥地利电台朗诵。

他成为著名超现实主义画家杰尼(Edgar Jene)的好朋友。他为画家的小册子写了篇序言。他认为这篇序言并非阐释杰尼的作品，而是一种"不能满足的发现"的"漫游"，是布莱克、爱丽斯漫游奇境和维特根斯坦的混合，"我在说我在深海听到的几个词，那里如此沉默，又有很多事发生。"他十年后说到欧洲犹太人的灾难的发生不是历史的附加，而是变形。人无法说话，因为他们的词语在虚情假意的"千年包袱下呻吟"。我们表达的古老挣扎如今感到"烧成灰的意义，不仅如此"。

1947 年，策兰到达维也纳后结识了巴赫曼(Ingeborg Back-mann)，她正在写关于海德格尔的博士论文，关于诗歌语言的限度，特别是在法西斯主义以后。巴赫曼后来参加德国"四七社"，成为奥地利战后最重要的女诗人。策兰和巴赫曼一度堕入情网。策兰在维也纳的诗大都是给她的，其中包括《卡罗那》。1971 年，即策兰死后第二年，巴赫曼出版了长篇小说《玛琳娜》。那是公主和一个东方来的陌生人的寓言故事。那身穿黑色长斗篷的陌生人，有着温暖的眼睛和磁性的声音。巴赫曼把策兰的情诗，特别是《卡罗那》织进她的寓言中，试图创造一种超自然的血缘关系。"你必须回到你的人民中吗？"公主问。"我的人民比世上所有的人民都古老，他们失散在风中。"陌生人回答说。

四

卡 罗 那*

　　秋天从我手中吃它的叶子：我们是朋友。

---

　　* Corona 系拉丁文，意为王冠、冠状物、(花的)副冠、(全蚀时的)日晕，因多义性我保留其音译。我主要是参照汉伯格的英译本译成的。我手头有王家新和芮虎的合译本，由于这首诗不长，全文录下：

我们从坚果剥出时间并教它走路：
而时间回到壳中。
镜中是星期天，
梦里有地方睡眠，
我们口说真理。

我的目光落到我爱人的性上：
我们互相看着，
我们交换黑暗的词语，
我们相爱像罂粟和回忆，
我们睡去像海螺中的酒，
血色月光中的海。

我们在窗口拥抱，人们从街上张望：
是让他们知道的时候了！
是石头要开花的时候了，
时间动荡有颗跳动的心。
是过去成为此刻的时候了。

是时候了。

花　　冠

秋天从我手里吃它的叶子：我们是朋友。
从坚果里我们剥出时间并教它如何行走：
于是时间回到壳里。

在镜中是礼拜日，

在梦中被催眠，

嘴说出真实。

我的眼移落在我爱人的性器上：

我们互看，我们交换黑暗的词，

我们互爱如罂粟和记忆，

我们睡去像酒在贝壳里

像海，在月亮的血的光线中。

我们在窗边拥抱，人们在街上望我们，

是时候了他们知道！

是石头决定开花的时候，

是心脏躁动不安的时候，

是时候了，它欲为时间。

是时候了。

王、芮译本主要来自英文，故和我参考的来源相仿。在我看来，他们的译本主要有如下几个问题：一，题目译成"花冠"过于轻率，策兰正是用这个词的含混和歧义来展示主题的复杂；二，"在梦中被催眠"，显然是过度阐释，应为"梦里有地方睡眠"，后面我再说明为什么；三，在中译本保留原文语序显得很牵强，比如"是时候了他们知道！"（是让他们知道的时候了！）策兰的诗有时是故意倒装的，比如清晨的黑牛奶我们傍晚喝，这样的地方就要设法保留原来的语序，不能译成"傍晚我们喝清晨的黑牛奶"。而本来正常的诗句，非要按西方语言结构变成"洋泾滨"，不仅伤及诗意也伤及汉语；四，只要大声读一遍，就知道王、芮译本的问题所在了，还是缺乏语感与节奏感，这甚至比错译更致命。

由于这首诗和里尔克的《秋日》有互文关系。为此,我们先把《秋日》第一段抄录如下:

> 主呵,是时候了。夏天盛极一时。
>
> 把你的阴影置于日暑上,
>
> 让风吹过牧场。

策兰显然借用"是时候了"作为《卡罗那》的主题与基调,但没有了"主"。"主"的在场与缺席,也许这是里尔克和策兰的重要区别。同为德语诗人,里尔克虽一生四海为家,却来自"正统",纠缠也罢抗争也罢,基督教情结一直伴随着他;而策兰则来自边缘——种族、地理、历史和语言上的边缘,加上毁灭性的内心创伤,使他远离"主"放弃"主"。

也许正是由于这一点,策兰的时间观不同。让我们来看看《卡罗那》的开篇:秋天从我手中吃它的叶子:我们是朋友。/我们从坚果剥出时间并教它走路:/而时间回到壳中。秋天和我之间有一种共生的私人关系。从秋天孕育的坚果中,时间就像婴儿一样被剥出,并教它走路。它似乎俱怕世界,又回到其庇护所中去。在这里时间如此弱小,易受伤害,与基督教不可逆转的线性时间观相反,它是可以返回源头的。

与第一段形成鲜明对比,第二段采用三个短句:镜中是星期天,/梦里有地方睡眠,/我们口说真理。刻画出场景与状态。镜中是星期天十分绝妙:时空的互相映照,造成特有的宁静与空旷,同时意味着——情人躺在床上。梦里有地方睡眠和我们口说真理是第一句的延伸,梦与睡眠,口与真理都彼此映照互为因果。这一段用的是最简约的句式,表明一种朴素而诗意的存在。而王、芮译本中的"被催眠",显然是由于没有把握这一点而造成的误译。

第三段是对第二段的强化与变奏,明确了这首诗的爱情主题。首句直截了当提到性(sex)(而非性器),因其普遍性含义更有诗意。我们交换黑暗的词语与我们口说真理相呼应,交换对口说,黑暗的词语对真理。那是战后创伤的自我治疗:情人谈到战争中各自的经历。*我们相爱像罂粟和回忆,/我们睡去像海螺中的酒,/血色月光中的海*。罂粟是美与毒瘾的象征(或代表遗忘),与记忆连接,有着沉溺与止痛的功效。海螺中的酒与血色月光中的海有相似性,区别在衡量尺度,可以说,后者是前者的扩张与深化。血色暗示着战争创伤。

第四段无疑是全诗高潮。首先我们会注意到情人处境的变化:从第二段静静躺着,到第三段的行动与交流,而此刻他们干脆站起来,在窗口拥抱。接下来就是一系列"是时候了",共五句,把诗推向高潮。第一句是让他们知道的时候了,公开他们的爱情秘密,第二句是石头要开花的时候了,是以一种从内心迸发的精神力量否定死亡。在策兰的诗歌符号中,石头是沉重而盲目的。石头要开花,则是一种解放和升华。第三句时间动荡有颗跳动的心是第二句的从句,是说明为什么石头要开花。第四句是对时间的质疑。其中包含两个时间,基于两种动词时态:It is time it were time(是过去成为此刻的时候了),表明这两个时间之间既有对立和裂痕,又有必然的联系。这句很难翻译,大意是:此刻是来自那过去的时间的时间。为此,他感到疑惑。最后的结论是肯定的:是时候了。

在我看来,这是最伟大的现代主义抒情诗之一,和特拉克尔的《给孩子埃利斯》和狄兰·托马斯《那绿色导火索催开花朵的力量》一起,作为任何时代任何语言最优秀的诗篇,由我推荐并选入2000年柏林国际文学节的纪念集中。

五

在维也纳,策兰不能继续受教育,又找不到合适的工作,他决定搬到巴黎去,尽管他第一本诗集《骨灰瓮之沙》出版在即。

1948 年 6 月 5 日,在去巴黎的路上,他在奥地利英斯布鲁克(Innsbruck)附近下车,专程来到特拉克尔墓前献花,并插上根柳枝。他还拜访了特拉克尔的编辑和恩师费克(Ludweg von Ficker)。在费克面前,他念了自己的几首诗。第二天他给他的老师斯伯波写信说:"你可以想象,当我被告知我继承了席勒(Else Lasker-Schuler,犹太女作家),我有多高兴。起初我不知所措,因为——我羞于承认这一点——我与席勒的关联,远不能跟特拉克尔和艾吕雅相比,我也不知道费克对她的诗的看法……他还认为特拉克尔也总是受惠于她。他对我说话时,好像我是他们中的一员。让我特别兴奋的是,他真正涉及我的诗歌中的犹太特性——你是知道的,这对我有多么重要。"

和维也纳相比,巴黎似乎有更多的机会,策兰法语流畅,战前曾到过巴黎。这是世界文化的首都,波特莱尔、魏尔伦、兰波及那些超现实主义者,还有海涅、里尔克都在这儿住过。1948 以色列建国后,很多欧洲的犹太人都迁移过去,但策兰还是决定留在欧洲。他在给以色列亲戚的信中写道:"也许我是活到欧洲犹太人的精神命运终结的最后一个人……一个诗人若放弃写作,这世界什么都没有,何况他是犹太人而他的诗歌语言是德文。"

1938 年初访巴黎,策兰曾去看望住在索邦大学附近的舅舅。十年过去了,舅舅死于奥斯威辛,自己成了流亡的孤儿,他决定住在同一条街上。

1948 年 8 月,他第一本诗集在维也纳出版,协调出版的画家杰尼,还为它捐献了两张石版画。策兰对纸张装帧不满,再加上几处致命的印刷错误,让他恼羞成怒。他责怪杰尼,并决定放弃这本书。"也许我应该不考虑出版而写诗。"他说。这本诗集三年只卖了二十几本,1952 年他得到版税三百五十奥地利先令,等于十四美元。策兰让朋友把存书回收后打成纸浆。

到巴黎头几年,他诗写得很少。除了现实生活的压力外,有着更深刻的原因。1948 年 10 月,他在给一位瑞士编辑的信中写道:"我好几个月没写了,某些不可名状的东西让我残废。"他接着提到自己的外境,像卡夫卡的寓言《在法律面前》,"当门打开时……我犹豫良久,这扇门又关上了。"1949 年 3 月他写道:"我越是痉挛地抓住我的诗,我越是无能为力。我的野心似乎很大,它束缚了我的双手。"新诗集被一家德国出版社拒绝了,他情绪低落,觉得自己"挣扎于天空及其深渊中"。他把 1949 年称为"暗淡而充满阴影的一年"。1951 年 2 月,他在给费克的信中写道:"沉默,即无法说,转而相信它源于不必说……有时我似乎是自己诗歌的囚徒……有时是看守。"

1948 年到 1952 年四年间,策兰只写了七八首可发表的诗作。教德文和法文的同时,他在巴黎高等师范学院上学,主修文献学和德国文学。

1952 年 4 月,他写就无题诗"数数杏仁",成为他的新诗集《罂粟与记忆》的压轴之作。

六

数数杏仁,
数数苦的让你醒着的,
把我也数进去:

我寻找你的眼睛,你睁开无人看你,
我纺那秘密的线
你在线上的沉思之露
落进被不能打动人心的词语

守护的水罐中。

你全部进入的名字才是你的，
坚定地走向你自己，
锤子在你沉默的钟楼自由摆动，
无意中听见的够到你，
死者也用双臂搂住你，
你们三人步入夜晚。

让我变苦。
把我数进杏仁中。

这是我根据两种英译本译的。我手头有钱春绮的译本和王家新与芮虎的合译本。由于篇幅不长，全文录下：

数数扁桃，
数数过去的苦和使你难忘的一切，
把我数进去：

当你睁开眼睛而无人看你时，我曾寻觅你的目光，
我曾纺过那秘密的线，
你的思索之露
向坛子里滴下去的线，
那些坛子，有一句不能打动任何人的心的箴言护住
它们。

在那里你才以你自己的名义走路，
你迈着坚定的步子走向自己，
在你沉默的钟楼里钟舌自由摆动，

窥伺者就向你撞来，

死者也用手臂搂住你，

你们三个就一起在暮色中行走。

让我感到苦吧。

把我数进扁桃里去。

（钱春绮译）

数数杏仁，

数数这些曾经苦涩的并使你一直醒着的杏仁，

把我也数进去：

我曾寻找你的眼睛，当你睁开它，无人看你时，

我纺过那些秘密的线。

上面有你曾设想的露珠，

它们滑落进罐子

守护着，被那些无人领会的言词。

仅在那里你完全拥有你的名字，

并以切实的步子进入你自己，

自由地挥动锤子，在你沉默的钟匣里，

将窃听者向你撞去，

将死者的手臂围绕着你

于是你们三个漫步穿过了黄昏。

使我变苦。

把我数进杏仁。

（王家新与芮虎合译）

我们再来看看汉伯格的英译本中的头三句：

Count the almonds,

count what was bitter and kept you awake,

count me in:

汉伯格的英译本，至少在形式上看起来忠实原作——词与词基本对应。不必懂英文，也能看得出这三句多么简洁。特别是第二句：count what was bitter and kept you awake（数数苦的让你醒着的），再看看这样的中文句式：数数过去的苦和使你难忘的一切（钱译），数数这些曾经苦涩的并使你一直醒着的杏仁（王、芮合译）。再来看看第二段后三句：你在上面的沉思之露/落进被不能打动人心的词语/守护的水罐中。而钱译本是这样的：你的思索之露/向坛子里滴下去的线，/那些坛子，有一句不能打动任何人的心的箴言护住它们。我们常说的所谓翻译文体，就是译者生造出来的。我并非想跟谁过不去，只是希望每个译者都应对文本负责。谁都难免会误译，但由于翻译难度而毁掉中文则是一种犯罪。中文是一种天生的诗歌语言，它游刃有余，举重若轻，特别适合诗歌翻译。韵律虽难以传达，但节奏却是可能的。节奏必须再创造，在另一种语言中找到新的节奏，与原节奏遥相呼应。打个比方，这就像影子和移动物体的关系一样。

这首诗是策兰写给他母亲的。他后来写过《杏仁眼的阴影》《死者的杏仁眼》，都与母亲有关。据说，他母亲当年常烤带杏仁的蛋糕和面包。有一首意第绪语的童谣，就叫《葡萄干与杏仁》。对策兰来说，杏仁不仅和母亲有关，也和整个犹太人的命运有关。

全诗的头三句是一种干脆的命令式口气：数数杏仁，/数数苦的让你醒着的，/把我也数进去，指的是他和母亲及犹太人苦难的共存关系，并通过数数的方式，让读者也加入进来。数数的方式，似乎是一种童年行为，把我们拉回诗人或人类开始的地方。我纺那秘密的线/你在线上的沉思之露/落进被不能打动人心的词语/守护的水罐中。那秘密的线,即他和母亲的联系,是亲缘之线思念之线,而沉思之露是母亲的精神存在,被不能打动人心的词语/守护的水罐可理解为诗歌写作。这一组意象奇特而神秘,由纺、落和守护三个动词,把线与露,词与水罐勾连在一起,令人回味无穷。

第三段开端是上一段的延伸:你全部进入的名字才是你的,即存在与命名之间的悖论:只有全部存在才能获得命名,反之,只有命名才能完成全部存在。在策兰的意象语汇里,锤子代表不祥之兆(我们后面还会看到),对沉默的钟楼构成威胁。在这里,无意中听见的,死者和母亲成三人,步入夜晚。最后一段,又回到开始时的祈使语气:让我变苦。/把我数进杏仁中。

七

完成《数数杏仁》后,策兰去德国旅行,这是自 1938 年以来第一次。在前女友巴赫曼的安排下,他和德国"四七社"的成员见面。有一天,在汉堡的街上,他看见一条狗被车撞死,几个女人围着哀悼。他感到惊奇,"她们居然为狗抹眼泪!"一个德国同行记得策兰对他说:"我对与德国年轻作者的初次相遇很好奇。我问自己,他们可能会谈什么,他们谈过什么? 大众牌汽车。"

"四七社"的某些原则,影响了他们对策兰的接受程度。其中一条是"介入",与策兰的"纯诗"相反。他们还认为,要把诗朗诵得尽量单调,这可难为了一个来自东欧的诗人。据一个刚在巴黎听过他朗诵的人说,策兰朗诵时"音色低沉",如同"用唱赞美诗的声音"的"急促低语"。"四七社"对他的朗诵反应不一,但没人认为是很成功的。"噢,这帮足球队员,"他后来提起"四七社"感叹道。

1952 年圣诞节前夕,策兰和吉瑟丽(Gisele de Lestrange)结婚。

吉瑟丽是个造型艺术家,喜欢在巴罗克背景音乐中画带细节的抽象图案。她父母是法国贵族,战争期间对抵抗运动毫不同情。他们很难接受一个来自东欧没家没业的犹太诗人。

婚后他们在巴黎安家,主要靠策兰教书和翻译为生。

他译了阿波利奈尔的六首诗,在译文中花样翻新,变成他写作的某种延伸。他少年时代就译过阿波利奈尔的诗,后来又在苏军占领下的家乡专门研究他。这个 1918 年在战争中受伤而死去的法国诗人,对像他这样漂泊的犹太人有着特别的魅力,其象征主义的忧郁让他不安。

1952 年底,他的命运出现转机。斯图加特一家出版社买下诗集《罂粟与回忆》的版权,其中收入 1944 年到 1952 年的作品,包括《死亡赋格》。诗集题目来自他的那首情诗《卡罗那》。

古瑟丽怀孕了。不幸的是,他们的儿子法朗兹(Fraz)生下没几天就死了。策兰写了首诗《给法朗兹的墓志铭》,并例外注明了写作日期:1953 年 10 月。紧接着,他又写下另一首诗《用一把可变的钥匙》,显然和这一事件有关。

策兰在 1954 年的一封信中写道:"什么游戏!多么短暂,又多么昂贵。我生活的景况是,住在外语领地,意味着我比以前更有意识地跟母语打交道——还有:词语经验的质变,是怎么成为诗中词语的,我至今都无法确定。诗歌,保尔·瓦雷里在哪儿说过,是处于诞生状态的语言,成为自由的语言。"一个诗人会希望"窃听那自由的词语,在运动中抓住它……而词语要求独特性,有时甚至以此安身立命,这骄傲基于,依然相信它能代表整个语言,检验全部现实"。

1955 年他完成第二本诗集《从门槛到门槛》,和第一本精神与地理上的漂泊不同,这本诗集都写于巴黎。他在德国开始被接受,但在法国一直忽视他,生前从未出版过一本法文诗集。早在五十年代初他就得到了法国国籍,但他自认为没有祖国,或者说祖国就是他的家乡口音。他对一个法国诗人说："你在自己语言的家里，你的参考都在你喜爱的书和作品中。而我，我是个局外人。"

有一天，在塞纳河边的书摊，他看中一对犹太人祭祀用的烛台，买下其中一个带回家。他跟妻子琢磨了好久：这对烛台从哪儿来的？怎么幸存到现在？不信教的人有权拥有它们吗？能把这一对烛台分开吗？最后策兰又去书摊，把另一个也买回来。

八

用一把可变的钥匙
打开那房子
无言的雪在其中飘动。
你选择什么钥匙
往往取决于从你的眼睛
或嘴或耳朵喷出的血。

你改变钥匙，你改变词语
和雪花一起自由漂流。
什么雪球会聚拢词语
取决于回绝你的风。

再来看看王家新和芮虎的合译本：

带上一把可变的钥匙
你打开房子，在那里面

缄默的雪花飞舞。
你总是在挑选着钥匙
靠着血，那涌出你的眼，

嘴或耳朵的血。

你变换着钥匙，你变换着词
它可以随着雪片飞舞。
而怎样结成词团，
靠这漠然拒绝你的风。

首先怎么会把原作的两段分成三段，这似乎太任意了。依我看这个译本的最大问题，是把两个关键处弄错了。Always what key you choose/depends on the blood that spurts/from your eye or your mouth or your ear。（你选择什么钥匙/往往取决于从你的眼睛/或你的嘴或耳朵喷出的血。）稍懂英文的人都会知道，depends on 在这儿是"取决于"的意思，不能译成"靠"。最后两句也犯了同样错误。在关键处把意思弄拧了，读者自然不知所云。另外，诗中三次提到雪，第一次是雪，第二次是雪花，第三次是雪球。在王、芮译本中不仅体现不出来，甚至干脆取消了雪球，变成令人费解的词团。

这是一首很重要的诗，甚至可以说，它是打开策兰诗歌的"钥匙"。这首诗有两组意象：词和雪。第二段的第一句你改变钥匙，你改变词语，已经点明钥匙就是词。而第一段第三句提到无言的雪，即雪代表不可言说的。词与雪，有着可言说与不可言说的区别。而诗歌写作的困境，正是要用可言说的词，表达不可言说的雪：用一把可变的钥匙/打开那房子/无言的雪在其中飘动。钥匙是可变的，你是否能找到打开不可言说的房子的钥匙，取决于诗人的经历：你选择什么钥匙/往往取决于从你的眼睛/或嘴或耳朵喷出的血。第二段可以理解为写作状态：你改变着钥匙，改变着词语/和雪花一起自由飘动，在这里词与雪花汇合，是对不可言说的言说的可能。何种雪球会聚拢词语/取决于回绝你的风，在这里，风代表着苦难与创伤，也就是说，只有与命运处于抗拒状态的写作，才是可能的。

瓦雷里所说的"处于诞生状态的语言，变成自由的语言"，正是说明诗歌写作，有如诞生，是用词语（钥匙）打开处于遮蔽状态的无（雪）。海德格尔在《诗、语言、思》一书中指出："真理，作为在者的澄明之所和遮蔽的斗争，发生于创作中，正如诗人写诗。一切艺术，作为在者真理到来的诞生，本质上都是诗。"

在和费斯蒂纳尔教授共进早餐时，他提出个很有意思的说法：现代主义始于波德莱尔，以策兰告终。由于策兰对语言的深度挖掘，对后现代主义诗歌有开创性作用，特别是美国语言派，奉策兰为宗师。在我看来，美国语言派曲解了策兰的精神本质，只学到皮毛而已。策兰玩的不是语言游戏，他是用语言玩命。

九

1956 年 6 月，策兰的二儿子艾端克（Eric）出生了。1957 年春，当他长到二十个月，他说出第一个词"花"。策兰把它从法文转成德文，并以此为诗《花》：

> 石头。
> 空中的石头，我跟随。
> 你的眼睛，石头般盲目。
>
> 我们是
> 手，
> 我们挖空黑暗，找到
> 那夏天上升的词：
> 花。

花——瞎子的词语。

你和我的眼睛：

它们看

水。

成长。

心墙相依

添进花瓣。

还有个这样的词，锤子

在开阔地摆动。

显而易见，他的诗变得黑暗而不透明。形式上极其简短，他虽未完全取消隐喻，但已开始把内与外现实的两半融合在一起。词除了自身外不再有所指。这首诗，按他自己的话来说，是和"隐喻后面捉迷藏游戏"的告别。

策兰的第三本诗集《言说栏杆》(1959 年)的题目，与他的遭遇有关。1955 年，他岳母进了布里多尼的女修道院。策兰去看望她，隔着铁栏杆相对无言。一个法国信天主教的侯爵夫人和一个东欧的犹太诗人，又能说些什么呢？栏杆把人们隔开但容许他们说话，这正是策兰的处境：越是疏离，就越是清晰。他多年后说："没有一个人像另一个人。只有'距离'能使我的读者理解我……往往抓住的只是我们之间的栏杆。"

1958 年年初，他获得不来梅文学奖。在 1 月 26 日的授奖仪式上，他发表了演说。

"它。语言，留下来，没失去，是的，即使一切都失去了。而它必须穿过自己的局限，穿过可怕的哑默，穿过带来死亡的言说的千重黑暗，它穿过了，却对发生的不置一词；但它穿过发生的一切。穿过了并会再为人所知,被这一切所'压缩'。自那些年代以来,我用我找到的语言写诗,为了说话,为了引导我自己何去何从,为了勾勒真实……"

"一首诗并非没有时间性。当然,它要求永恒,它寻求穿越时间——是穿过而不是跨过。诗歌是语言的表现形式,因而本质上是对话,或许如瓶中信被发出,相信(并非总是满怀希望)它某天某地被冲到岸上,或许是心灵之岸。诗歌正是在这个意义上行进:它们有所指向。"

策兰在获奖辞最后结尾说:"我相信这些想法并非只属于我个人,也属于那些更年轻一代的抒情诗人。那是一种努力,让手艺的星星放电的人的努力,在如今无梦的意义上无处藏身而倍加危险的人的努力,和他的真正存在一起走向语言,被现实击中并寻找现实。"

1960 年春,策兰碰上倒霉的事。已故犹太诗人伊万·高尔(Yvan Goll)的遗孀指控他剽窃高尔的诗。这一消息传遍德国。他在 1960 年 5 月写给一位编辑的信中写道:"手艺——意味着和手有关。这手反过来只属于某个人……只有真实的手写真实的诗。我看在握手和诗之间没什么差别。"德国文学界几乎一致驳斥有关剽窃的指控。德国语言文学院于 1960 年 4 月底开会,委托专人为策兰作分析性辩护,并告知他会获得下一年度的毕希纳奖(Buchner Prize)。尽管如此,这一事件对他还是造成深深的伤害。

这年春天,策兰和犹太女诗人萨克斯(Nelly Sachs)第一次见面。萨克斯在瑞典女作家的帮助下,于 1940 年逃离德国,在斯德哥尔摩定居。策兰和萨克斯通信多年,甚是投机,虽为两代人却姐弟相称。1960 年春,萨克斯获得一个德国的文学奖。但由于最后一分钟飞离柏林的可怕记忆,她不愿在德国过夜,决定住在苏黎世,然后坐火车到德国领奖。策兰一家专程到苏黎世来看望她。应策兰之邀,萨克斯和她的朋友列娜森(Eva-Lisa Lennarsson)在回家路上,从苏黎世转道来巴黎。

他们在巴黎街头散步,路过一家咖啡馆,列娜森认出画家马克斯·恩斯特(Max Enrst),过去打招呼,希望他也能加入散步。策兰因"剽窃案"心灰意懒,对外人保持高度警惕。但就在那一刻,"保尔的眼睛闪现希望之光,"列娜森回忆说。当恩斯特看清有策兰在场,"他僵住了,转身,好像我们不存在。我们一声不吭离开了。""你明白了吧,"策兰出来说,然后建议一起去海涅的墓地。他们在海涅的墓前献了鲜花,默立了很久,向另一个流亡至死用德文写作的犹太诗人致敬。

在最近的通信中,萨克斯心情很坏,反复提到死。由于精神近于崩溃,她住进医院,给策兰发电报要他马上去一趟。策兰坐火车赶到斯德哥尔摩。在房门口,萨克斯没认出他,或不想接纳他。策兰悻悻回到巴黎。

1963 年,策兰完成了第四本诗集《无人的玫瑰》。这题目让人想起里尔克的墓志铭:玫瑰,纯粹的矛盾,乐/为无人的睡梦,在众多/眼睑下。诗集的题记:纪念曼杰施塔姆。在家乡上学时,乌克兰老师就讲过曼杰施塔姆的诗。在策兰看来,曼杰施塔姆是二十世纪最伟大的俄国诗人之一。他也是犹太人,最后被斯大林迫害致死。自 1958 年春起,他开始翻译曼杰施塔姆的诗,后结集出版。

1962 年 12 月,在写给他的出版商的信中,策兰谈到自己的近作:"苦,是的,这些诗是苦的。苦的,是的,但是真的苦中,肯定没有更多的苦,难道不是吗?"1963 年 11 月底的一天,策兰写了两首无题短诗。第二首开头为"串成线的太阳"。

十

串成线的太阳

在灰黑的荒野上。

一棵树——

高高的思想

弹着光调：还有

歌在人类以外

吟唱。

这首诗我是从英文翻译的。手上正好有王家新芮虎以及张枣的两个译本。诗短，故抄下：

线的太阳群

高悬在灰黑的荒野之上。

树一样

高的思想

弹奏出光的旋律：它依旧是

在人类之外被吟唱的

歌。

（王家新和芮虎合译）

棉线太阳

普照灰黑的荒原。

一棵树——

高贵的思想

弹奏光之清调：敢有

歌吟动地哀，在那

人类的彼岸。

（张枣译）

王、芮译本还是老问题，就不多说了。此外，还有生译硬译。头一句线的太阳群，让人摸不着头脑。其实就是串成线的太阳。第三句树一样/高的思想应为：一棵树——高高的思想，策兰特地加上破折号,拦在那儿,就是怕译者改成明喻——这一时期他特别忌讳的。最后三句本末倒置,大概本想做解释,却适得其反。

相比之下,张枣译本总体把握要好,基本体现了原作的节奏,但有过度阐释的问题。比如普照灰黑的荒原,这个普照显然是强加的。策兰只是给出太阳的位置,并没有布置任务。他套用鲁迅诗词中的名句:敢有歌吟动地哀,把原作的简朴放大变形了。原作中根本没有哀,更何况是动地哀。更危险的是,由于鲁迅诗词家喻户晓,葬送了策兰刻意追求的陌生化效果。

这首诗,有点儿像一幅半抽象的铜版面(他妻子就有这类作品,也许他从中得到启发),只不过策兰用语言代替了线。串成线的太阳/在灰黑的荒野上/一棵树/高高的思想/弹着光调,完全是简约派的白描。这是第一部分,基调是黑白的,大地异常空旷冷漠。接着出现转折,构成第二部分:还有/歌在人类以外/吟唱。人类以外是什么呢?转世来生,难道那儿有另一种歌吗?也许这歌就是诗,能穿越人类苦难的现实,最终留存下来。若第一部分描述的是人类生存的景观,第二部分则是对这一景观的质疑与回答。

策兰这样谈到新的写作倾向:"我不再注重音乐性,像备受赞扬的《死亡赋格》的时期那样,它被反复收进各种教科书……我试着切除对事物的光谱分析,在多方面的渗透中立刻展示它们……我把所谓抽象与真的含混当作现实的瞬间。"

这首短诗是他中晚期诗作中可读性较强的一首。从总体趋势上来看,他的诗越来越短,越来越破碎,越来越抽象。每个词孤立无援,往往只指向自身。他对抒情性回声的压抑,对拆解词义的热衷,使他慢慢关上对话之门。如果说,在他晚期作品中还有对话对象的话,那就是德语。正是他对德语的复杂情结,在另一种语言环境中突显了荒谬意义。"一种心理压力,最终无法忍受。"策兰如是说。

我喜欢策兰中期诗作,包括《卡罗那》《数数杏仁》《用一把可变

的钥匙》等。写作是一种危险的平衡。策兰的后期作品,由于脱离
了意象和隐喻而失去平衡。也许是内心创伤所致,驱使他在语言之
途走得更远,远到黑暗的中心,直到我们看不见他的身影。

十一

　　四十五岁生日那天,策兰在新的诗集上写下座右铭:"驾驭命
运",1965 年 11 月 23 日。他还为自己生日写了首诗。贯穿诗中的
危险感,来自那年春天住院的经历。他健康状况一直不太稳定,加
上抑郁,这反而促使他写了很多短诗。1966 年底,巴黎庆贺萨克斯
七十五岁生日,她刚获得诺贝尔奖。策兰在会上朗诵了她的诗。

　　《死亡赋格》在德国几乎家喻户晓。阿多诺终于收回他的那句
格言:"长期受苦更有权表达,就像被折磨者要叫喊。因此关于奥斯
威辛后不能写诗的说法或许是错的。"

　　1967 年的六日战争带来新的不安。策兰开始有暴力和自杀倾
向。他和妻子决定分居。当索罗蒙夏天到巴黎来看他,发现老朋友
"已经全变了,未老先衰,沉默,愁眉不展……'他们拿我做试验',他
呐呐地说,时不时叹息……保尔并不总是抑郁,他时而有非常快乐
的瞬间——很短暂,夹杂着不安的笑,刺耳破碎"。

　　那年夏天,他在德国弗莱堡大学朗诵,有上千听众,海德格尔也
在其中。朗诵前集体合影时,海德格尔送书给他,并请他第二天一
起郊游,到黑森林的别墅去做客。这是策兰和海德格尔第一次见
面。策兰一直在读海德格尔的书,他的诗包括不来梅受奖辞,都有
海德格尔的痕迹。海德格尔总是寄书给策兰,并希望能有机会见
面。他告诉同事说:"我知道他的艰难危机,给他看看黑森林会是有
益的。"在黑森林散步时,他们谈到动植物(海德格尔说:策兰关于动
植物的知识比他丰富),还谈到法国当代哲学,而策兰似乎对此不太

感兴趣。

1968 年 5 月法国学生的暴动,激发了策兰的政治热情。他独居,常回去看刚满十三岁的儿子。策兰带他一起到街上散步,用多种语言高唱《国际歌》和别的革命歌曲。艾瑞克为父亲骄傲。

1969 年 9 月 26 日,策兰在办公室给布加勒斯特的索罗蒙写信:"原谅我的沉默——是无意的,主要是我的健康问题。我很孤单。三天后我飞往以色列,在那儿待两周。"

以色列之行,是他生命的最后一次高潮。在希伯来语作家协会的演讲中,他热情洋溢,与不来梅受奖辞的基调完全不同:"在外部与内在的风景中,我在这儿找到真理的力量,自我认证和伟大诗歌向世界开放的独特性。"

他在特拉维夫朗诵时,声音近乎低语。朗诵结束后,认识他父母的人过来问候。有个女人还带来块蛋糕,是他母亲常烤的那种,他落泪了。

回到巴黎,他给特拉维夫的一个老朋友写信:"我不再是巴黎人,我一直与这里的艰难抗争……我真高兴如今我去过以色列。"在另一封信中写道:"耶路撒冷让我上升让我强壮,巴黎把我压垮抽空我。巴黎,所有这年月,我拖着疯狂与现实的包袱,穿过它的街道建筑。"

1970 年 3 月,斯图加特举办荷尔德林诞辰两百周年纪念活动,只请策兰来朗诵诗。在随后的讨论会中,策兰显得暴躁,责备海德格尔的疏忽。事后海德格尔说:"策兰病了,是不可治愈的。"

回到巴黎后,有一天他和朋友沃姆(Franz Wurm)坐地铁。沃姆后来回忆说:"有人从我们后面一伙年轻人中跳出来,低声吼着:'让犹太人进烤炉吧!'只见他的脸绷紧,越来越悲哀,攥住拳头。"他们随后去邮局。邮局职员一看策兰的航空信是寄往以色列的,就故意把信揉皱,再扔进邮件堆中。一天下午,沃姆请策兰到他家见贝克特(Samuel Beckett)，被策兰拒绝了。当沃姆晚上带来贝克特的问候，策兰悲哀地说："也许在这里他是唯一我能相知的人了。"

策兰住在塞纳河米拉波桥附近，这桥因阿波利奈尔的诗而闻名。1970年4月20日左右，策兰从桥上跳下去，没有目击者。他的公寓门前的邮件堆了起来，吉瑟丽向朋友打听她丈夫是否出门了。5月1日，一个钓鱼的人在塞纳河下游七英里处发现了他的尸体。

最后留在策兰书桌上的，是一本打开的荷尔德林的传记。他在其中一段画线，"有时这天才走向黑暗，沉入他的心的苦井中。"而这一句余下的部分并未画线，"但最主要的是，他的启示之星奇异地闪光。"

北岛

洛尔加：橄榄树林的一阵悲风

一

1918 年 3 月 17 日晚上,在西班牙南部格拉纳达市文化中心,十九岁的大学生费特列戈·加西亚·洛尔加,在朋友们面前朗诵了他即将出版的散文集《印象与风景》。这是他头一次在公众场合朗诵。他中等身材,黑发蓬乱,浓眉在脸上显得突兀。他对自己的外女作毫无把握,在序言中称其为"外省文学的可怜花园里又一枝花"。观众以热烈掌声打消他的疑惑。第二天两家本地报纸给予好评。

1992 年底,我和多多的漂泊之路交叉,同住荷兰莱顿。被那儿阴冷潮湿的冬天吓坏了,我们像候鸟往南飞,去看望住在西班牙地中海边的杰曼。他是比利时人,在台湾做汽车生意发了财,八十年代末金盆洗手,在西班牙买房置地,专心写诗搞出版。他的庄园居高临下,俯视阳光灿烂的地中海。他家一窖好酒,令人动容。我和杰曼白天翻译赫尔南德兹(Miguel Hernandez)的诗,晚上开怀畅饮。杰曼满脑袋关于诗的狂热念头,加上法国红酒助威,"新感觉主义"诗歌运动诞生了。"感觉主义"(sensationalism)来自葡萄牙诗人佩索阿,这正好与同时代的赫尔南德兹相呼应,后者写道:"我憎恨那些只用大脑的诗歌游戏。我要的是血的表达,而不是以思想之冰的姿态摧毁一切的理由。"

翌日晨,我们开始了文学朝圣之旅,以便确认运动的大方向。由杰曼开车,我们先去赫尔南德兹的故居。他和洛尔加、马查多被公认为自西门涅斯以后西班牙三大现代主义诗人。马查多是"九八一代"的代表,洛尔加是"二七一代"的核心,赫尔南德兹是衔接"二七一代"和"二七一代"后诗歌最重要的一环。环环相扣,西班牙诗歌的精神命脉得以延伸。赫尔南德兹一生贫困,只上过两年小学。内战开始后他加入共和军,后入狱,三年后因肺结核死在佛朗哥狱中，年仅三十二岁。从赫尔南德兹的家乡出发，一路向南，直奔洛尔加的格拉纳达。"绿啊绿，我多么爱你这绿色。/绿的风绿的树枝，/船在海上/马在山中……"

最初读到戴望舒译的《洛尔迦诗抄》是七十年代初。那伟大的禁书运动，加深了我们的精神饥渴。当时在北京地下文化圈有个流行词"跑书"，即为了找本好书你得满世界跑。为保持地下渠道的畅通，你还得拥有几本好书作交换资本。一本书的流通速度与价值高低或稀有程度有关。遇到紧急情况，大家非得泡病假开夜车，精确瓜分阅读时间。当《洛尔迦诗抄》气喘吁吁经过我们手中，引起一阵激动。洛尔加的阴影曾一度笼罩北京地下诗坛。方含（孙康）的诗中响彻洛尔加的回声；芒克失传的长诗"绿色中的绿"，题目显然得自《梦游人谣》；八十年代初，我把洛尔加介绍给顾城，于是他的诗染上洛尔加的颜色。

戴望舒的好友施蛰存在《洛尔迦诗抄》编后记中写道："已故诗人戴望舒曾于一九三三年从巴黎到西班牙去作过一次旅行，这次旅行的重要收获之一便是对西班牙人民诗人费·迦·洛尔迦的认识。后来望舒回国和我谈起洛尔迦的抒情谣曲怎样在西班牙全国为广大的人民所传唱，曾经说：'广场上，小酒店里，村市上，到处都听得到美妙的歌曲，问问它们的作者，回答常常是：费特列戈，或者是：不知道。这不知道作者是谁的谣曲也往往是洛尔迦的作品。'他当时就在这样的感动之下，开始深深地爱上洛尔迦的作品并选择了一小部分抒情谣曲，附了一个简短的介绍，寄回祖国来发表在一个诗的刊物上，这是国内读者第一次读到中文的洛尔迦诗歌。一九三六年，洛尔迦被佛朗哥匪帮谋杀之后，在全世界劳动人民和文化工作者的哀悼与愤怒中，洛尔迦的声名传遍到每一个文化角落里，从那时候开始，戴望舒就决定要把洛尔迦的诗歌更广地更系统地介绍给我国的读者。"

这些戴望舒三十年代旅欧时的译作，于 1956 年才结集出版，到七十年代初的黑暗中够到我们，冥冥中似有命运的安排。时至今日，戴的译文依然光彩新鲜，使中文的洛尔加得以昂首阔步。后看到其他译本，都无法相比。戴还先后译过不少法国、西班牙现代诗歌，都未达到这一高度。也许正是洛尔加的诗激发了他，照亮了他。由于时代隔绝等原因，戴本人的诗对我们这代人影响甚小，倒是他通过翻译，使传统以曲折的方式得以衔接。

洛尔加出生在格拉纳达十英里外的小村庄牛郎喷泉（Fuente Vaqueros）。他父亲拥有一百公顷地，合一千五百亩，按中国阶级划分必是大地主。在第一个妻子病故后第三年，他娶了个小学女教师。婚后九个月零九天，即 1898 年 6 月 5 日，洛尔加来到这个世上。

就在洛尔加出生后两个月，西班牙在和美国的战争中惨败，不得不在和平协议书上签字。战败导致由知识分子和作家推波助澜的一场文化复兴运动——"九八一代"的诞生。他们试图寻找西班牙精神的真髓。马查多是"九八一代"重要代表人物之一，后成为"二七一代"的精神导师。两代相隔近三十年，那正是洛尔加从出生到成长的时间。

洛尔加成年后，把童年美化成田园牧歌式的理想生活，要说不无道理：家庭富足和睦，父母重视教育，兄妹感情甚深。不过和弟弟相比，他从来不是好学生，尤其进大学后考试常不及格。很多年，这成了父母的心病。

对洛尔加早年影响最大的是三位老师。头一位是钢琴老师梅萨（Antonio Segura Mesa），他是个谨小慎微的老先生，除了去洛尔加家上课，极少出门。他终身侍奉音乐，作过曲写过歌剧，都不成功，歌剧首演时就被轰下了台。他常对洛尔加说："我没够到云彩，但并不意味云彩不存在。"他们坐在钢琴前，由梅萨分析大师和自己的作品。是他让洛尔加领悟到，艺术并非爱好，而是死亡的召唤。

有一天，当洛尔加在艺术中心弹贝多芬奏鸣曲时，一位年轻的法学教授路过，为其才华吸引，他上前自我介绍。洛尔加很快成了他家的座上客。这是第二位老师雷沃斯（Fernando de los Rios），后来成了西班牙第二共和国的司法部长和教育部长。他喜爱吉普赛音乐和斗牛，精通好几门外语。他创建左翼政党，支持工运，与地方腐败的政治势力对着干。是他唤醒了洛尔加的社会公正意识。

十七岁那年上艺术史课时，洛尔加被后来成了他第三位老师的伯若达（Martin Dominguez Berrueta）迷住了。他是个伛偻的小个子，谁若挑战他的想法，他会发脾气。他主张全面参与学生生活，甚至包括爱情私事。他意识到格拉纳达的局限，决定每年两次带六个出色的学生去西班牙各地远游，让他们"了解和热爱西班牙"。

在两年内，洛尔加先后参加了四次文化之旅，不仅大长见识，还通过老师结识了一些重要人物，包括马查多。基于旅行见闻，他完成了随笔集《印象与风景》。他把此书献给钢琴老师梅萨。他把新书送到伯若达家，老师打开书扫了一眼，勃然大怒，令他马上离开，两周后把书退还给他，洛尔加不服气。在他看来，伯若达是艺术评论家，而非艺术家，而他要追随的是钢琴老师那样真正的创造者。两年后伯若达病故。洛尔加很难过，他公开表示歉疚之意，并私下对老师的儿子说："我永远不会原谅我自己。"

第一次旅行中，他们有幸结识了马查多。他为伯若达一行朗诵了自己和别人的诗作，洛尔加弹了一段钢琴曲。那次见面让洛尔加激动不已。马查多对他说，诗歌是一种忧郁的媒体，而诗人的使命是孤独的。洛尔加从朋友那儿借来马查多的诗集，他用紫色铅笔在扉页上写了首诗，大意是，诗歌是不可能造就的可能，和音乐一样，它是看不见欲望的可见的记录，是灵魂的神秘造就的肉体，是一个艺术家所爱过的一切的悲哀遗物。

　　我们到格拉纳达已近黄昏,在阿拉汉伯拉宫(Alhambra)附近下榻。晚饭后沿围墙漫步,塔楼林立。格拉纳达是安达卢西亚首府。先由罗马人占领,八世纪摩尔人入侵,命名格拉纳达(意思是"伟大城堡"),直到 1492 年落入伊萨贝尔女王手中,阿拉伯人统治达八百年之久。阿拉汉伯拉宫建于十四世纪,是世界上最美丽的宫殿花园之一。当年洛尔加逃学常来这儿闲荡。

　　第二天,我们前往牛郎喷泉,一个普通的村落。孩子们在小广场喷泉边嬉戏,老人坐在咖啡馆外抽烟。洛尔加故居陈列着家书、明信片和几幅他的勾线画,还有老式留声机和旧唱片。墙上是与亲友的合影及当年的戏剧演出海报。

　　1918 年 6 月 5 日,洛尔加二十岁。生日后第三天,得知童年伙伴的死讯,他一夏天都被死亡的念头困扰。紧接着,西班牙流感夺去了全世界两千万人的性命。1919 年初全国陷于混乱,到处在罢工游行。在格拉纳达,工人与雇主发生冲突,洛尔加和朋友们加入维护工人权利的运动。雷沃斯老师收到匿名恐吓信。2 月 11 日,离洛尔加家不远,宪警向大学生游行队伍开火,打死一个医学院学生和两个平民,当局宣布军管。虽有心支持工人运动,洛尔加却被血腥的暴力吓坏了,他蜷缩在父母家,甚至不敢从阳台往街上看一眼。一个好朋友每天来到他家窗下,高声通报局势的进展。

　　1919 年春,在马查多的劝告和朋友的怂恿下,他离开家乡,搬到首都马德里。在雷沃斯的推荐下,他被号称"西班牙牛津剑桥"的寄宿学院(Residencia)接纳。这里设备齐全,有人打扫卫生,提供膳食。洛尔加很快成了这里沙龙的中心人物,他朗诵诗作,即兴弹奏钢琴曲。一个崇拜者回忆:他手指带电,似乎音乐从他体内流出来,那是其权力的源泉,魔术的秘密。

　　在寄宿学院有个叫伯奈尔(Luis Bunuel)的小伙子,喜欢体育、恶作剧、女人和爵士乐。他特别服洛尔加,总跟他泡在一起,听他朗诵诗。"他让我知道另一个世界，"他回忆道。他们一起狂饮，在马德里寻欢作乐。伯奈尔后来成了西班牙最著名的电影导演。

洛尔加的戏在一家小剧场彩排。这是关于一只蟑螂为寻找爱情而死去的故事。他写信给父母说，若蟑螂成功，他能赚一大笔钱。首场演出，他订了不少座位，请朋友们来助威。开幕没几分钟，一个男人从包厢大叫大嚷："这戏是给雅典娜神庙的！知识分子滚回去！"人们跺脚起哄，朋友们则用掌声反击。报纸反应平平。几周后，父亲勒令洛尔加立即回家完成大学学业，否则就来马德里把他带回去。洛尔加写了四页长信："你不能改变我。我天生是诗人，就像那些天生的瘸子瞎子或美男子一样。"最后老父亲屈服了，答应让他待到夏天。

趁夜色，杰曼带多多和我混进格拉纳达一个社区俱乐部。舞台上载歌载舞，全体观众跟着用手掌的不同部位击出复杂多变的节奏。这就是弗拉明科(Flamenco)。是夜余兴未尽，我们来到郊外的一家小剧场，陈设简单但票价昂贵。当响板骤起，一男一女如旋风登场，动作粗野强劲又控制到位。

第二天下午，我们拜访了作曲家法亚(Falla)的故居，它坐落在阿拉汉伯拉宫西北边的山坡上。那是一栋白色小房子，庭院青翠。从这里可以看见格拉纳达及远方田野。法亚曾骄傲地说："我这儿有世界上最美的全景。"

1921年夏，洛尔加厌倦了呆板的学校生活，常和朋友们到阿拉汉伯拉宫围墙内的一家小酒馆聚会。老板的儿子是吉他手，为大家演奏深歌(deep song)，一种古老的安达卢西亚吉普赛民歌，十九世纪被弗拉明科取代。在重重古塔的包围中，他们倾听深歌的哭泣。参加聚会的有个秃顶小个子，他就是法亚，著名的西班牙作曲家。洛尔加一伙嚷嚷着要搞个音乐咖啡馆，而法亚提议举办深歌艺术节。

两年前他俩曾见过面,直到深歌之夜才成为朋友。表面上,两个人相去甚远。中年的法亚胆小古怪:他连刷牙都害怕;睡在储藏室般小屋的窄床上,头上悬着十字架;每天早上工作前他都要做弥撒。他是个工作狂,认为自己的天才是上帝的礼物。在法亚看来,深歌才是正宗的。为寻找源头,他带洛尔加去吉普赛人的洞穴。

1921 年除夕夜,洛尔加雇来一个街头乐队,踮着脚尖来到法亚的窗户下,在洛尔加的指挥下,突然演奏小夜曲。法亚笑得几乎开不了门。深夜,法亚请小乐队分四次演奏他们的乐曲,由他钢琴伴奏。

他和法亚忙于筹备深歌艺术节,为寻找比赛歌手而走遍大街小巷。与此同时他开始写作。1921 年 11 月初,他在十天内写了二十三首,月底前又成八首。这组诗命名为《深歌集》。

二

吉 他

吉他的呜咽
开始了。
黎明的酒杯
碎了。
吉他的呜咽
开始了。
要止住它
没有用,
要止住它
不可能。

它单调地哭泣，

像水在哭泣，

像风在雪上

哭泣。

要止住它

不可能。

它哭泣，是为了

远方的东西。

南方的热沙

渴望白色山茶花。

哭泣，没有鹄的箭，

没有早晨的夜晚，

于是第一只鸟

死在枝上。

啊，吉他！

心里插进

五柄利剑。

　　"吉他"来自洛尔加《深歌集》(1921)。我在戴望舒的译稿上做了小小改动，主要是某些词显得过时，比如"吉他琴"、"晨晓"。仅一句改动较大，戴译稿是"要求看白茶花的/和暖的南方的沙"。我参照英译本，并请教懂西班牙语的美国诗人，改动了语序，以求更接近原意："南方的热沙/渴望白色山茶花"。一首诗中最难译的部分是音乐，几乎是不可能的，除非译者在别的语言中再造另一种音乐。洛尔加诗歌富于音乐性，大多数谣曲都用韵，戴望舒好就好在他不硬译，而是避开西班牙文的韵律系统，尽量在中文保持原作自然的节奏，那正是洛尔加诗歌音乐性的精髓所在。

洛尔加被吉普赛人的深歌赤裸的热情所感动,他认为,那被置于短小形式中的所有生命的热情,"来自第一声哭泣和第一个吻"。他认为,深歌是他写作的源泉:爱,痛苦与死亡。他推崇其形式中异教的音调,直率的语言,泛神论,和多种文化的融合。他说自己《深歌集》中的诗,"请教了风、土地、大海、月亮,以及诸如紫罗兰、迷迭香和鸟那样简单的事物"。洛尔加试图通过短句和单纯的词,以及主题的变奏重复,找到与深歌相对应的诗歌形式。

吉他的呜咽/开始了。/黎明的酒杯/碎了。用黎明的酒杯与吉他的呜咽并置,构成了互涉关系,使色泽与音调、情与景交融。碎了与开始了对应,呈不祥之兆。要止住它,先是没有用,继而进一步强调不可能。紧接着是五次哭泣。先是单调地哭泣,像水在哭泣,像风在雪上/哭泣,再次插入要止住它/不可能。再次否定后出现音调上的转换:它哭泣,是为了/远方的东西。

第二段音调的转换也带来意义的延展。远方的东西是什么?南方的热沙/渴望白色山茶花。然后又回到哭泣:没有鹄的箭,/没有早晨的夜晚。哭泣并非来自现实,很可能是青春的骚动,或本质上对生命的绝望。于是第一只鸟/死在枝上。死亡出场,以第一只黎明之鸟的名义。结尾与开始呼应,主角再次显现:啊,吉他!/心里插进/五柄利剑。结尾突兀,像琴声戛然而止。

此诗的妙处是既简单又丰富,多变而统一,意象透明但又闪烁不定,特别是回旋跌荡的效果,像音乐本身。记得纽约派的代表人物约翰·阿什伯里在一次采访中说过,对他来说,音乐是诗歌最理想的形式。

这里基本采用的是英美新批评派的细读方法。它的好处是通过形式上的阅读,通过词与词的关系,通过句式段落转折音调变换等,来把握一首诗难以捉摸的含义。说来几乎每一首现代诗都有语言密码,只有破译密码才可能进入。但由于标准混乱,也存在着大量的伪诗歌，乍看起来差不多，其实完全是乱码。在细读的检验下，一首伪诗根本经不起推敲，处处打架，捉襟见肘。故只有通过细读，才能去伪存真。但由于新批评派过分拘泥于形式分析，切断文本与外部世界的联系，最后趋于僵化而衰落，被结构主义取代。新批评派虽已过去，但留下细读这份宝贵遗产。作为一种把握文本的基本方法，细读至今是必要的。

1922 年 6 月 7 日，即二十四岁生日两天后，洛尔加在格拉纳达一家旅馆朗诵了《深歌集》。一周后，深歌艺术节在阿拉汉伯拉宫拉开序幕，吸引了近四千穿传统服装的观众。参加比赛的歌手一一登场，响板迭起，吉他悸动，从吉普赛人中传出阵阵哭声，他们跟着沉吟起舞，如醉如痴。次日晚大雨，人们把椅子顶在头上，比赛照常进行。洛尔加对一个本地记者说："告诉你，亲爱的朋友，这深歌比赛是独一无二的。它是和月亮和雨比赛，正像太阳与阴影之于斗牛一样。"

1923 年春，洛尔加勉强通过大学毕业考试，一周后和弟弟去马德里。在寄宿学院，一个叫萨尔瓦多·达里（Salvador Dali）的青年画家进入他视野。他们随即形影不离：散步、逛博物馆、泡酒吧、听爵士乐。有一回，达里把一张二流作品卖给一对南非夫妇。兴奋之余，他们叫了两辆出租车回学院，自己坐头一辆，让另一辆空车跟着。此举被马德里富家子弟效法，流行一时。由于野心的互相投射，以及被对方才能的强烈吸引，他们的关系很快从友谊发展成爱情。

1925 年复活节假期，洛尔加应邀到达里家做客，他们住在地中海边一个风景秀丽的小镇里。达里的妹妹阿娜（Ana Maria），按洛尔加的说法,是"那些美丽得让你发疯的姑娘之一"。他们仨沿海滨散步。达里察看光线、云和大海,洛尔加背诵自己的新作。一天下午,他们围坐在餐桌旁,洛尔加读了他新写的剧本,阿娜感动得哭了。达里的父亲声称,他是本世纪最伟大的诗人。

洛尔加回到格拉纳达,他近乎绝望地怀念那段美好时光。达里在巴塞罗那附近服兵役。他们书信频繁,字里行间情谊绵绵。洛尔加写了首诗《萨尔瓦多·达里颂歌》,达里在信中称他为"我们时代唯一的天才"。洛尔加深知同性恋的危险,特别是在一个天主教国度。他得学会伪装,避免来自社会习俗的惩罚。

1927 年 5 月,洛尔加来到巴塞罗那,参加他的新戏彩排。服兵役的达里一有空就溜回来,和他在一起。他们在街头漫步,迷失在关于艺术、美学的热烈讨论中。达里为他的新戏做舞台设计。6 月17 日,达里和他妹妹来参加首演。演出获得巨大成功。

在西班牙文学史上,1927 年无疑是重要的一年。为纪念西班牙诗人贡古拉(Luis de Gongora)逝世三百周年,洛尔加和朋友们举办一系列活动,马查多、法亚、毕加索和达里等人都热烈响应。在马德里,年轻人焚烧了贡古拉当年的敌人的书;由于西班牙文学院对贡古拉的冷落,他们半夜在文学院围墙上撒尿。

高潮是在塞维利亚(Seville)举办三天的纪念活动,洛尔加和其他几个年轻诗人在邀请之列。他们一行六人登上火车,一路喧闹,深夜到塞维利亚。迎接他们的是退休的斗牛士梅亚斯(Ignacio Sanchez Mejias),他是个文学鉴赏的行家,几乎能背诵贡古拉所有诗篇。他是那种极有魅力的男人,身材矫健,脸上是斗牛留下的伤疤。他把客人带到自己在郊外的农场,给他们披上阿拉伯长袍,打开香槟酒。梅亚斯和一个吉普赛朋友唱深歌,洛尔加和朋友们朗诵诗。

三天正式的纪念活动,包括演讲朗诵和本地报纸的采访留影。

此外是流水宴席,在塞维利亚朋友的陪伴下,他们每天都喝到天明。贡古拉三百年祭,促成西班牙诗歌"二七一代"的诞生。塞维利亚之行后,洛尔加画了一张诗歌天体图。据说,他把自己画成被卫星环绕的最大行星。

从 1928 年春到夏初,洛尔加忙于整理他的《吉普赛谣曲集》。7月此书问世,获意想不到的成功,人们甚至能背诵吟咏。后获诺贝尔奖的阿列桑德雷(Vicente Aleixandre)在贺信中写道:"我相信你那纯粹的无法模仿的诗歌。我相信你是卓越的。"其中《梦游人谣》,是洛尔加的代表作之一。

四

梦 游 人 谣

绿啊,我多么爱你这绿色。

绿的风,绿的树枝。

船在海上,

马在山中。

影子缠在腰间,

她在阳台上做梦。

绿的肌肤,绿的头发,

还有银子般清凉的眼睛。

绿啊,我多么爱你这绿色。

在吉普赛人的月亮下,

一切都望着她,

而她却看不见它们。

绿啊,我多么爱你这绿色,

霜花的繁星
和那打开黎明之路的
黑暗的鱼一起到来。
无花果用砂纸似的树枝
磨擦着风，
山，未驯服的猫
耸起激怒的龙舌兰。
可是谁将到来？从哪儿？
她徘徊在阳台上，
绿的肌肤，绿的头发，
梦见苦涩的大海。

——朋友，我想
用我的马换你的房子，
用我的马鞍换你的镜子，
把我的短刀换你的毛毯。
朋友，我从卡伯拉关口流血回来。
——要是我办得到，年轻人，
这交易一准成功。
可是我已不再是我。
我的房子也不再是我的。
——朋友，我要善终在
我自己的铁床上，
如果可能，
还得有细亚麻被单。
你没有看见我
从胸口到喉咙的伤口？

——你的白衬衫上
染了三百朵褐色玫瑰，
你的血还在腥臭地
沿着你腰带渗出。
但我已不再是我，
我的房子也不再是我的。
——至少让我爬上
这高高的阳台；
让我上来，让我
爬上那绿色阳台。
月亮的阳台，
那儿水在回响。

于是这两个伙伴
走向那高高的阳台。
留下一缕血迹。
留下一缕泪痕。
许多铁皮小灯笼
在屋顶上闪烁。
千百个水晶的手鼓，
在伤害黎明。
绿啊，我多么爱你这绿色，
绿的风，绿的树枝。
两个伙伴一起上去。
长风在品尝
苦胆薄荷和玉香草的
奇特味道。

朋友，告诉我，她在哪儿？

你那苦涩姑娘在哪儿？

她多少次等候你！

她多少次等候你，

冰冷的脸，黑色的头发，

在这绿色阳台上！

那吉普赛姑娘

在水池上摇曳。

绿的肌肤，绿的头发，

还有银子般清凉的眼睛。

月光的冰柱

在水上扶住她。

夜亲密得

像一个小广场。

醉醺醺的宪警，

正在敲门。

绿啊，我多么爱你这绿色。

绿的风，绿的树枝。

船在海上，

马在山中。

在戴译稿上我做了某些改动。除了个别错误外，主要是替换生僻的词，调整带有翻译体痕迹的语序与句式。总的来说，戴的译文非常好。想想这是大半个世纪前的翻译，至今仍新鲜生动。特别是某些诗句，如"船在海上，马在山中"，真是神来之笔：忠实原文，自然顺畅，又带盈盈古意。

全诗共五段。首尾呼应，环环相扣，关于绿的主旋不断出现，贯穿始终,成为推进整首诗的动力。一首好诗就像行驶的船,是需要动力来源的,要么是靠风力,要么是靠马达。而推动一首诗的动力来源是不同的,有时是一组意象,有时是音调或节奏。

开篇的名句绿啊,我多么爱你这绿色,是从吉普赛人的歌谣转换而来的,令人警醒。绿的风,绿的树枝。/船在海上,/马在山中。如同切换中的电影镜头,把读者带入梦幻的境地。对吉普赛姑娘的勾勒中注重的是颜色:绿的肌肤,绿的头发,/还有银子般清凉的眼睛。第二段再次以绿啊,我多么爱你这绿色引路,紧接着是一组奇特的意象:霜花的繁星/和那打开黎明之路的/黑暗的鱼一起到来。/无花果用砂纸似的树枝/磨擦着风,/山,未驯服的猫/耸起激怒的龙舌兰。这些意象把梦幻效果推到极致,与本诗的题目《梦游人谣》紧扣。

第三段是个转折。与其他四段的抒情风格不同,这是两个吉普赛男人的对话,带有明显的叙事性,在吉普赛人的传奇故事中插入戏剧式对白。这段远离整体上抒情风格,造成某种间离效果。

第四段达到全诗的高潮。两个吉普赛男人爬向想象的阳台时,先是视觉上:许多铁皮小灯笼/在屋顶上闪烁。/千百个水晶的手鼓,/在伤害黎明,在主旋律绿啊,我多么爱你这绿色,/绿的风,绿的树枝重现后,又转向嗅觉:长风在品尝/苦胆薄荷和玉香草的/奇特味道。这一句有如叹息,但又是多么奇妙的叹息!

在一次演讲中,洛尔加认为,隐喻必须让位给"诗歌事件"(poetic event),即不可理解的非逻辑现象。接着他引用了《梦游人谣》的诗句为例。他说:"如果你问我为什么我写'千百个水晶的手鼓,/在伤害黎明',我会告诉你我看见它们,在天使的手中和树上,但我不会说得更多,用不着解释其含义。它就是那样。"

最后一段采用的是虚实对比的手法:那吉普赛姑娘/在水池上摇曳。/绿的肌肤,绿的头发,/还有银子般清凉的眼睛。/月光的冰柱/在水上扶住她。接着,梦幻被突然打碎:夜亲密得/像一个小广场。/醉醺醺的宪警,/正在敲门。宪警在西班牙,特别在安达卢西亚是腐败政治势力的代表。洛尔加专门写过一首诗《西班牙宪警谣》:"他们随心所欲地走过,/头脑里藏着/一管无形手枪的/不测风云。"这两句有"僧敲夜下门"的效果,但更触目惊心,把冷酷现实带入梦中。最后,一切又归于宁静,与全诗的开端呼应:绿啊,我多么爱你这绿色。/绿的风,绿的树枝。/船在海上,/马在山中。

《梦游人谣》如醉如痴,扑朔迷离,复杂多变又完整统一,意象奇特,音调转换自如,抒情与叙事兼容,传统要素与现代风格并存。值得一提的还是音乐性。现代抒情诗与音乐结合得如此完美,特别是叠句的使用出神入化,洛尔加堪称一绝。

五

1928 年春,洛尔加有了新的男朋友,叫阿拉俊(Emilio Aladren),是马德里美术学校雕塑专业的学生。洛尔加带他出入公开场合,下饭馆泡酒吧,为他付账。阿拉俊口无遮拦,把他和洛尔加的隐私泄露出去,闹得满城风言风语。

达里显然听说了传闻,和洛尔加的关系明显疏远了。1928 年 9 月初,他写了一封七页长的信给洛尔加,严厉批评他刚出版的《吉普赛谣曲集》:"你自以为某些意象挺诱人,或者觉得其中非理性的剂量增多了,但我可以告诉你,你比那类安分守法者的图解式陈词滥调强不了多少。"达里认为洛尔加应该从现实中逃跑。信中的主要观点,出现在不久发表的文章《现实与超现实》中。在这篇文章中,他进一步强调:"超现实主义是逃避的另一层意思。"

当年的伙伴伯奈尔这时和达里结成新同盟。他专程去看望达里,他们开始合作一部超现实主义电影。在达里面前,伯奈尔大骂洛尔加。他们用一周的时间完成电影脚本初稿。他们创作的一条

原则是,任何意象都不应得到理性的解释。伯奈尔给朋友写信说:
"达里和我从来没这么近过。"

阿拉俊原来是个双性恋,他突然有了女朋友,和洛尔加分道扬
镳。在寂寞中,洛尔加开始寻找新朋友。他结识了智利外交官林奇
(Carlos Morla Lynch)夫妇,很快成了他们家座上客。"他常来常
往,留下吃午饭晚饭——或都在内——打盹,坐在钢琴前,打开琴
盖,唱歌,合上,为我们读诗,去了又来。"自幼写日记的林奇写道。

洛尔加精神濒临崩溃,几乎到了自杀的地步。他需要生活上的
改变。那年年初,有人为他安排去美国和古巴做演讲,这计划到4月
初终于定下来。他将和他的老师雷沃斯同行。三十一岁生日那天,他
收到护照。他们乘火车到巴黎,转道英国,再从那儿乘船去美国。"向
前进!"他写道,"我也许微不足道,我相信我注定为人所爱。"

1929年6月26日,风和日丽。"S·S·奥林匹克"客轮绕过曼
哈顿顶端,逆流而上,穿过华尔街灰色楼群,停泊在码头上。洛尔加
吃惊地打量着周围的一切。他写信告诉父母,巴黎和伦敦给人印象
深刻,而纽约"一下把我打倒了"。他还写道:"整个格拉纳达,也就
能塞满这里两三座高楼。"抵达两天后,他半夜来到时代广场,为灯
火辉煌的奇景而惊叹:纽约的一切是人造的,达里的机械时代的美
学成为现实。

他对美国人的总体印象是:友好开放,像孩子。"他们难以置信
的幼稚,非常乐于助人。"而美国政治系统让他失望。他告诉父母说:
民主意味着"只有非常富的人才能雇女佣"。他生来头一回自己缝
扣子。

在雷沃斯催促下,他很快就在哥伦比亚大学注册,并在学生宿
舍住下来。他给父母的信中假装喜欢上学,实际上他在美国几乎一
点儿英文都没学会,除了能怪声怪调地说"冰激凌"和"时代广场",
再就是去饭馆点火腿鸡蛋。他后来告诉别人,在纽约期间他吃的几

乎全都是火腿鸡蛋。他在英语课上瞎混,模仿老师的手势和口音。他最喜欢说的英文是"我什么都不懂"。他担心,英文作为新的语言,会抢占自己母语的地盘。某些西班牙名流的来访给他当家做主的自信。他接待了梅亚斯,那个在塞维利亚认识的斗牛士。他把梅亚斯介绍给他在纽约的听众。

二十年代的哈莱姆是美国黑人的巴黎。洛尔加迷上了哈莱姆与爵士乐,经常泡在那儿的爵士酒吧里。他时不时抬起头嘟囔:"这节奏!这节奏!真棒!"他认为,爵士乐和深歌十分相近,都植根于非洲。只有通过音乐才能真正了解黑人文化;像吉普赛人一样,黑人用音乐舞蹈来承受苦难,"美国除黑人艺术外一无所有,只有机械化和自动化,"他说。

到美国六周后,他开始写头一首诗《哈莱姆之王》。他后来写道:纽约之行"丰富并改变了诗人的作品,自从他独自面对一个新世界"。夜深人静,他常常漫步到布鲁克林大桥上,眺望曼哈顿夜景,然后在黎明前的黑暗中,返回哥伦比亚的住所,记下自己的印象。

他跟同宿舍的美国邻居格格不入。他告诉父母说:"这是地道的野蛮人,也许因为没有阶级的缘故。"他把自己关起来,要么写作,要么无所事事,整天躺在床上,拒绝访客,也不起来接电话。

1929 年 10 月 29 日是历史上著名的"黑色星期二",即纽约股市大崩盘。在此期间,洛尔加和雷沃斯一起去华尔街股票市场,目睹了那场灾难。洛尔加在那儿转悠了七个小时。事后他写信告诉父母:"我简直不能离开。往哪儿看去,都是男人动物般尖叫争吵,还有女人的抽泣。一群犹太人在楼梯和角落里哭喊。"回家路上,他目睹了一个在曼哈顿中城旅馆的跳楼自杀者的尸体。他写道:"这景象给了我美国文明的一个新版本,我发现这一切十分合乎逻辑。我不是说我喜欢它。而是我冷血看待这一切,我很高兴我是目击者。"

他对自己在纽约写的诗充满信心,他认为是他最出色的作品。他常为朋友们朗诵新作。"他的声音高至叫喊,然后降为低语,像大海用潮汐带走你,"一个朋友如是说。这些诗作后结集为《诗人在纽约》,直到 1940 年才问世。

六

黎 明

纽约的黎明

有四条烂泥柱子

和划动污水行进的

黑鸽子的风暴

纽约的黎明

沿无尽楼梯叹息

在层层拱顶之间

寻找画出苦闷的甘松香。

黎明来了,无人迎入口中

没有早晨也毫无希望

硬币时而呼啸成群

穿透吞噬弃儿们。

他们从骨子里最先懂得

既无天堂也无剥光树叶的恋情:

出路只是数字与法律的污泥,

无艺术的游戏,不结果的汗。

无根科学的无耻挑战中

光被链条与喧嚣埋葬。

而晃荡的郊区不眠者

好像刚从血中的船骸上得救。

在《洛尔迦诗抄》编者后记中,施蛰存先生写道:"望舒的遗稿中没有一篇《诗人在纽约》这个集子里的作品。为了弥补这个缺憾,我原想补译两首最重要的诗,即'给哈仑区之王的颂歌'及'惠特曼颂歌'。我借到了西班牙文原本,也有英法文译本做参考,但是每篇都无法译好,因此只得藏拙。但为了不让洛尔迦这一段的创作生活在我们这个集子里成为一个空白,我还是选译了一首短短的'黎明'聊以充数。这不能不说是这部诗抄的一大缺点。"寥寥数语,施先生重友尽责谦卑自持的为人之道尽在其中。说实话,《黎明》译稿错误较多,总体上也显拗口。我在改动中尽量保留原译作的风格。

此诗共五段。开篇奇,带有强烈的象征风格:*纽约的黎明/有四条烂泥柱子/和划动污水行进的/黑鸽子的风暴*。用四条烂泥柱子和黑鸽子的风暴来点出纽约的黎明,可谓触目惊心。这两组意象在静与动,支撑与动摇,人工与自然之间,既对立又呼应。

第二段,纽约的黎明是通过建筑透视展开的:*无尽楼梯和层层拱顶之间*。洛尔加曾这样描述纽约:"这城市有两个因素一下子俘虏旅行者:超人的建筑和疯狂的节奏。几何与苦闷。"几何是纽约建筑的象征,与之对应的是苦闷:*寻找画出苦闷的甘松香*。自然意象甘松香的引入,以及画这个动词所暗示的儿童行为,可以看作是一个西班牙乡下孩子对冷漠大都市的独特反应。

黎明来了,*无人迎入口中*,这个意象很精彩,甚至有某种宗教指向——"太初有言,上帝说有光,于是有了光"(《旧约全书》)。没有早晨也毫无希望。在这里出现早晨与黎明的对立,即黎明有可能是人造的,与自然进程中的早晨无关。*硬币时而呼啸成群/穿透吞噬*

弃儿们。作为纽约权力象征,硬币像金属蜂群充满侵略性。弃儿在这里,显然是指那些被社会遗弃的孩子们。

第四和第五段带有明显的论辩色彩,弃儿们懂得:既无天堂也无剥光树叶的恋情:/出路只是数字与法律的污泥,/无艺术的游戏,不结果的汗。最后,又回到了早晨与黎明的对立:光被链条与喧嚣埋葬。而晃荡的郊区不眠者/好像刚从血中的船骸上得救。作为黎明的基本色调,血似汪洋大海,那些建筑物如出事后的船骸,郊区不眠者正从黎明中生还。

这首诗从形式到主题,都和洛尔加以前作品相去甚远。他开始转向都市化的意象,并与原有的自然意象间保持某种张力。他以惠特曼式的自由体长句取代过去讲究音韵的短句,显得更自由更开放。他听使用的每个词都是负面的,故整体色调沉郁顿挫。按洛尔加自己的话来说,他写纽约的诗像交响乐,有着纽约的喧嚣与复杂。他进一步强调,那些诗代表了两个诗歌世界之间的相遇:他自己的世界与纽约。"我所作出的是我的抒情反应,"他说。他的观点并非来自游客,而是来自"一个男人,他在仰望那吊起火车的机械运转,并感到燃烧的煤星落进他眼中"。

如果说这首诗有什么不足之处,我以为,后半部分的理性色彩,明显削弱了最初以惊人意象开道的直觉效果。这是洛尔加的新尝试,显然不像他早期作品中那样得心应手。但从诗人一生的长度来看,这一阶段的写作是举足轻重的,开阔了他对人性黑暗的视野,扩大了他的音域特别是在低音区,丰富了他的语言经验和意象光谱。这一点我们会在他后期作品中发现。

七

在纽约住了九个月后,洛尔加于 1930 年 3 月 7 日乘船抵达哈瓦那,一群古巴作家和记者在码头迎接他。回到自己的母语世界,他如鱼得水。在第一封家书中他描述古巴是"抚爱而流畅的,特别感官的"。和纽约相比,哈瓦那简直是天堂。铺鹅卵石的街头,雪茄和咖啡的香味混在一起,让人感到亲切。他的朗诵和演讲获得成功。几乎每夜都和朋友们一起泡酒吧、朗诵、弹钢琴,直到天明。

三个月后洛尔加返回祖国。在格拉纳达街头,他碰见一个自大学时代就认识的牧师。牧师为他外表的变化大吃一惊,问纽约是否也改变了他的个性。"没有,"洛尔加快活地回答,"我还是我。纽约的沥青和石油改变不了我。"

与家人团聚,让他真正放松下来。他夜里读书写作,白天穿睡袍在屋里晃荡。他常把白发苍苍的母亲举起来,"天哪,你在杀死我!"母亲大声惊呼。当母亲睡午觉时,他坐在旁边为她扇扇子,驱赶苍蝇。

他一直在写新剧本《观众》。初稿完成后不久,他回到马德里,一家报纸的记者好奇地向他打听。"那是个六幕剧谋杀案。"他答道。

"此戏的意图何在?我指的不是谋杀,而是作品本身。"记者追问。

"我不知道是否真能制作。这出戏的主角是一群马。"

"了不起,费特列戈。"记者喃喃说。

1930 年底,西班牙政局再次动荡。雷沃斯和他的同志们一度入狱,他们在狱中发表宣言,呼吁在西班牙建立共和制。不久,国王宣布举行全国选举。一天夜里,在去咖啡馆的半路,洛尔加被卷进支持共和的游行队伍中。宪警突然出现并开枪,示威者逃散,洛尔加摔倒在地。当出现在咖啡馆朋友们面前时,他上气不接下气,满脸大汗,浑身是土,嘬着受伤的手指,声音颤抖地讲述他的遭遇。

1931 年 4 月 14 日,国王最终离开西班牙,共和运动领导人包括雷沃斯被释放。西班牙第二共和国的新时期开始了。雷沃斯被任命为司法部长。新政府立即将政教分离,实行一系列社会政治改革。

在新政的影响下,牛郎喷泉镇政府决定,以他们最值得骄傲的儿子的名字,取代原来的教堂街。1931 年 9 月初,洛尔加在为他举行的命名仪式上演讲。他强调说,没有书籍与文化,西班牙人民就不可能享有基本权利和自由。"如果我流落街头,我不会要一整块面包,我要的是半块面包和一本书。"他注视着洒满阳光的广场和乡亲们熟悉的面孔,后面是三十三年前他出生的白房子。

洛尔加全力支持新政府。一天夜里,他冲进智利外交官林奇的公寓,情绪激动。他要建立一个全国性的剧团,叫"巴拉卡"(La Barraca),指的是那种乡村集市演木偶戏之类的临时木棚。新政府重新调整后,雷沃斯成为教育部长,促进了"巴拉卡"计划的实现,特别是财政上的支持。洛尔加谈到"巴拉卡"总体规划时说:"我们要把戏剧搬出图书馆,离开那些学者,让它们在乡村广场的阳光和新鲜空气中复活。"

作为剧团的艺术总监,洛尔加招兵买马,亲自负责选目排演。他和演员们一起身穿蓝色工作服,唱着歌穿过大街小巷。在两年多的时间,"巴拉卡"几乎走遍西班牙,吸引了无数的平民百姓。他说:"对我来说,'巴尔卡'是我全部工作,它吸引我,甚至比我的文学作品更让我激动。"在"巴尔卡"活跃的那几年,他很少写诗。这似乎并不重要,戏剧在某种程度上比诗歌更让他满足。"巴尔卡"无疑振兴了三十年代西班牙的戏剧舞台,实现了他毕生的梦想。

1933 年初,剧团来了个名叫拉潘(Rafael Rodriguez Rapun)的小伙子。他相貌英俊,身材健壮,具有一种古典的美。这个马德里大学学工程的学生,转而热爱文学,偶尔也写写诗。他成了洛尔加的男朋友兼私人秘书。四年后,在洛尔加逝世周年那一天,拉潘为保卫共和国战死在沙场。

那年夏天,远在六千英里之外,一个阿根廷女演员在布宜诺斯艾利斯上演洛尔加的戏《血腥婚礼》,她和她丈夫邀请洛尔加到阿根廷访问。9 月 28 日,洛尔加从马德里出发到巴塞罗那乘船,两周后抵达阿根廷。他为重返美洲而激动。与上次不同,他写信对父母说,他来到的是"我们的美洲,西班牙语的美洲"。

阿根廷之行获得了意想不到的成功。他的戏不断加演,好评如潮。他告诉父母:"我在这个巨大的城市像斗牛士一样出名。"他被记者包围被观众簇拥,常在大街上被认出来。

洛尔加和博尔赫斯只见了一面。见面时,他明显感到博尔赫斯不喜欢他,于是故意模仿博尔赫斯,庄重地谈到美国的"悲剧"体现在一个人物身上。"是谁?"博尔赫斯问。"米老鼠。"他回答。博尔赫斯愤然离去。以后他一直认为洛尔加是个"次要诗人",一个"对热情无能"的作家。

而他和聂鲁达则一见如故。聂鲁达当时是智利派驻布宜诺斯艾利斯的领事。聂鲁达喜欢洛尔加的丰富以及他对生活的健壮胃口。他们俩背景相似——都来自乡下,对劳动者有深厚的感情。他对聂鲁达的诗歌十分敬重,常打听他最近在写什么。当聂鲁达开始朗诵时,洛尔加会堵住耳朵,摇头叫喊:"停!停下来!够了,别再多念了——你会影响我!"

除演讲费外,票房收入源源不断。洛尔加一生中第一次有钱,他开始寄钱回家,给母亲买狐狸皮大衣。母亲来信说:"没有别的穿戴皮毛的女人像我那样骄傲和满足,这是你用劳动成果买来的纪念品。"

离开布宜诺斯艾利斯前夜,他去看望聂鲁达。他对在场的朋友说:"我在喧嚣的纽约待了几个月后,离开时我似乎挺高兴……现在虽说我急于见到亲人，我好像把自己的一部分留在这奇异的城市。"他哭了起来。聂鲁达打破沉默，转移话题。第二天，他登上开往西班牙的越洋轮船。一周前，他对记者说："对我自己来说，我仍觉得像个孩子。童年的感情依然伴随着我。"

1934年4月14日，是西班牙第二共和国成立三周年。新的联合政府废除了不少共和派的法案，恢复宗教教育。很多西班牙人开始担心，这儿的天主教会会扮演希特勒兴起中的角色。

那年夏天，聂鲁达作为外交官被派往西班牙，先住巴塞罗那，又搬到马德里。他家几乎夜夜笙歌，客人们横七竖八地过夜。洛尔加和聂鲁达常在一起朗诵演讲。他俩互相赞美，不吝辞句；尤其是洛尔加，有时简直是挥霍。这似乎是一个天才的特权——对他人才华无节制的激赏。在一次正式场合，他介绍说，聂鲁达是当今最伟大的拉丁美洲诗人之一，是"离死亡比哲学近，离痛苦比智力近，离鲜血比墨水近"的作家。聂鲁达"缺少两样众多伪诗人赖以为生的因素：恨与嘲讽。"聂鲁达认为洛尔加是"我们语言此刻的引导性精神"。

洛尔加打算8月11日和剧团一起去北海岸的小镇桑坦德(Santander)演出一周。就在当天下午，他的好朋友梅亚斯在斗牛场上受重伤，先进本地医院，再转到马德里抢救。得知梅亚斯受伤的消息，洛尔加立即取消原计划，留在马德里。由于伤势严重，医院不许任何外人看望，洛尔加用电话把病情及时告诉朋友们。8月13日上午，梅亚斯死了。

他到桑坦德后，独自关上门哀悼梅亚斯。自从在塞维利亚相识，他们成为好朋友。梅亚斯老了，发福了，但他宁愿死在斗牛场，也不愿意死在自己床上。听说梅亚斯重返斗牛场，洛尔加对朋友说："他对我宣布了他自己的死亡。"在桑坦德，他和一个法国作家散步时说："伊涅修之死也是我自己的死，一次死亡的学徒。我为我安宁惊奇,也许是因为凭直觉我预感到这一切发生?"

1934 年 10 月底,洛尔加开始写他一生最长的一首诗《伊涅修·桑切斯·梅亚斯的挽歌》。他起稿于格拉纳达和马德里两地之间,最后在聂鲁达的公寓完成。这首长诗是洛尔加的巅峰之作。

八

伊涅修·桑切斯·梅亚斯的挽歌

一　摔*与死

在下午五点钟。

正好在下午五点钟。

一个孩子拿来白床单

在下午五点钟。

一筐备好的石灰

在下午五点钟。

此外便是死。只有死

在下午五点钟。

　

风带走棉花。

在下午五点钟。

氧化物散播结晶和镍

在下午五点钟。

现在是鸽与豹搏斗

在下午五点钟。

大腿与悲凉的角

---

* 原译注:"摔"是斗牛的术语,原文是 Cogida,就是牛用角把斗牛师挑起来,摔出去。

在下午五点钟。

低音弦响起

在下午五点钟。

砒素的钟与烟

在下午五点钟

角落里沉默的人群

在下午五点钟。

只有那牛警醒！

在下午五点钟。

当雪出汗

在下午五点钟。

斗牛场满是碘酒

在下午五点钟。

死亡在伤口生卵

在下午五点钟。

在下午五点钟。

正好在下午五点钟。

灵车是他的床

在下午五点钟。

骨与笛响在他耳边

在下午五点钟。

那牛向他额头咆哮

在下午五点钟。

屋里剧痛大放异彩

在下午五点钟。

坏疽自远方来

在下午五点钟。

绿拱顶中水仙喇叭

在下午五点钟。

伤口像太阳燃烧

在下午五点钟。

人群正砸破窗户

在下午五点钟。

在下午五点钟。

噢,致命的下午五点钟!

所有钟表的五点钟!

午后阴影中的五点钟!

　　这首长诗共四节,由于篇幅关系我只选第一节和第四节。在戴望舒译文的基础上,我参考英译并设法对照原作做了改动。遗憾的是,这首诗的戴译本有不少差错。比如在第一节中,他漏译了一句,并颠倒另两句的顺序。

　　在洛尔加看来,《挽歌》不仅是为他的朋友骄傲,也是为了展现"存在于人与牛的搏斗中英雄的、异教的、流行而神秘的美"。他喜欢斗牛的仪式和"神圣的节奏"。在这节奏中,"一切都是计量好的,包括痛苦和死亡"。也许这是理解这首诗的关键。无论在音调还是在节奏上,这四节都有明显的区别,展示了他对朋友之死的不同反应,以及他对死亡的总体思考。

　　第一节非常奇特,急迫得让人喘不过气来,也许这就是洛尔加所说的"神圣的节奏"。而急迫正是由"在下午五点钟"这一叠句造成的。它短促而客观,不容置疑。伴随着这节奏的是大量的医疗细节(石灰、棉花、氧化物、砒素、碘酒、剧痛、坏疽、伤口),展开斗牛士从受伤走向死亡的过程。洛尔加说:"当我写《挽歌》时,致命的'在下午五点钟'一行像钟声充满我的脑袋,浑身冷汗,我在想这个小时也等着我。尖锐精确得像把刀子。时间是可怕的东西。"据马德里报纸说,当时送葬开始于下午五点钟。正像他所说的,在这节奏中,"一切都是计量好的,包括痛苦和死亡"。

这一节最初相当克制。在下午五点钟。/正好在下午五点钟。/一个孩子拿来白床单/在下午五点钟。/一筐备好的石灰/在下午五点钟。/此外便是死。只有死/在下午五点钟。随着死亡步步逼近,变得越来越焦躁不安,直至终点的叫喊:伤口像太阳燃烧/在下午五点钟。/人群正砸破窗户/在下午五点钟。/在下午五点钟。/噢,致命的下午五点钟!/所有钟表的五点钟!/午后阴影中的五点钟!

在我看来,这首长诗的第一节最精彩,无疑是现代主义诗歌的经典。由在下午五点钟这一叠句切割的意象,有如电影蒙太奇。前几年看过一部故事片《加西亚·洛尔加的失踪》,影片开始用的就是这一节。诗句伴随着急促的鼓点,镜头不断切换,仿佛是洛尔加专为此写的。正如他所说的:"我在想这个小时也等着我。尖锐精确得像把刀子。"他预见了自己的死亡。

四 缺席的灵魂

牛和无花果树都不认识你,
马和你家的蚂蚁不认识你,
孩子和下午不认识你
因为你已长眠。

石头的腰肢不认识你,
你碎裂其中的黑缎子不认识你。
你沉默的记忆不认识你
因为你已长眠。

秋天会带来白色小蜗牛，
朦胧的葡萄和聚集的山，
没有人会窥视你的眼睛
因为你已长眠。

因为你已长眠，
像大地上所有死者，
像所有死者被遗忘
在成堆的死狗之间。

没有人认识你。没有。而我为你歌唱。
为了子孙我歌唱你的优雅风范。
歌唱你所理解的炉火纯青。
歌唱你对死的胃口和对其吻的品尝。
歌唱你那勇猛的喜悦下的悲哀。

这要好久，可能的话，才会诞生
一个险境中如此真实丰富的安达卢西亚人，
我用呻吟之词歌唱他的优雅，
我记住橄榄树林的一阵悲风。

与第一节相比，第四节无论音调还是节奏都有明显变化。第一节急促紧迫，用时间限定的叠句切断任何拖延的可能。而第四节的句式拉长，舒展而富于歌唱性。如果说第一节是死亡过程的展现的话，那么这一节则是对死亡的颂扬。

这一节可分成两部分。第一部分包括前三段，第二部分包括后两段，中间是过渡。第一部分皆为否定句，三段均以因为你已长眠的叠句结尾，带有某种结论性。接着因为你已长眠出现在第四段开端，从果到因，那是转折前的过渡：因为你已长眠，/像大地上所有死者，/像所有死者被遗忘/在成堆的死狗之间。最后是颂歌部分：没有人认识你。没有。而我为你歌唱。

我用呻吟之词歌唱他的优雅，/我记住橄榄树林的一阵悲风。呻吟之词与歌唱之间存在着对立与紧张。精彩的是最后一句，那么简单纯朴，人间悲欢苦乐都在其中了。在西班牙乡下到处都是橄榄树，在阳光下闪烁。那色调特别，不起眼，却让人惦念。橄榄树于西班牙，正如同白桦树于俄罗斯一样。梅亚斯曾对洛尔加讲述过他的经历。十六岁那年，他从家里溜到附近的农场，在邻居的牲口中斗牛。"我为我的战绩而骄傲，"斗牛士说，"但令人悲哀的是没人为我鼓掌。当一阵风吹响橄榄树林，我举手挥舞。"

老天成就一个人，并非易事。洛尔加扎根格拉纳达，在异教文化的叛逆与宽容中长大；自幼有吉普赛民歌相伴入梦，深入血液；父慈母爱，家庭温暖，使个性自由伸展；三位老师守护，分别得到艺术、社会和文化的滋养；与作曲家法亚、画家达里交相辉映，纵横其他艺术领地；马查多等老前辈言传身教，同代诗人砥砺激发，再上溯到三百年前的贡古拉，使传统融会贯通；从格拉纳达搬到马德里，是从边缘向中心的转移；在纽约陌生语言中流亡，再返回边缘；戏剧的开放与诗歌的孤独，构成微妙的平衡；苦难与战乱，成为无尽的写作源泉。

九

1934 年 10 月西班牙北海岸矿工起义，随后遭到佛朗哥将军的残酷镇压。1935 年 5 月初，内阁改组，包括五个极右组织的成员，并将在摩洛哥任职的佛朗哥调回，正式任命为总司令。不久，保守政府切断了财政支持，"巴拉卡"陷入危机。

洛尔加在朗诵排戏的同时，卷入各种政治活动。他谴责德国和意大利的法西斯暴政,声援两国作家和艺术家,并在反对埃塞俄比亚战争的公开信上签名,为入狱的年轻诗人赫尔南德兹呼吁。

在巴塞罗那上演新戏期间,达里的妹妹阿娜到剧院来看望他,她比以前更美了。他们去咖啡馆小坐,一直在谈达里。洛尔加终于和达里见面,这是七年来第一次。那年秋天他俩常来常往。他抓住每一次机会证明他对老朋友的感情。有一次在巴塞罗那书店朗诵,他专门念了那首《萨尔瓦多·达里颂歌》。他们计划一起合作写书配画,但并未实现。几个月后,两人友谊重又落到低谷。

1936 年元旦,洛尔加收到从牛郎喷泉寄来的有镇长和近五十名村民签名的贺年卡,上面写道:"作为真正的人民诗人,你,比他人更好地懂得怎样把所有痛苦,把人们承受的巨大悲剧及生活中的不义注入你那深刻之美的戏剧中。"

6 月 5 日,洛尔加过三十八岁生日。他从来不想长大,时不时深情地回首童年。一年前,他曾对记者说:"还是我昨天同样的笑,我童年的笑,乡下的笑,粗野的笑,我永远,永远保卫它,直到我死的那天。"他还开玩笑说,他怕出版纽约的诗集,那样会让他老去。

西班牙政局进一步恶化,濒临内战边缘。在马德里,左右派之间互相暗杀绑架,血染街头。除了 1919 年格拉纳达的冲突,洛尔加从未经历过像马德里 7 月初那样血腥的暴力。他变得越来越神经脆弱。他总是让出租司机减速,叫喊道:"我们要出事了!"过马路他要架着朋友的胳膊,随时准备跳回便道上。

7 月 13 日,得知一个右翼领袖被暗杀的消息,洛尔加决定马上离开马德里。他和一个朋友几乎整天都在喝白兰地。他激动地吐着香烟说:"这里将尸横遍野。"停顿了一下,"不管怎样,我要回格拉纳达。"晚九点,他按响他的小学老师家的门铃。在老师的询问下,他回答道:"只是来借两百比索。我要乘十点半的火车回格拉纳达。一场雷雨就要来了,我要回家。我会在那儿躲过闪电的。"

回家第二天,本地报纸就刊登了他的消息。西班牙内战开始了。7月20日,支持右翼的格拉纳达要塞的军人起义,占领了机场和市政厅,逮捕了省长和新选的市长,那是洛尔加的妹夫。三天后,他们完全控制了局势。到处在抓人,每天都有人被处决。

长枪党分队接连不断到洛尔加家搜查,第三次他们把洛尔加推下楼梯,又打又骂。他们离去后,洛尔加给一个写诗的年轻朋友若萨勒斯(Luis Rosales)打电话,他三个兄弟都是长枪党铁杆。若萨勒斯马上赶来。他提出三个方案:其一,逃到共和派控制的地区;其二,到一向保守的法亚家避风;其三,搬到他们家小住,待局势稳定下来再说。第三个方案似乎最安全。当天夜里,父亲吩咐他的司机把洛尔加送到位于格拉纳达市中心的若萨勒斯家。

8月15日,长枪党再次冲进洛尔加家,威胁说若不说出去处,就要带走洛尔加的父亲。走投无路,他妹妹说出实情。

次日晨传来洛尔加妹夫被处决的消息。下午一点,一辆汽车停在若萨勒斯家门口,下来三个军官,领头的是原右翼组织的国会议员阿龙索(Ruiz Alonso)。他早就恨死了洛尔加。若萨勒斯的母亲边阻拦边打电话,终于找到一个儿子。那儿子赶来,问洛尔加犯了什么罪。"他用笔比那些用手枪的人带来的危害还大。"阿龙索答道。洛尔加被带走,先关在市中心的政府大楼,18日凌晨被转到西北方山脚下的小村庄,和一个中学老师及两个斗牛士一起关在旧宫殿里。看守是个虔诚的天主教徒。他告诉他们要被处决,让他们做临终祷告。"我什么也没干!"洛尔加哭了,他试着祷告。"我妈妈全都教过我,你知道,现在我忘光了。"

四个犯人被押上卡车,来到山脚下的一块空地上,周围是橄榄树林。在破晓以前,一阵枪声,洛尔加和三个同伴倒在橄榄树林边。

北岛

特拉克尔：陨星最后的金色

一

给孩子埃利斯

埃利斯，当乌鸫在幽林呼唤，
那是你的灭顶之灾。
你的嘴唇饮蓝色岩泉的清凉。

当你的额头悄悄流血
别管远古的传说
和鸟飞的晦涩含义。

而你轻步走进黑夜，
那里挂满紫葡萄，
你在蓝色中把手臂挥得更美。

一片荆丛沙沙响，
那有你如月的眼睛。
噢埃利斯，你死了多久。

你的身体是风信子，
一个和尚把蜡白指头浸入其中。
我们的沉默是黑色洞穴。

有时从中走出只温顺的野兽
慢慢垂下沉重的眼睑。
黑色露水滴向你的太阳穴，

是陨星最后的金色。

这首诗是以绿原的译本为主,张枣的译本为辅,并参照英译本拼凑成的。翻译与创作的区别在于,创作是单干户,自给自足,一旦成书就算盖棺论定了;而翻译是合作社,靠的是不同译本的参照互补,前赴后继,而永无终结之日。绿原和张枣都是诗人又精通德文,在《给孩子埃利斯》的翻译上各有千秋,基本反映了他们各自在写作中的追求。绿译朴实干净,但有时略显粗糙,甚至有明显错误,比如把"乌鸫"译成"乌鸦",把"眼睑"译成"棺盖";张译更有诗意,他甚至在翻译中寻找中国古诗的神韵,但有时过于咬文嚼字而显得拗口。比如"你在蓝色中把手臂挥得更美"这句,被他译成"你的双臂摇步有致,融入蓝色"。翻译理论众多,各执一词。依我看,千头万绪关键一条,是要尽力保持语言的直接性与对应性,避免添加物。挥舞手臂就是挥舞手臂,而不是"双臂摇步有致"。

先来看看这首诗的色彩:黑夜、蓝色岩泉、紫葡萄、蜡白指头、黑色洞穴、黑色露水、陨星最后的金色。基本色调是冷色,只在结尾处添上一点金色。其整体效果很像一幅表现主义油画。再来看和身体有关的部分:嘴唇、额头、轻步、手臂、眼睛、指头、眼睑、太阳穴。它们暗示厄运,暗示孩子与自然融合的灵魂无所不在,漫游天地间。

开篇即不祥之兆,为全诗定音:埃利斯,当乌鸫在幽林呼唤,/那是你的灭顶之灾。紧接着是一组凄美意象:饮蓝色岩泉的清凉的嘴唇,悄悄流血的额头,走进黑夜的轻步,在蓝色中挥得更美的手臂。沙沙作响的荆丛是特拉克尔诗中常用的意象,让人联想到《圣经》典故,即摩西在燃烧荆丛中得到神示。而荆丛与埃利斯如月的眼睛并置,显然带有某种宗教意味。

噢埃利斯,你死了多久。直到此处,我们才知道埃利斯已经死了,前面种种不祥之兆终于得到证实。在众多奇特的意象之上,用如此平实的口语点穿真相,令人惊悚。这一句是转折点,把全诗一分为二。第一部分是埃利斯所代表那个纯洁的世界,而第二部分是失去的乐园。第五段以"你的身体是风信子"开端,标志着埃利斯的世界和我们的距离。而和尚与温顺的野兽,蜡白指头与沉重的眼睑有互文关系,暗示超度亡灵及生死大限。黑色洞穴指的是虚无,有时从中走出只温顺的野兽/慢慢垂下沉重的眼睑,野兽指的是死亡。滴落到埃利斯太阳穴的黑色露水,是陨星最后的金色。陨星代表着分崩离析的世界。

特拉克尔的诗歌,往往是由两组意象组成的。一组是美好或正面的,一组是邪恶或负面的。这两种意象互相入侵,在纠葛盘缠中构成平衡。比如,金色的正与陨星及最后的负,相生相克,互为因果。

埃利斯这名字来自十七世纪瑞典的一个青年矿工,他结婚那天掉进矿井而死,很多年后他的尸体保存完好,而新娘变成了干瘪的老太婆。在特拉克尔之前,不少德国作家都涉猎过这个题材。特拉克尔还写了另一首诗《埃利斯》。如果说《给孩子埃利斯》写的是对一个纯洁世界的召唤的话,那么《埃利斯》则是关于这个世界的崩溃与荒凉。在这两首诗中,他用不同方式处理相似意象,例如,《埃利斯》正是在《给孩子埃利斯》结束的地方开始的:"完整是这金色日子的寂静/在老橡树下/你,埃利斯,以圆眼睛的安息出现"、"一只蓝色野兽/在荆丛中悄悄流血"、"蓝鸽子/从埃利斯水晶的额头/夜饮淌下的冰汗"。

这两首诗中的意象显然有互文关系。在新批评派看来,每首诗的文本是一个完整自足的客体,因而对文本的阅读是封闭的。这就是新批评派的局限。其实,一个诗人的作品是开放的,不同的诗作之间彼此呼应。这种现象也反映在不同诗人的作品中。这就是新批评派衰微而结构主义兴起的重要起因。

每年一度的柏林国际文学节有个项目,请每个应邀的作家挑选任何时代任何语言的三首诗,汇编成书。我和用俄文写作的楚瓦士诗人杰南迪·艾基(Gennady Aygi)不约而同都选了这首诗。可以肯定的是,中文或英文的特拉克尔,与俄文或楚瓦士文的特拉克尔难以重合,但其诗意显然超越了语言边界得以保留下来,成为人类的共同财富。

二

1914 年 4 月末的一个晚上,在贝尔格莱德的一家小咖啡馆,几个年轻人围坐在一张小桌旁,默默传递着从报纸上剪下来的消息:奥匈帝国皇储斐迪南大公和夫人将于同年 6 月 28 日到萨拉热窝访问。其中有个名叫普林奇普(Gavrilo Princip)的十九岁的塞尔维亚大学生,因患肺结核而脸色苍白。他们属于一个激进的秘密团体"年轻的波斯尼亚人"。在摇曳的煤油灯下,他们神情激动,甘愿为他们祖国从奥匈帝国的占领下解放出来而献出生命。

策划这一刺杀行动的是塞尔维亚民族主义者组织——黑手党的首领迪米特里耶维奇(Dicmitrijevic),他也是塞尔维亚军事情报部门的头子。他有暗杀天才,曾于 1903 年策划暗杀了塞尔维亚的国王和王后。他行动诡秘阴险,对成员约束极严。这回他挑选了三个患肺结核的富于理想主义的年轻人,因为他们会更不吝惜生命。1914 年 6 月初,他把普林奇普和两个同伙送过国境,进入波斯尼亚。他们每人身上带着手枪和手榴弹,还有一小瓶氰化物。他们在萨拉热窝和其他密谋者会合。

统治近千年的哈布斯堡王朝经历了奥匈帝国的鼎盛时期,进入二十世纪已是危机四伏,气息奄奄了,虽然老皇帝的长寿造成一种长治久安的假象。暗杀和革命的恐怖主义风靡一时,那似乎是爱国青年解决重大问题的灵丹妙药。

1914 年 6 月 28 日上午,奥匈帝国皇储斐迪南大公和夫人索菲亚乘火车抵达萨拉热窝。作为奥地利军队总监,他是应波斯尼亚殖民总督的邀请来视察军事演习的。而 6 月 28 日是东正教的节日,塞尔维亚人为 1389 年他们被奥斯曼帝国及土耳其人打败而默哀,并悼念他们的民族英雄。为什么斐迪南会选中这样一个日子到帝国最具反抗性的省份来? 更何况他当时已得到有关刺杀可能性的警告。

当斐迪南夫妇登上豪华轿车前往市政厅时,他俩似乎心情很好。车队刚出发不久,暗杀小组就向他们投掷手榴弹,司机及时闪避并加快车速,手榴弹落在后面轿车轮子下,造成多人受伤,包括两个随行官员。车队继续向市政厅开去。

在欢迎仪式上,萨拉热窝市长拿出事先准备好的讲稿,念道:"值此殿下访问之际,我们心中充满欢乐,这是殿下给予我们首都的最大荣誉……"斐迪南大公愤然打断他的讲话:"你有什么好说的? 我来萨拉热窝访问,居然有人向我扔炸弹。真是无礼!"

欢迎仪式后,斐迪南要去市立医院看望伤员。总督决定让车队改变路线,避开市中心,但一时疏忽,忘记把这一决定告诉司机了。途中,当与斐迪南同车的总督发现汽车仍按原路行驶,马上命令司机掉头。正好普林奇普坐在街角的咖啡馆,他正为同伴刺杀的失败及自己的不利位置而懊恼。历史,让总督的疏忽和普林奇普的运气拼在一起。他大步走过去,从外套口袋抽出勃郎宁手枪,离那辆敞篷轿车仅三步之遥。第一颗子弹射穿索菲亚的腹部,另一颗击中斐迪南胸口。然后他掉转枪口对着自己,被一个旁观者夺下。军官们赶来,用刀背把他抽得皮开肉绽,押往警察局。八个同案犯被送上法庭,但由于普林奇普不到被处死的法定年龄,被判二十年监禁。1918 年 4 月 28 日,普林奇普因肺结核死于狱中。

他用于行刺的是一把 1910 年制造 0.32 口径的半自动勃郎宁

手枪。

这枪声改变了人类历史：一个月后，奥匈帝国向塞尔维亚宣战，引发了第一次世界大战，到 1918 年底结束时共有八百六十万军人和六百五十万平民死亡，欧洲几乎损耗了最优秀的一代，包括奥地利青年诗人特拉克尔。

三

特拉克尔服用过量的可卡因，于 1914 年 11 月 3 日在波兰克拉克夫(Cracow)的一所军医院的精神病房死去，年仅二十七岁。

一个作家和一个帝国，就像花草和其生长的水土气候的关系一样微妙，往往超越种族和语言的界限。奥匈帝国鼎盛时期包括十五种语言。在我看来，近千年皇权的稳固结构和日耳曼刻板严谨的民族性格相结合，构筑了一个举世无双的庞大的官僚机构，而卡夫卡的"城堡"正是其捷克版的偏离。从这一点出发，我们可以找到不同作家的血缘联系，他们是同属奥匈帝国"植被"的。其中有卡夫卡、哈谢克、特拉克尔、里尔克、策兰、赫伯特、米沃什、茨威格、约瑟夫·罗斯、维特根斯坦、本雅明等。如果可以重新分类的话，他们是奥匈帝国的作家。

茨威格曾在他的回忆录《昨天的世界》描述了十九世纪末奥匈帝国的生活，"我试图找到第一次世界大战前我成长时期的简单模式，但愿我能复原这个被称为'安全的黄金时代'。在我们近千年的奥地利君主统治中，一切似乎永久不变，国家本身是这稳定的主要保证人……在这个广阔帝国，一切坚定不移地立在指定的地方，头头就是老皇帝；他死了，人们知道(或相信)另一个会代替他，什么也不会改变明文规定。没有人想到战争，革命，叛乱。所有激进和暴力在一个理性的时代似乎都是不可能的。"

这就是格奥尔格·特拉克尔(Georg Trakl)生长的社会背景。他于 1887 年 2 月 3 日出生在萨尔茨堡一个中产阶级家庭,在六个孩子中排行第四。信奉天主教的母亲玛丽亚(Maria)和第一任丈夫离婚后,改嫁给新教徒图彼亚斯·特拉克尔(Tobias Trakl)。按新教受洗的格奥尔格,从小经历了家庭的宗教分裂:他上午去天主教小学,每周两个下午接受一个新教牧师的训练。

父亲图彼亚斯是个受益于物质进步时代的商人,从小资产阶级爬到萨尔茨堡的上流社会。他为人可靠工作努力,为家人提供了物质上的舒适,但在格奥尔格的感情生活中他只是个影子而已,无足轻重。

母亲玛丽亚比父亲小十五岁。她热衷于收藏巴洛克家具、贵重的玻璃器皿和陶瓷,越堆越多,占据家里的大部分空间,以致于不少房间成了孩子们的禁区。格奥尔格的弟弟费里茨(Fritz)回忆道:"我们依恋的是我们的法语老师和父亲。母亲总是更担心她的古董收藏。她是个冰冷寡言的女人;她照顾我们,但缺乏温暖。她觉得自己被丈夫被孩子被整个世界所误解。她只有单独留在她的收藏中才真正幸福——然后好几天闭门不出。"

玛丽亚除了古董外,还喜爱音乐。而孩子的文化教育主要来自奥地利家庭女教师,她不仅教他们法文,还带他们去参加各种音乐戏剧演出。母亲吸毒,在这一阴影下,四个孩子后来都染上了毒瘾。格奥尔格对她的感情复杂。一方面,他依恋她惦恋她;一方面又恨她。他曾对朋友承认:他恨不得亲手杀了她。

妹妹格瑞塔(Grete)在他的一生中扮演了最重要的角色。她是个很有才能的画家,同时又是个好斗的、歇斯底里的怪人。格奥尔格和格瑞塔的关系非同一般,传记作者为证实他们是否乱伦而困惑——亲戚朋友们守口如瓶。而这一点似乎有诗为证:乱伦于特拉克尔是个反复出现的主题。无论在肉体和精神上,妹妹都深深吸引着他。特拉克尔在学校曾对一个好朋友说过,格瑞塔是"最美的姑娘,最伟大的艺术家,最不寻常的女人"。他早年逛过妓院,和一个满脸褶子的老妓女有过一段柏拉图式的关系。据说他喝醉了,会在老妓女面前滔滔不绝地自言自语。或许可以说,在他的生活中,除了他妹妹没有别的女人。

关于他早年的各种回忆无法统一。有个朋友的第一印象是他害羞内向;而另外的人坚持说,他健壮如牛,热衷于参与各种恶作剧。但有一点是可以肯定,他自幼生性怪僻。有一次他径直走向池塘,消失在水中,幸好根据浮在水面的帽子才被及时救上来。

十岁那年,特拉克尔考上一所注重拉丁文和希腊文的八年制文科学校。他因成绩不好而蹲班,再次不及格被赶出了学校。1905年秋天,他在给同学的信中写道,为这次失败的考试他全力以赴,被死记硬背和毒品弄得精疲力竭。他通过一个药剂师的儿子与毒品结下不解之缘。在特拉克尔离开学校时已经染上了毒瘾,他总是随身带着三氯甲烷(一种镇定剂)的小瓶,并常把烟卷浸入鸦片溶液里,还开始吸吗啡和致命的可卡因。这种自毁的习惯部分来自对波德莱尔的模仿,那是一种时髦的颓废,被当时雄心勃勃的青年诗人们所崇尚。

通往大学的门已关上,他面前另有一种相当诱人的选择:三年学徒外加大学两年的课程就可以成为药剂师。他先到萨尔茨堡一家名叫"白天使"的药房学徒,并在维也纳大学注册。三年的学徒期间,他工作认真,口碑不错,虽然老板并不看好他作为药剂师的前景。其实,这一行对他的最大吸引力是容易接近毒品。

他最早的诗写于1904年。这无害的怪僻并未引起家人注意。特拉克尔在朋友圈子中找到知音,他开始谈论文学,朗诵自己诗作,成了每月聚会的文学俱乐部的一员。这个俱乐部名叫"阿波罗"(Apollo),后改成"密涅瓦"(Minerva,智慧女神)。成员们热衷于波德莱尔、尼采、陀思妥耶夫斯基等人的作品。特拉克尔外表的变化越来越明显。他留长发蓄络腮胡子,穿戴古怪,抽烟喝酒毫无节制,处处表现出他对中产阶级的轻蔑。他的好朋友布鲁克保尔(Bruck-bauer)回忆他经常是"阴郁、暴躁、骄傲、充满自我意识而倦世"。主宰他最后几年的感情模式已显露出来:欢快的瞬间伴随着周期性的沉默和抑郁。自杀威胁成了家常便饭,以至于朋友们都不再当回事了。有一次,他威胁着要自杀,同伴说:"请便,只是等我不在场的时候。"

1905 年,他和本地名流、剧作家兼散文家斯特瑞克(Gustav St-reicher)相识。斯特瑞克对他十分赏识,把他的两个短剧推荐给本市剧院的主任。这两个短剧于 1906 年先后上演,《所有灵魂的日子》毁誉参半,而《法塔·莫尔甘娜》被全盘否定。独幕剧《所有灵魂的日子》是一个悲剧式的爱情故事。男主角是个盲人,他因一个叫格瑞塔(和特拉克尔妹妹同名)的女人的不贞而最终发疯并自杀。这两个剧本后来被特拉克尔销毁了。

1908 年特拉克尔结束了学徒,在维也纳大学注册上了两年课。1910 年秋天毕业后,又在维也纳服兵役一年。在这一期间,他察觉到维也纳那虚假的欢乐,以及居民"可憎的敦厚"。他一生不同阶段对住过的城市均有负面评价,包括他的家乡萨尔茨堡。

在维也纳,他孤僻自傲羞怯,和别人很少接触,直到 1909 年秋天他的好朋友布什贝克(Buschbeck)从萨尔茨堡到维也纳来学法律。布什贝克活泼外向,善于交际,很快就把他带进维也纳不同的文学艺术圈子。维也纳正在经历一场艺术上的骚动。勋伯格及其弟子,还有建筑师卢斯(Loos)和画家可科施卡(Kokoschka)开始颠覆占据主导地位的艺术原则。由布什贝克鸣锣开道,特拉克尔认识了诗人兼评论家波尔(Hermann Bahr),他对维也纳的文学品位有巨大影响。特拉克尔满怀希望,但波尔对他的兴趣很快就消退了,唯一成果是他的三首诗发表在著名的《新维也纳人》杂志上。特拉克尔后来参加了由布什贝克领导的一个艺术先锋派团体。布什贝克继续推销他的诗歌,1909 年 12 月把特拉克尔第一本诗集寄给一家出版社,被退了回来。直到 1939 年,布什贝克才找到出版社出版了这本早期诗选《来自金圣餐杯》。

1909 年,格瑞塔到维也纳专攻音乐一年,常和哥哥在一起。在哥哥的协助下她染上毒瘾,不能自拔。

1910 年大学结业后,特拉克尔去服兵役。那时一般兵役期是三年,由于中产阶级家庭地位和教育背景,他可以选择只服一年。更幸运的是,他居然在维也纳的一家医药公司得到份差事,不必住在兵营里。军队生活对他来说甚至是愉快的:一方面,延迟了找工作的现实压力;另一方面,避免了每天要面对生活的选择的必要。那一阵,特拉克尔和来自萨尔茨堡的朋友们经常酗酒作乐。他在1911 年 3 月 20 日的一封信中写道:"舒瓦波(Schweb)在维也纳十四天,我们从未如此荒诞地彻夜狂饮。我看我们俩都彻底疯了。"1913 年 12 月 13 日在他写给奥地利著名记者卡尔·克劳斯(Karl Kraus)的信中,附上自己的近作《赞美诗》,说明它源于"那些狂饮和犯罪般的忧郁日子……"

到目前为止,他的诗作不会进入任何德语诗歌选本。他的早期作品中充斥着他所崇拜的兰波、荷尔德林和陀思妥耶夫斯基的印记,他从尼采、波德莱尔、瓦雷里以及奥地利同时代诗人兼剧作家霍夫曼斯塔尔(Hofmannsthal)的诗中获取主题与意象,经他之手后只不过变得轻快而含混了。

1912 年是特拉克尔在创作上的转变之年。1912 年底,特拉克尔的写作进入风格化试验的新阶段,发现并确定了一种梦幻经验的方式。他献给克劳斯的《赞美诗》代表了这一根本的转变。这首诗放弃他早期作品中的韵律,避开陈词滥调,寻找一种新的声音:

> 疯子死了。这是迎接太阳神的
>
> 南海上的岛。鼓在敲击。

男人表演好战的舞蹈。

女人摇臀于藤蔓与罂粟花间

海在歌唱。噢我们失去的天堂。

四

夜　　曲

屏息凝神。野兽的惊骇面孔

在那圣洁的蓝色前僵住。

石头中的沉默巨增，

夜鸟的面具，三重钟声

悄然合一。埃莱，你的面孔

无言探向蓝色水面。

噢，你这寂静的真理之境，

孤独者象牙色太阳穴

映照堕落天使的余辉。

　　这首诗我基本采用的是张枣的译本，对照英译本做了些改动。和后面提到的董继平的译本相比，张要高明多了，他能抓住特拉克尔诗歌那独特的韵味，尽管他也会犯明显的错误，比如第二段："一只夜行鸟的假面具。柔情的三重音/消融于一个尾声。哦，你的面庞/无言地俯视蓝色的水面。"夜鸟与面具本来就够了，简单直接，任何添加物都显得多余。接着，张枣把三重钟声译成三重音了，"消融于一个尾声"既拗口又费解，其实原意很简单：三重钟声融合在一起。埃莱(Elai)在德文中是人名，而非感叹词。最后一句应该是探

向蓝色水面,而不是俯视蓝色的水面。我们再看看董继平的译本:
"一只夜鸟的面具。三口钟柔和地/鸣响成一口。埃莱! 你的脸/在
蓝色水上缄默地形成曲线。"相比之下,张译要高明多了。董译造成
理解上的混乱,尤其是最后一句,面目皆非。我估计他是根据英译
本《秋天奏鸣曲》(Autumn Sonata)译的。原文是 Your face/leans
speechless over blue waters, leans over 在这里是探向而非形成曲
线,董继平恐怕是把 lean 误认为是 line。为什么人们会觉得外国诗
更难把握,往往是和翻译误导有关。

　　第一段开端就出现了野兽,这是特拉克尔常用的意象,比如在
《给孩子埃利斯》一诗邻近结尾处:有时从中走出只温顺的野兽/慢
慢垂下沉重的眼睑。在他的意象范围野兽往往代表死亡,时而温顺
时而狞厉。它在圣洁的蓝色前惊呆了。石头中的沉默巨增,这个意
象非常强烈,原文中的动词是 Gewaltig(英文 grow),即生长,增加。
其实石头中的沉默很平常,而这个动词一下把这个意象激活了。动
词的运用往往是一首诗成败的关键。由于动词是"动"的——灵活
自由,生机勃勃,不会像名词和形容词那样容易磨损变质。特拉克
尔的"变法"正是从动词的复杂化入手的。

　　在我看来,第二段是这首诗最精彩的部分。夜鸟与面具都有隐
蔽与孤僻的属性,叠加在一起更古怪神秘,是死亡意义的延伸,让人
想到某种宗教仪式。三重钟声/悄然合一,会联想到三位一体联想
到祷告或弥撒。而钟本身是声响与寂静(生与死)的中介,它发送声
响又归于寂静。埃莱大概是死者,你的面孔/无言探向蓝色水面,与
第一段中圣洁的蓝色相呼应。蓝色是特拉克尔诗中的基本色调,代
表着虚无和永恒。

　　你这寂静的真理之镜,/孤独者象牙色太阳穴上/映照堕落天使
的余辉。用寂静来限定真理之镜,是相当微妙的,很难再找到别的替
换词。孤独者的太阳穴显然就是这寂静真理之镜。真理之镜、孤独者

和堕落天使三者间的转换中,有主动和被动、反映与观看的复杂关系,而真理之镜与堕落天使在意义上的对立更加深内在的紧张。堕落天使如今已被人们用俗了,其实这和我们常说的现代性有密切关系。

五

基督教由于对末日即对历史终结的信仰,使得时间进程成为线性的和不可逆转的。颓废因而成为世界终结的痛苦的序曲。颓废得越深,离最后的审判越近。堕落天使正是在这个意义上呈现其余辉的。对那代人来说,第一次世界大战就是末日,人类用高科技互相残杀,欧洲文明几乎被毁灭。如果说欧洲文明来源于基督教和希腊精神,那么一个有意思的说法是,基督教的时间是水平的,而希腊的时间是垂直的。这两种时间观的对立经常呈现在特拉克尔诗中。比如,《夜曲》一诗中的蓝色水面和堕落天使这两组意象就是在双重时间维度上展开的,互相交错制约,有一种悖论式的紧张。波德莱尔说过:"现代性,意味着过渡、短暂和偶然,它是艺术的一半,另一半则是永恒和不变。"堕落天使其实就是波德莱尔所说的现代性,意味着过渡、短暂和偶然,是艺术的一半;而蓝色水面则是永恒与不变的另一半。这两者之间有一种焦虑,即在一切都处于过渡、短暂和偶然之中,又怎么再现永恒与不变?

这无疑是一种分裂,无法弥合的分裂,在西方以上帝这个偶像所代表的中心消失后不可避免的分裂。或许可以说,这样分裂释放的能量造就了二十世纪现代艺术包括诗歌的辉煌,同时也因为过分消耗带来后患。

现代性是个复杂的概念,一方面是社会的现代性,另一方面是美学的现代性。社会的现代性以进步开道,对基督教的时间观有所继承;而美学的现代性是以颓废为重要特征,是对社会现代性的反动。对进步主义的批评其实早从浪漫派就开始了,而真正的高潮是二十世纪初反科学反理性的艺术运动,表现主义是其中重要的一支。他们不满足于对客观事物的摹写,要求进而表现事物的内在本质;要求突破对人的行为和人所处的环境的描绘而揭示人的灵魂;要求不停留在对暂时或偶然现象的记述而展示其永恒价值。

尼采在《论瓦格纳》一文中写道:"每一种文学颓废的标志是什么? 生活不再作为整体而存在。词语变成主宰并从句子中跳脱出来,句子延伸到书页之外并模糊了书页的意义,书页以牺牲作品整体为代价获得了生命——整体不再是整体。但这是对每一种颓废风格的明喻:每一次,原子的混乱,意志的瓦解……"

诗歌上的颓废往往有其特有的意象范围,比如黄昏、秋天、寒风、衰亡、陨星、荆棘等,这在特拉克尔诗中尤其明显。他正是在下沉中获得力量的。在短短的写作生涯中,他完成从浪漫主义向表现主义的过渡。和自称为"未来世界的立法者"(雪莱)浪漫主义的英雄豪杰不同,他是精神旅途孤独的漂泊者,而诗歌正是其迷失的道路。

六

1911 年服完兵役后,特拉克尔开始在维也纳、萨尔茨堡和英斯布鲁克三地漂泊。无节制的酗酒与吸毒造成经济上的拮据。1910年 6 月他父亲去世,使他不得不进一步面对现实。他先在萨尔茨堡"白天使"药房工作。没干多久就不行了,几乎精神崩溃。比如,一天早上他在等顾客时湿透了六件衬衣。不到两个月工夫,他不得不离开了药房。

1912 年 4 月,他重新要求回到军队,被分配到英斯布鲁克一家军医院,在那儿待了半年多。由于手头拮据,他卖掉他大部分私人藏书。而搬到英斯布鲁克却是他一生中最幸运的一步,把他带到当地的知识分子的圈中。他的才能被公认,他的诗作得以发表,更重要的他有了精神庇护所。这个圈子的领地是半月刊《伯瑞那尔》（Der Brenner），而中心人物是主编费克（Ludwigvon Ficker）。这回又是布什贝克牵线，为特拉克尔安排与费克见面。

5 月的一天，特拉克尔来到马克斯米连咖啡馆，费克通常和朋友同事们在那儿消磨时光。他坐的位置离费克很远。费克慢慢猜到他就是那个诗人，并没马上跟他打招呼。特拉克尔最终克服了怯懦，让侍者转递他的名片，费克马上请他过去坐在一起。

这一刻，无论对特拉克尔的个人生活还是诗歌创作都至关重要。费克比特拉克尔大七岁，是个善良宽厚有信仰的人。费克和他弟弟的家门永远向特拉克尔敞开，他在那儿感到温暖心定。他在给费克的信中写道："我越来越深地感到《伯瑞那尔》对我意味着什么——一个高尚圈子里的家与避难所。在摧毁我或成全我难以言状的情绪的折磨下，在对以往极端绝望以及面向坎坷未来之际，我所感深于言传，是你的慷慨与仁慈带来的幸运，是你的友谊带来的深厚理解。"在特拉克尔最后两年半的余生中，费克扮演了父亲和精神导师的双重角色。

从他们封闭的高山堡垒，费克及其朋友们以诚实正直抵制来自维也纳流行的堕落与平庸。《伯瑞那尔》追随着克尔凯郭尔的天主教存在主义的价值取向，为维也纳的先锋派所推崇，特别是克劳斯，他认为这是奥地利唯一诚实的杂志。自从 1912 年底到特拉克尔死去，《伯瑞那尔》每一期都发表他的诗作。事实上，几乎他所有的重要作品都是在进入这个圈子后写的。甚至可以说，没有费克没有《伯瑞那尔》及团结在它周围的人，就没有二十世纪德国最伟大的表现主义诗人特拉克尔。

1912 年 11 月，他因随地吐痰遭到一名军官训斥而发生口角，随后他要求从现役转成预备役。在此期间，兰波的德文译诗集的出版，对他产生巨大的冲击，他的诗发生了风格上的变化，从韵体转成自由体,更重要的是动词趋于复杂化,使主题得到进一步的扩展。

1913 年 1 月底,特拉克尔在给布什贝克的信中,描述了他试图在维也纳官僚机构里谋职后不稳定的精神状态。他写道:"我的境况依旧不好,虽然这儿比别的地方强。也许最好是让危机出现在维也纳。"他接着写道:"几天内,我会寄去一份《赫利安》。对我来说,它是我所写的最珍贵最痛苦的东西。"和里尔克的《杜伊诺哀歌》几乎同时问世的《赫利安》(Helian),写于 1912 年 12 月至 1913 年 1 月,是特拉克尔最长的诗作。在完成《赫利安》一个月后,他在给另一个朋友的信中写道:"我在家中的这些日子很艰难,在这些充满阳光而冷得难以言状的房间,我处于兴奋与无意识状态之间。蜕变的怪异抽搐,肉体上几乎难以忍受;黑暗的视觉快要死去;狂喜如岩石般团结;而悲哀之梦进一步延伸。"

自 1912 年到 1913 年,他先后三次在维也纳官僚机构求职,属头一次最短。他先在劳工部谋得一份小职员的位置。那时他正在萨尔茨堡和英斯布鲁克致力于他的长诗《赫利安》,为此他推迟了好几周,直到 1912 年 12 月 31 日才到劳工部报到。两小时后他就离开了,第二天递交了辞呈。真正的理由很简单,他担心在维也纳无法写作。随后他立即返回英斯布鲁克,在位于郊区的费克的家中完成了《赫利安》。此诗得到费克和朋友们的赞誉,特别是海因里奇(Heinrich),予以极高的评价,认为《赫利安》是德语诗歌史上最伟大的成就之一。

那年冬天余下的时间他留在萨尔茨堡,和母亲弟弟一起,关闭了家里开的商行。1913 年 4 月,他又来到英斯布鲁克,住在费克和他兄弟家。布什贝克再次为他寻找出版商,以失败告终。没过几天,特拉克尔收到德国莱比锡一个年轻出版商沃尔夫(Kurt Wolff)的信,打算出版他的诗集。与此同时,他也要出版卡夫卡早期的作品。沃尔夫后来成为德国表现主义一代的主要出版者。特拉克尔和卡夫卡的作品被放进同一套丛书里,以小册子的形式出版。这引起特拉克尔强烈的不满,他盼的是更厚的选本。由费克起草,他发了一封愤怒的电报,威胁要撕毁合同。出版社对这个无名作者的要求吃了一惊,最后双方妥协。《诗歌》终于在同年 7 月问世。那时他刚到战争部上班,收到出版社寄来他的处女作的样书后,马上请病假然后辞职了。

他和克劳斯及建筑师卢斯熟落起来。特拉克尔特别佩服克劳斯。克劳斯以他尖锐的批评新闻体而出名。他抨击的对象之一是那些因非艺术目的而妥协的作家,指出他们写作与生活之间的裂缝。在特拉克尔看来,克劳斯激烈的文章揭穿了奥地利文化的虚伪,把各种骗局暴露在光天化日之下。特拉克尔称他为"愤怒的魔术师"。

那是战前最后一个平静的夏天。8 月间,他和克劳斯及费克等人一起去威尼斯度了两周假。那是他唯一一次离开德语国家。威尼斯的风光和朋友的友情让他感到温暖。

随后几个月,在他从维也纳写给费克的信中,显示出比以往任何时候更深的绝望。但这是他一生中最高产的时期,与《赫利安》前后相比,这一阶段的诗作更加复杂更加自由也更加纯熟。1913 年年底,他回到英斯布鲁克。《伯瑞那尔》为他安排了一个朗诵会,这是他一生中唯一面对观众朗诵自己的作品。他开始准备他的第二本诗集《塞巴斯蒂安之梦》(Sebastian Dreaming)。沃尔夫希望这本诗集能在 1914 年夏天出版,后因战争延误,直到特拉克尔死后才问世。

1914 年 3 月,特拉克尔匆匆赶到柏林,他妹妹格瑞塔病倒了。除了 1909 年在维也纳一起上大学,他俩很少见面。格瑞塔嫁给一个比她大得多的书商,婚姻很不幸。她郁郁寡欢,整天沉溺于毒品中。特拉克尔在柏林住了十天,他走时,格瑞塔的病情明显好转。三年后,由于戒毒失败,她在一次聚会上开枪自杀。

二十七岁的特拉克尔中等身材,肌肉发达,金发,眼睛有点儿斜。人们对他的印象往往是矛盾混乱的。一个瑞士作家认为他外表"不寻常的高贵",接着是"黝黑,魔鬼似的容貌给他一种罪犯般的魅力"。他有时像圣徒有时像凶手,极端的自我封闭与突发式的开放交替。画家可科什卡把他说成是"中产阶级的叛徒伙伴"。特拉克尔常坐在他在维也纳的画室啤酒桶上,长时间一言不发,突然口若悬河地自言自语,然后又归于沉默。据朋友们回忆,他说话总是既神秘又有预言意味。有一次他指着陈列在农贸市场得奖的小牛头说:"这就是我们基督。"一个诗人朋友记得,1914年春,他俩散步穿过乡间时,特拉克尔不停在谈论死亡:"我们掉进费解的黑暗中,当那一刻通向永恒,怎么死才会最快?"

在一次大战爆发前几个月,他为死亡着魔,更加深了他的自杀倾向。1914年6月,他收到一笔两万克朗的匿名捐款,这笔数目在当时相当可观。费克陪特拉克尔去英斯布鲁克的一家银行去取这笔钱。在银行里,特拉克尔突然惊惶失措,大汗淋漓,还没轮到他就冲出去。不久,战争动员开始了,他作为少尉军医应召入伍。遗憾的是,他一直未能用到这笔钱。后来他才知道匿名捐款者是个年轻的哲学家,名叫维特根斯坦。

七

衰 亡

在白色的池塘上

野鸟们已惊飞四散。

黄昏,寒风自我们星球吹来。

在我们的墓地上

> 夜垂下破损的额头。
>
> 橡树下,我们荡起银色小舟。
>
>
> 镇上白墙不断鸣响。
>
> 在荆棘的拱门下,
>
> 噢我兄弟,我们是攀向午夜的盲目时针。

对这首诗的几种译本都不甚满意,我不得不赤膊上阵。我知道,风险在于我根本不懂德文。好在这首诗的英译本收进我编的教材,跟我的美国学生琢磨了四五年,总不至于差得太远。

这首诗五易其稿,我们看到的是第五稿也是最后定稿。原作在形式上十分严谨。一共三段,每段三行中包括两行一句和一行一句,前两段顺序相同,第三段颠倒过来。前两段对应句的音节长度几乎完全相同。我试着在汉语中保持前两段的对称,居然成了,不过这纯属偶然。

这三段是按时间顺序展开的:从黄昏到夜晚到午夜。从空间上,与野鸟们的远去相比,寒风和夜正接近诗人及同伴。寒风自我们星球吹来是妙句,既虚无又神秘。而银色小舟像桥一样,把来与去的空间对立取消了。紧接着下一句是取消时间上的对立:过去现在将来统统融合在白墙不断鸣响中。趋向终点正是趋向全诗的高峰。荆棘的拱门是关口,是苦难与团结的象征。噢我兄弟,我们是攀向午夜的盲目时针,时间与空间在此奇妙地汇合在一起。我们再次看到诗中水平与垂直的方向性。这回不是下降,不是陨星和堕落天使;而是上升,是攀向午夜的兄弟。而兄弟即盲目时针,他们在死亡的循环中彼此追逐。盲目与时针是悖论,当时针达到本诗时间进程的最高点,盲目却遮蔽了对自身的认知。这类意象奇特突兀,又在诗意的逻辑上站得住脚,使特拉克尔点石成金。

在二十世纪文学批评中有个非常重要的人物,叫罗曼·雅各布森,他把俄国形式主义、布拉格学派和结构主义串连起来。雅各布森探讨了诗歌语言和日常语言的区别。在他看来,诗性功能使语言最大限度地偏离实用目的,把注意力引向自身的形式因素,诸如音韵、词与词的呼应和句法等。他认为诗句的构成包括选择轴和组合轴。选择轴指的是在诗句中每个词语是可替换的。比如,可用"紫色"代替"银色","正午"代替"午夜","清醒"代替"盲目"。特拉克尔无疑做了最佳选择。而组合轴指的是前后诗句中词与词之间的相互关系。在特拉克尔这首诗中,前两段的组合轴是显而易见的。比如名词有:池塘和墓地,野鸟和夜,黄昏和橡树,寒风和小舟;动词有:惊飞和垂下,吹来和荡起。而第一段首句的白色的池塘又和第三段的白墙相呼应,从荒野到城镇,从水平到垂直,从静到动,由于白色的连接,不断鸣响才会显得意味深长。

215

八

维特根斯坦和特拉克尔从未见过面。

1913 年 1 月 20 日,维特根斯坦的父亲死于喉癌。他写信到剑桥给他的老师罗素:"他在我所能想象的一种最完美的状态中死去,没有丝毫痛苦。像孩子般睡着了。"父亲留下一笔巨大的遗产,维特根斯坦决定把属于自己部分的三分之一捐出去。为此,他求助于德高望重的《伯瑞那尔》杂志的主编费克:"对不起,恳请您满足我的请求,我想托付给您十万克朗的款项,这笔钱按您的意思分发给贫困的奥地利艺术家。"得到捐赠的有十个艺术家,包括诗人里尔克和特拉克尔,画家可科施卡和建筑师卢斯等人。

第一次世界大战爆发后,维特根斯坦自愿报名参军。他在日记中写道:"我现在不能工作了,但也许能去死——了悟的人生是一种

特拉克尔:陨星最后的金色

抗议人世困苦的多么幸运的人生。"他想通过战争磨砺自己,使自己能在生死边界上考察哲理体验人生。

1914 年到 1916 年两年间,维特根斯坦写了大量日记,很少谈到他个人的经历,主要记述他的哲学思考。面对战争带来的种种苦难,他又能说什么呢? 这正是他早期著作《逻辑哲学导论》中的主题:"对不可言说的东西,只能保持沉默。"战争成为他一生中的重大转折,动摇了《逻辑哲学导论》的理性分析的基础,对不确定性的探讨以及对此在意义的怀疑,不断地把他推向疯狂的边缘。

维特根斯坦和特拉克尔同在东部战线,一度离得很近。他作为一名普通士兵先在一艘巡逻艇上服役。有一天,结束巡逻任务返回驻地后,他收到特拉克尔的一张明信片。特拉克尔那时已近于精神崩溃,住进克拉克夫一家军医院的精神病房。他是从费克那儿得到他的地址的,想见见这位未曾谋面的恩人。

维特根斯坦对特拉克尔当时的悲剧一无所知。他于 1914 年 9 月 6 日来到那家医院时,特拉克尔已经安葬了,他于三天前服用过量的可卡因而死去。维特根斯坦在一张给费克的军用明信片上写道:"我很震惊,虽然我不认识他。感谢您寄来的特拉克尔的诗,我虽不懂,但他的心声使我感到荣幸。这是真正的天才人物的心声。"

哲学家和诗人就这样永远错过了,就像他们各自使用不同的语言系统一样:维特根斯坦旨在把可说的东西弄清楚,而特拉克尔则要把不可说的东西表现出来。

九

第一次世界大战爆发了。

特拉克尔在给费克的一张纸条上写道:"在死亡般存在的时刻

的感觉:所有人都值得爱。醒来,你感到这世界的苦涩;其中有你所有难赎的罪;你的诗是一种残缺的补偿。"

8月底,他参加一个支队从英斯布鲁克出发,被送往被奥地利占领的波兰的格利西亚(Galicia)省。在俄国军队迅速推进的打击下,奥地利人节节败退,狼狈不堪。根据后来发现的医疗报告,特拉克尔在离开英斯布鲁克后不久,精神上就出了毛病。有一次,他试图单枪匹马冲向战场,被六个人强行解除了武装。而在他较早从前线寄回的信中并无精神崩溃的迹象,甚至还在关注对他的一首诗的反应,为已经发表而后悔。据一位内科医生说,他在一家客栈遇见特拉克尔,他似乎情绪很好,只是不愿意住在他服役的医院,而自己在客栈租了个房间。内科医生问起现代诗歌中哪些东西值得一读,特拉克尔很兴奋,马上开始谈论魏尔伦和兰波。

10月底,特拉克尔从克拉克夫的军医院写信给费克,他由于严重的抑郁症被隔离观察。费克立即赶到克拉克夫,特拉克尔终于说出自己的可怕经历。大约一个多月前,在格罗代克(Grodek)的一场战斗中,他在一个谷仓照看九十名重伤号。当时没有医生,他必须独自坚持两天。突然一声枪响,他环视四周,原来是一个伤兵开枪自杀,脑浆喷了一墙。特拉克尔实在受不了,走出谷仓,而眼前的一幕更可怕:数名被绞死的人在小广场一排秃树上晃荡,那是被奥地利军队怀疑不忠实的本地老百姓。接着和其他军官共进晚餐时,他突然声称自己活够了,要开枪自杀。于是他冲了出去,在扣动扳机前被别人解除武装,送进军医院的精神病房。

费克发现他正在读十八世纪初的德国诗人君特(Johann Christian Günther)的诗。特拉克尔认为他们俩之间有血缘关系,他说君特的诗比"所有德国诗人所写过的都苦涩",提醒费克君特死于二十七岁,正好是他自己的年龄。特拉克尔高声朗诵君特的诗,也读了他在前线写的两首诗《挽歌》和《格罗代克》。在费克逗留期间,他说出内心恐惧,怕自己因战斗中的表现而被送上军事法庭甚至被处死。

费克离开的第二天,特拉克尔寄给他两封信。一封包括他修改过的几年前的两首诗和近作《挽歌》、《格罗代克》,外加给妹妹留下的遗嘱,让她继承他的钱财和物品。不到一周后,他服用过量的瞒着医院当局保存下来的可卡因而陷入昏迷。他死于 11 月 3 日。几天前他写信给维特根斯坦,希望他能到医院来见上一面。那是他一生中最后一封信。

十

挽　歌

睡眠和死亡,黑鹰们
整夜绕着这颗头颅俯冲:
永恒的冰冷波浪
会吞没人的金色影像。

他的紫色身躯
碎裂在可怖暗礁上。
一个黑暗的声音
在海上悲叹。
暴雨般忧伤的妹妹,
看那胆怯的沉船
在群星下。
夜缄默的面孔。

张承志

两海之聚

小　引

谁能尽说旅行给生命带来的愉悦？

多年来我习惯了它。青春作伴，结交究里，渐渐地我还使同伴也爱上了它。回溯年轻时代，充斥身体的是淋漓的快畅，时光流逝至今，人更惯于从劳累中获取满足。不消说，它是古典意味的"旅"，而不同于炫富的旅游，它更与哗众的探险猎俗两不相干。它远比金钱和成功重要，惟它能疗救自己，使自己扩展提升。它早就成了我生活的方式，成了我的故乡与基地的代名词。我在不断的长旅中迎送岁月，不觉岁暮之将至。那种讲究的路线，那种视野的沐浴，那种真知的窥见，那种潜入的感动，都随着双脚身心的行动一起降临。我渐渐懂了：它们本身即是作品——而途中留下的文章，不过是些可留可弃的脚印。

双脚也曾踏上异国的土地。每当沉吟回味时，不免有深浅描述它们的愿望。这部小书，就是我对地中海东端，昔称安达鲁斯的地域的一些记录。

一共是两回旅行，计算一下的话，共有六次渡过了海峡。还不算靠近它，从各种地理的角度和不同的国度眺望它。

每次经过劳累的跋涉，终于抵达直布罗陀的那个时辰，我们都风尘仆仆。虽然拖着酸痛的腿，人不住地喘息，而精神和眸子却如突然点燃，从心底闪烁，一股莫名的热望涌起，鼓动着自己的心。

心里的感受难以言表。这种感觉使我惊奇。简直可以说，自己的履历上已经满是旅行的足印了——我居然还如此强求着这一次。手抚着岸边的石头，一种此生足矣的感觉，在心里轻轻地充斥。

——在摩洛哥一侧的休达,当我们艰难地冒着雨,攀上接近城堡的平台以后,莽莽浑沌的海尽在眼底。雨幕低垂的海峡深处,一束阳光照亮了遥遥的大船般的孤岛。我不禁心中暗叹:此生惟求一次的地中海之旅,被成全着实现了。

求学的叙述,或许就从这里开始?

山

在伟大的地点,山和海,两者都会不凡。

先说山。

直布罗陀其实是一座石头山。它由一道海堤连接伸入海里,在堤的尽头耸起一座分海岭般的巉岩绝壁。

第一次明白了这个地名时,胸中漾起一股莫名的兴奋。直布罗陀,这地名太古老,也许可以试试拆字,把它分成"直布罗"(Jabal)和"陀"、或者半译为"陀山"?

到了后来,这个地名衍变成了英语和西班牙语中的 Gibraltar。其实拆拆字可以看出,它源于阿拉伯语 al-Jabal al-Tarig。若音译,大致能写为"直布尔—陀里格",意思是"陀里格之山"。陀里格是一个柏尔人,和另一个名叫塔里甫的战士一起,都是扮演阿拉伯登陆欧洲先锋的角色。

他俩显然分兵并上。要塞直布罗陀被交给了陀里格,而西班牙最南端的塔里法(Tarifa)则由塔里甫攻占——小说《卡尔曼》有一个情节的转折:卡尔曼的丈夫独眼龙,从塔里法的监狱里被放出来了。就像直布罗陀得名于陀里格一样,塔里法也得名于塔里甫。

直布罗陀,它是一个历史标志;后来沦为弱者的、东方和穆斯林的胜利标志。

以前在蒙古草原,我喜欢眺望远处那遮挡边界的塔勒根敖包。

但总是不能如愿,那座山太远了。此刻眼帘里映着栩栩如生的直布罗陀。望着它,一股奢侈的感觉油然浮起。

房龙地理的插图里,那张逼真的直布罗陀速写,需要不受英国签证限制的角度才能画得出来。而我——在疯狂推撞的海风,和扑头盖脸的雨水之中,我只能死死搂紧船上的铁柱子。一个船员不住回头看我;而我顾不得,管它满脸雨水,打开淋湿的本子,勾描着就要与我失之交臂、但还是那么模糊的岛影。

能够从海上贴近直布罗陀的时间,其实只有短短的一会儿。从非洲一侧的摩洛哥,有两个港口可以搭船前往欧洲——若从丹吉尔上船出发,等看见直布罗陀时,船也就马上就要进港了。即便从休达启航,能看见更峻峭的轮廓——人一般也只顾得上一张接一张地拍下它的横颜侧脸,而顾不上用做一幅小画的方式来纪念。

任何文字甚至画面,都描写不出直布罗陀的印象。我甚至舍不得放弃从公路上捕捉它。无论上次从阿利坎特来,或是这次朝萨洛布雷尼亚去,我在沿地中海的盘山公路巴士上,时而跳到左边,时而又闪到右边,端着相机,徒劳地追逐着隐现的直布罗陀。

并非为了它横看成岭侧成峰。甚至也并非因为它是穆斯林的胜利标志。它使人想到的,实在是太多了。

或许，在人类大同、在公正树立的时分，我们会用更冷峻的眼光审视它。因为战胜——很难说究竟是一种受喜的行为，还是一种受谴的行为。

而在今日还不能使用终极的标准，就如费厄泼赖应该缓行。今天是第三世界面对战争、侮辱、屠杀和文明灭绝的时代。阿富汗的硝烟未散，伊拉克的杀戮又悍然实行。今天在直布罗—陀里格，道理急速地简化，如孩童话语一样明白。虽然我对这种简化惴惴不安，但是我更像孩子一样，心里满是快畅——惟有这里，是一个使他们沉默的地方，而我们会在这里感到鼓励。

充满魅力的古代……

"为什么呢？难道不是春秋无义战？"——我像听着谁的质问，又像听着自己的独语。那时似乎不同……我又自语着辩驳。那时不会存在如此的土壤：猿猴沐冠，懦夫取胜，小人欢奔，下流载誉，高贵受辱……

确实是这样。我专门跑来凭吊。甚至后来在摩洛哥北部山里，在传说是陀里格家乡的清真寺里，我暗暗为没有一种为陀里格、以及老将穆萨设立的纪念仪式——比如说众人围坐颂经的仪式而遗憾。

我无力总结历史。我学习历史，从开头的原因到最后的结论，只是因为历史对人的魅力。那股魅力诱人沉没，或考据或判断。那是一种触碰摩挲般的魅力。

谁的魅力，能比得了柏柏尔的战士陀里格？

雨水扑打着脸，海心的岛像一片影壁。我心中自语着。当年，他口中衔着弯刀，沿着峥嵘的峭壁，攀上去了。

——此时正是全世界六百座城市爆发大游行，企图阻止美英对伊拉克的战争的时候，西班牙的报纸上登了一幅照片。

图片上印着一个在底格里斯河里搜寻落水的美国兵的青年。他的牙齿咬着一柄匕首,河水浸着他的赤膊。他的手在水下摸索着。神情那么专注。那阿拉伯小伙子英俊无比,眉宇间一股高贵气息。

我看着报纸,一下子就联想到了陀里格。当年的陀里格一定就是这样:健美年轻,无视危险。他身后的五百壮士鱼贯而上,拉开了战胜欧洲的历史大幕。

这样的由东方实行的、对欧洲的进攻,一共仅仅只有两次。除了在新兴阿拉伯的西部方面统帅——穆萨的指挥下、于公元 710 年进行的这一次之外,还有一次经奥斯曼土耳其之手实施——整个古代史中,东方能倚仗文化和军事的优势与西方争雄、甚至东风压倒了西风的历史时期,仅此两次。

此外,便是绵绵无尽的被侵略史、被殖民史、被歧视史,以及文化和价值观上的东施献媚和亦步亦趋的历史。

后来觉得,若是遇上一个晴日,反而不可能眺望这样的景色。在万里晴晒的日子里渡海,直布罗陀的岩山会呈一种含混的斑驳浅色。几次都有这样的体验:阳光太烈了看去白晃晃的,愈是在隐秘的雨雾里,它才逗人凝视。

它不是一座岛,其实是连着欧洲大陆的一个突入海中的长岬。

在细细一条陆地的尽头,隆起了一座峥嵘石岭。只是从海上看不见这个连结的陆堤,从甲板上望去,雨雾迷茫中只见耸崒海上的一座岛。

陀里格的伟大渡海,是在海峡南侧的伊比利亚贵族支持下完成的。他们不愿继续容忍暴虐的西哥特国王统治,据说就积极为陀里格提供了渡船。

占领了欧洲大陆的滩头堡以后,陀里格整顿队伍,开始了势如破竹的北征。

在一连串的略地拔城之后,陀里格兵临西哥特首都托莱多城下。这座城市的文化因素十分复杂,但外来的哥特统治者却多行不义。在忍受着迫害的犹太居民协助下,陀里格顺利地进占了名城托莱多,日后这座城市逐渐变成了一个融合多种文化的枢纽。公元711年夏天,出征不满一年的陀里格已经扫荡了半个伊比利亚,穆斯林居然在一瞬之间涌入欧洲,并且成了这个半岛的文明主角。

若选择从丹吉尔('依英语音译。这个地名的阿拉伯语为 Tin-jih)渡海前往欧洲,它不是由远及近,而是从雾中突然浮出的。虽然也壮观,但是缺了变幻。一个影子由淡变浓,一进视野就呈着一个船形。

而从休达出发的船上观察,距离要近得多。近在眼前的它,如琼岛仙山隐现不定。站在连结休达(Ceuta,阿拉伯语为 Sebta,在海峡以南摩洛哥一侧)和西班牙的阿尔赫西拉斯的渡船上,船速很快,直布罗陀会迎着自己慢慢地转。随着角度的改变,它从一个水面冰锥,变成一条石头大鱼。

它至今散发着一股古典意味的、天下要冲的浓浓气息。英国人占领着它,至今不还给西班牙;就如同西班牙占着休达,蛮横地不还给摩洛哥一样。只是在休达船上人会暂时忘却政治,因为地理的感觉压住了一切:海和洋、要塞和孔道、非洲和欧洲——八方汇此一点,视野雄大至极。面对如此地点,你能做什么呢?惟有赞叹而已。

它先是一个刀锋,接着是一个斧刃,又是一片劈裂的断壁,继而棱面清晰,最后首尾分开,终于显出传奇的全貌。

它的形状,正与它作为欧洲与东方边界的位置相称,它如一艘石头的巨舰,如一幢世界的界碑,其突兀、险峻、雄大、孤立,一样样都真可说是无对无双。走遍天下,看见了它以后我终于"叹为观止"，惊愕与幸运的感觉，拥堵满心。

雨幕突然又浓浓地遮盖而下，那一束阳光收敛了，岛影消失。

冷雨打在脸上，一张小伞只能挡住海上的强风。我们坚持站着，任雨水顺着额头流淌。那时只想不眨眼地注视，想尽量看得更远。人突然默无言语。能做的，只是凝视而已。又有稀微的阳光透入，变得亮了的海上，岛影若隐若浮。眼睛很快就酸累了，但谁舍得离开。哪怕再多看一分钟呢，迎面大敞的视野里是一生传闻的大海峡；是连接着、又分开了世界的直布罗陀海峡。

一天听说，从休达南行不远，山里有个小村，就是陀里格的家乡。为纪念他，那儿的寺就叫做陀里格寺 (Masjid al-Tarig)。

我们去了那个橄榄树包围的山村。人们说：当然，不敢肯定这座寺、这个村子就是当年陀里格出生的地方。也许相差几步，但肯

定他的家乡就是这儿，这里是柏柏尔地区，陀里格的家乡就在此地。

小村安静极了。这里的橄榄树和西班牙不同，似乎都不加修剪，长得高大蓬勃。寺里的一株橄榄，怕真是陀里格时代栽的，宛如中国参天的古柏。

一些沙赫长老和我们席地而坐，招待我们吃了烤肉和面饼。坐在陀里格寺的侧屋里，他们凝神听我用中国音调，读了一段《塔巴莱》。大家都微笑着，既然彼此已经认识，接着就该吃一点便饭。

饭简单得很：烤粗麦饼，肉馅丸子。我们按照圣行，用手指和一块馕饼，灵巧地掰下一角肉丸，然后塞进嘴里。香烫的肉丸子，加上被柴火烤脆的新麦饼，吃得人心满意足。饭后我们随着老者，去看千年的老橄榄树。

告别时我觉得有些不足。既然是陀里格的家乡，好像还该残留着些什么。

我还没有摸透摩洛哥人的特性。他们待人和善，所谓不狷不怒，眉宇动作之间，呈着一种天性的尊严。好像那些海峡的橄榄树，那些树沉默着，虽然数它们年代古老，但它们并不对历史说三道四。沿着寺墙，一株株巨大的橄榄蓬勃恣意，它们错落着，沿山而上，墨绿的叶片反面泛着银光。

归途上已是黄昏，那些橄榄树在暗黄的暮霭中，一直伸延远去，最后融化在滨海的陡峭丛山之中。

陀里格没费什么事，就攻下了直布罗陀。就军事而言，那只是一场前哨战。但是它的象征滋味一直诱人品嚼。因为就从那一天，就从那位橄榄林小村出身的青年率领几百壮士，攀上天险直布罗陀之时起——东风压倒西风的季节开始了，后日被称为第三世界的东方的进攻史，拉开了大幕。

他一气攻下了半个西班牙。但直布罗陀的象征，还不在一次的攻取。引人注目的是，从陀里格的出世开始，一个辉煌的文明时代奠基,并绵延了八百年之久。

怎么在这儿总离不开胜利的概念?

后来我们都重复着:胜利是一个表面的概念,只有文明的胜利才被人传颂永久。但是攻城略地的物质胜利也是真实的——特别对后日陷入殖民主义劫难不得脱离的第三世界来说,胜利是必要的;它使人自豪,它给人尊严,它宣告着战胜强大奴役者的可能。否认胜败对民族心理的影响,是不对的。

此刻我对阿拉伯的描写,多半也会招致中国"智识阶级"的围剿。他们不仅不理解穆斯林民族的尊严,而且还暗怀着对穆斯林民族的歧视——因为他们只有可悲的失败史,以及狡猾的妥协史。他们随时准备妥协,与强权,与不义,与屈辱。

他们反对中国的光荣古代。在他们的基因里,藏着苟活的失败者的怀疑、嫉妒和自辩。

如果允许把话题稍稍扯开一点,在直布罗陀前面添一两句让人不愉快的话——那么,与阿拉伯对直布罗陀的命名史相对,我们拥有的历史是什么呢? 若论海军——甲午一战,新式军舰不仅一半被击沉、剩下一半居然还能被俘虏。只有两万多侵略者,而且还是远洋而来,却硬是从广州打到天津、不单夺了香港还占了南京。中国人深藏不露的,究竟是什么经验呢? 是被强奸的经验还是康白度(买办)的经验? 是勇者犬死的经验? 是汉奸载誉的经验?

失败也是教育。失败史使得教育暧昧又尴尬。你看,凌辱尽头施舍的庚子赔款,居然是中国精英的生身爹娘。缘起和心理如此的教授,会散播怎样的知识呢? 转着怪圈的中国足球就是这种教育熏染的结果。什么时候中国足球能像土耳其队一样,在世界的大舞台上大胜一场? 也许土耳其人会说,欧洲早就是我们的手下败将。

傲慢至极的中国,其实从未有过对西方的优势或胜利。当然,这主要指强力而言。中国在宏观的世界大局中,只扮演过和印度差不多的角色。无疑对西方的连续失败,会给予民族心理以一种印记。一度打垮了并征服了西方、给帝国主义和殖民主义以谈虎色变的教训和永远的心理压力、甚至在一个时代使西方在文化上亦步亦趋的,并非中国或印度,而是穆斯林世界——前有先知缔造的阿拉伯,后有奥斯曼土耳其。

我只是不满侏儒的压迫。此刻这里空气清爽,大海在奏着历史之乐。因为柏柏尔小伙子攀上了岩山,使过往的人们都露着一丝微笑。我和他们一样,只喜欢朴素的历史。只喜欢——败使人痛哭,胜使人狂喜的历史。

我根本不会鼓动背兴的民族主义。那种歧视弱者的思想属于你们。

不知从什么时候起,我变得厌恶历史。鬼知道我怎么会毕业于历史系? 前不久在新疆,看到博物馆里阵列的干尸,我这个前考古队员竟闭上了眼睛。

大海汹涌地猛涨而起,冲来岸边的白浪轰轰响着,狠狠砸着黑色的礁石。

丰满欲盈的地中海,充斥着拥推着人的思路。我舍不得离开。谁知道还能不能再看到一处——令人鼓舞的地方呢?

作为山,直布罗陀和它的命名者很相像,都是年轻的儿子。

山也有它的父亲。就譬如陀里格的统帅,是在中国不出名的马格里布(maglib,西方,日落之处)方面的总督穆萨一样——陀里格山,也就是直布罗陀的父亲,是深沉雄大的穆萨之山(Jabal al-Musa)。

穆萨山蹲踞于海峡的非洲一侧,隔海远望着它的儿子直布罗陀。

从南岸,从被西班牙占据的休达出发,穆萨之山近在咫尺。它不像直布罗陀那么显露。它仰向天穹,不再顾念儿子的前途。海峡的铅云在它半腰遮盖,雨帘挡住了它的襟膝。它的腿舒服地伸入摩洛哥北部叫做 Rif 的崇山峻岭,不在意人们忘记了它的名字。

在吃饭的时候雨已经淅沥不止。我们说好一会儿去登穆萨山,可是谈话间雨下大了。海峡上暴雨倾盆。一霎间,连休达市街都混沌难辨。朋友取来车,人已浑身精湿。就这样,我盼望登穆萨山的愿望没能实现。

坐镇北非海岸的穆萨,在次年率大军进入西班牙。迎着世界史,他同样显示了自己的军事天才。他一路清扫陀里格绕开的据点。在西班牙最大的城市塞维利亚,以及梅里达都发生了激战,但是结果无一不以穆萨的胜利告终。穆萨的主力在托莱多城下和早就到了这里的先锋部队会师,他没有抑制住军人的嫉妒,鞭打了他认为是违抗了军令的陀里格。穆斯林的旗帜继续猎猎地向着半岛的北部和东部群山飘扬,越过要塞萨拉戈萨,一直到了法兰西领内的图鲁兹,震惊历史的挺进才停下了脚步。

在遥远的大本营大马士革,国王举行了接受凯旋的盛大仪式。"正式的接见,是在壮丽辉煌的伍麦叶清真大寺里隆重举行的。西方的几百名皇亲国戚和欧洲的几千名战俘,向穆斯林的领袖宣布臣服。这是历史上惟有一次的记录。"这个场面至今被史学家和艺术家反复描写,许多东方画集的封面上,都印着描写这个仪式的巨型油画。

这回轮到老军人穆萨品尝嫉妒的苦果,因为帝国的哈里发更是妒意冲天。飞鸟尽,良弓藏,老将穆萨同样地被指责为不服从命令,强加的莫须有罪名扑头而来。他被剥夺了军权和财产,被罚裂日曝烤,并有种种凌辱。这位征服非洲和西班牙的统帅后来穷愁潦倒,在暮年沦为了一个乞丐。

整整一部故事都令人拍案惊奇,但结尾却似曾相见。在东方,胜利的喜剧那么罕见，但是凄惨的悲剧却发育丰富。

往事居然有这么剧烈起伏的情节。我顾不上额上的雨水，只想在离开休达前再一次眺望穆萨。可是，大海挡住了直布罗陀，大雨遮蔽了穆萨，两座山都神秘地拒绝攀登。我只好像远眺直布罗陀那样，在雨幕中凝望穆萨之山。

如摩洛哥人的描述，它的侧影如一个仰睡的老人，头部、鼻子，以及胸腹都相当逼真。这位老将一生如一部传奇，他奠定了八百年安达鲁斯的基业，自己却长睡不醒。从山的曲线观察，他已无心留连胜利——背着西班牙，目光朝着非洲。这座山岭显然比直布罗陀更发人深省。是的，胜利包括文明的胜利尽可以付诸冥冥。还是该像穆萨一样，背过身去，清淡胜利，在山野里躺下身来，在贫瘠的土地上，在没有浮华倾轧的人群中闭上眼睛。怪不得数不清的诗篇都咏叹说，在命定的一隅安息，才是本质的追求。

在欧洲，在西班牙一侧，关于陀里格的故事妇孺皆知，但你可能听不到穆萨。这是因为少了一种整体感。而在非洲一侧，在摩洛哥的沿海地方，海峡连同两岸是被人们看做一体的。人们不仅同时看见了两座山，还同时想着陀里格和穆萨。

他们一北一南，被滔滔大海包围又隔断，他们各自雄踞于一个大洲的顶端，化作了岩石之峰，各自被山海拥戴。陀里格山挺拔峻峭，穆萨山沉稳雄浑。陀里格山夺人眼目，穆萨山潜入苍茫。他们隔着大海峡，相离相望，不求聚首，如一对严父虎子。

海峡两侧，矗立的岛影都在引诱，使我想入非非。

海

再说海。

在休达，听一个能说流利阿拉伯语的西班牙朋友说，当年，统帅穆萨有一个心思——区区武功并不是他的本意,来到这里,他是想寻找《古兰经》记载的"两海交汇之地"。这个朋友原是一个六十年代左派青年,在走过了漫长的道路以后,他选择了做一个穆斯林的生存方式,而且选择了美丽的小城休达居住。

也许是我们对海峡的兴趣,引诱得他动了感情。

你眼前的不仅仅是一道海峡。要知道,它非同小可,它含有神圣的意味。它是两海之聚啊,对对,我知道在第几章。你不用急,我很快就把《古兰经》的原文为你找出来。两海就是地中海和大西洋,两海相汇,那个相汇的地点就在这儿。每天推开窗户看见直布罗陀,我都感到激动。你以为穆萨只是一个武夫吗?不,他要实现一个理想!……住在这里以后,我常常感到,自己距离理想近了。因为我每天都在想,世界就是在这里连接和隔断的,那么我该做些什么呢?……

他指着近在眼前的直布罗陀。你看,穆萨最后找到了这里。他的言行可惜没有记载下来。走到这儿那一天,他发现自己找到了两海之聚。这是穆萨心灵深处的愿望,这件事对他来说,比占领西班牙重大得多!

雨下大了。但是海面上光影缭乱。从黑云裂隙射出的一缕阳光,把远远的直布罗陀照得棱角明亮。你看,难道你不觉得那座山很奇怪么?那片劈海石,怎么别处没有这么奇怪的石头山?从罗马人到阿拉伯人,谁来到这里,都觉得这里的地理太神秘。它早超越了地理。它是不可思议的!哈哈,怎么会不神秘呢,因为它根本就不是一座岛,更不是一座山。它是造物主特意特造的,为两海相汇的地点,特别降示的标志!……

我听得入了迷。这样的思路,强烈地感染了我。海峡只不过是一道衣带水,海峡不可能成为阻碍。这个朋友说得对,若它只有一点地理的重要性,它的意义就太单薄了。

——不过该补充一句：在海峡西口的丹吉尔，人们的地理观点和休达有些差别。

依据丹吉尔人的解释，《古兰经》所讲的两海交汇处，应该在丹吉尔西山上、海峡结束大西洋开始的一个岩洞里。那个岩洞是旅游名胜，但是导游书上没有什么特别的说明。我想和人交谈，但是没有找到合适的谈话伙伴。游人在岩洞里都默默寻觅，我不知道他们是否都在思索关于两海之聚的题目。那个岩洞周围的山岗上参差生着松树，山洞古老得可以上溯罗马时代。在那个山洞里，大西洋和地中海相击相撞，海水半黄半绿。

从海面上，透过雨雾，用望远镜看去，那座巨岩矗立海上，海峡被一斩为二。这里是海峡的最窄处，只有十几公里宽。峡东指着深沉的地中海，峡西渐渐变宽，通向浩淼的大西洋。镜头里岩山的最前面有一个台阶，上面隐约可见一座白色建筑。

那天我正坐在轮渡船上。望远镜里，白色建筑旁边，模糊可辨一座孤立的白塔。

我端详许久，猜了又猜，最后我忍不住了，于是问渡船上的邻座：

——那是一座清真寺么？

想不到他回答："是的。"

他的表情很肯定，显然直布罗陀被他常来常往。

我心中暗自称奇。他接着告诉我，那是一座沙特援建的清真寺。我恍然了。若是这样那就顺理成章：这样的选址，显然是为了著名的两海交汇传说。如果找到那座寺里的人攀谈一番一定会很有趣；他们一定会认为自己的寺乃是世界第一，他们会再添上更多的轶事和典故，证明直布罗陀的意义。

喧闹的、柏柏尔和阿拉伯非洲的观点，把我拥抱住了。

　　无论如何,这是一个令人喜欢的传说。一切都会变成过眼烟云,惟文化的传说将会永存。两海之聚,它真的存在么?丹吉尔、直布罗陀、休达,三个地点都在讲述它,都在争着说自己才是真正的两海相聚处。丹吉尔城西的海角确实是地中海的出口,休达确实是海峡中最狭窄的地点。吟味了几番,我投不了票。从名气和地貌来看,还是直布罗陀更像。因为那座海水打上台阶的白色美寺,显然把票投给了直布罗陀。

　　归国后我查阅了《古兰经》。

　　经中有大量关于两海的阿耶提(经句)。两海,在阿语中是海洋一词的双数"Al-bahran",而不是一个专用词汇。而堤防(Al-barzah)一词却费人吟味,因为它的含意是一个"隔",可以理解为堤、坝、阻断。如下一个阿耶提非常有趣:

　　　他曾任两海相交而汇合。两海之间,有一个堤防,两海互不侵犯

　　　　　　　　　　　　　　　　　(55 章 19—20 节)

　　也就是说,《古兰经》既有两海汇合的指义,又明确讲到存在一个使隔开两海的堤防。这给了人以辽阔的、浮想联翩的空间。

　　一般说来,大多数经注家的著作中,都认为这一节里的Albarzah,指的是红海与地中海之间,苏伊士运河开凿之前的陆堤。所以,是否能把以直布罗陀的石山半隔的这一处地点,阐释为地中海与大西洋的聚合之地,大约谁都不敢浪言。

　　不过对于古典、尤其对经典的读法需要神会心领。追究查考常常无益,需要参悟本意。无疑,凡直布罗陀的居民,都喜欢在这儿发挥自己的才智。

　　在北京,当我对着原文沉吟时,好像又听见了休达朋友充满热意的解释——难道你没有看见一道窄堤的连结,没有觉察壁立海心的

直布罗陀太过奇特么？难道你没有明白,既然是"相交汇合,互不侵犯"的两个海,那它们就是既被截断又没有被截断么？——不一定存在那道陆堤,万物都是真主的意欲。Al-barzah 还能是哪里,它难道不就是直布罗陀？除了直布罗陀还有谁能充当那伟大的Albarzah？

隔与不隔,既被截断又没被截断……这个声音好熟悉！……在哪里听到过呢？我突然想到了中国的黄土高原。

在中国的苏菲传统中,也有一个"两海之聚"的概念。这是一个深奥的命题,它强调了一种双重的真理;如同两弓一弦的著名概念一样,它指示一种神秘的边缘,一种极限之处的亦此亦彼,一种表层与内里的一切交融汇合。只是以前,两海之聚的意念和形象,只是一种模糊的科学,只是对人的心智的启发,只是一种抗拒僵化的神秘方法——我完全没有想到在北非,在休达、直布罗陀和丹吉尔,竟然还有对它的位置的考证。难道,这诱人的认识论概念,居然来源于一个具象的地理么？居然真的能在地球上,找到一种思想的诞生地么？那不可能！我想。但是,这么寻找难道不是更有趣么？

这一道难题解得我如醉如痴。

解释的歧义,诱人层层沉入。两海之聚在哪里？我猜我永远也不会获得结论。但是结论无关大局。重要的是它太吸引人了。最重要的是:伟大的海洋,确实在这儿相聚了。

中国的造纸术从这里传入欧洲。何止亚里士多德,希腊罗马的哲学在这里被译成阿拉伯文,文艺复兴时期又被从阿拉伯文译回欧洲。橄榄树、无花果、石榴和葡萄,美好的神圣树木从这里聚散,流向世界各地。伟大的文明在这里相遇。东方和西方,它们交汇、碰撞、分界、相融的地点,不是在别的地方,不是在长安——而是在这里。

终于抵达了地中海。

但感觉却像是抵达了一所学校的大门。我沉沉堕入遐想,心被几重的浪头淹没了。背后是一派浓绿的北非;沙畹、菲斯、沙孜林耶和摩里斯科目光炯炯。眼前有肤色黧黑的南欧,响板、斗牛、科尔多瓦和格拉纳达正在微笑。学习原来这么快乐。旅途真的就是人生。我的带轮子的小旅行箱吱吱滑过石路土路。我的厚厚的硬皮白纸本子每天都写上、画上、贴上了新鲜知识。丰满的视觉,眩晕的感觉笼罩周身。我留意反省一种奢侈,反省之后更忙不迭地又问又记。头绪实在太多,我兴奋而疲惫。我不去捕捉结论,只顾在大地上享受。

这本小书若能被襄助写成,或者会叫做《安达鲁斯纪行》,或者干脆就叫《两海之聚》。它们大概会涉及地中海的西半、西班牙和摩洛哥的一些地理史事,记下我在那个文明交汇之地学习的感想。

玉素甫·哈斯哈吉甫在《福乐智慧》的正文之外,特别写过强调求学的几行诗。我想一定是因为那部大著曾逼他像小学生般地学习。他下了功夫,学到了东西,所以行间流露着一种学习的快感:

> 知识好比海洋,无底无边,
> 小鸟啜饮海水,岂能饮干!
>
> 去求知吧,那才是做人上之人,
> 或者脱离人类,去和牲口作伴。
>
> 我口出直言,粗野而辛辣,
> 智者啊,请欣赏我的直言。

我喜爱他的这种心境,超过研读他的大部头。是的,这部小书不过是一本学习笔记。有时自己被启发了,有时发现了于自己新鲜的东西,文字就会兴奋,快感和失度的就会溢于言表——这些还需要先做致歉。

張承志

恩惠的绿色

据说,曾有一个欧洲人,不知他是在卡萨布兰卡抑或是在拉巴特下的飞机,反正一下子来到了非洲北部的摩洛哥。

看着满眼浓郁的绿色,打量着海边的青青山影和田野,咦,怎么没有沙漠呢? 他怕飞错了地方。

他拉住一个摩洛哥人,着急地问:"骆驼在哪儿?"

摩洛哥人笑了。

1-Rif

我和他差不多。

在登上这片土地之前,我也把阿拉伯的北非,想象成一片大沙漠。只是在到达之后,当自己完全身处不见骆驼、满目青绿的景色之后,我才明白了:摩洛哥的标志并不是一头骆驼,而该是一个别的。是什么呢? 反正要包括海、绿色,和一棵树。

当然,沙漠是有的,骆驼也不少,但那都是可怜的南方的事。而在北部,沿着地中海的鬣阜山区(Rif),被阿拉伯地理学称之为马格里布(阿拉伯语:日没处,黄昏)的天地,是红松林和橄榄树点缀的、略显荒凉的绿色世界。

由于黑非洲一词的流行,不少人把地中海南缘的鬣阜山区,称作白非洲。不过这种表述指的是人的体质面貌,而没有描写地貌——柏柏尔和阿拉伯人的故乡,由于它的橄榄林、大草原、延伸千里的荒野,或许该把它叫做绿非洲? 它是非洲的一角,但并非一派黄沙;它是说阿拉伯语的摩洛哥人的祖国,但并不是黑人;它是最古老的穆斯林世界之一,但不是僵硬思想的产地。

自从得土安(Tetuan)搭上便宜的长途汽车,我就沉醉在惊喜之中。

238

在非洲看见绿色，人会觉得心情快畅。两眼望不尽让人舒心的绿色。习惯了西海固萧杀景色的我总是觉得奢侈。那些松树棵棵巨大。它们没有什么规划，到处随意生长。在西班牙常按株距行距栽种的橄榄，在这里棵棵独立，恣意蓬勃着枝干。在湿润的乡间公路上，两侧是红的土壤和绿的草地。时而低缓时而耸拔的山峦间，星点坐落着刷白的房子，高处有一座方形寺塔。半生以来我盼着抵达一个穆斯林国度，为着给自己心中的西海固和新疆一些参考。此刻大巴车摇晃着，六合八极都是真正的阿拉伯世界。

嘿，马格里布，我总算踏上了你的土地。

随意耸立的鬅阜——后来我不断地从博物馆，从人的讲述中听到这个地名。我至今没彻底弄懂鬅阜的含义，究竟 Rif 就是山区，还是大山的名字叫做 Rif。

平常似乎人们都忘了它，温和的摩洛哥人一般不谈政治。即便话题涉及外省，也顶多说几句卡萨布兰卡或马拉喀什。可是，只要谈话里出现了反抗或者异议，鬅阜这个词就出现了。你会不断地听见——法国殖民统治时期，鬅阜的反抗非常激烈……西班牙军事占领时，鬅阜的柏柏尔英雄……

法国和西班牙这两个隔海的邻国，曾经交叉着对摩洛哥实行过殖民统治。只看过美国电影《卡萨布兰卡》的中国人，不知道摩洛哥也有民族英雄。

穆斯林的反抗，往往爆发于自尊。一位名叫阿卜杜克里木的知识分子，原来是梅里亚（Melilla，至今被西班牙占据）上流社会的一名法官。他起义的导火索，是一个西班牙人打了他一个耳光。侮辱是不能容忍的，山区的英雄出现了。他发动了反抗殖民主义的起义，于 1920 年建立了共和国。1926 年被法国人抓住流放，后逃亡埃及避难。他在北部非洲享有极大荣誉；他逝世时，埃及总统纳赛尔为他举行了国葬。

就这样，只要提到一段历史，鳌阜这个词就在人们嘴上频繁出现。我心想这大概很自然。从来都是这样：革命或反叛需要山区。

这种大山的绿色，并不是那种浓翠欲滴的绿。它掺杂着灰，又有些蓝，呈着多少的冷峻。山的形势也费人猜想，它有点不规则，时而耸起来半片峭壁，而低缓的漫坡就在山脚下一望无际。大草原和耕种了的庄稼地也不易区分，它们都不事修剪，随处高低，夹杂着自由主义的、散乱的白房子。

大山从刚刚下了海船的地方就开始了。从丹吉尔到休达，又从拉巴特到丹吉尔，我回想着数着，满意地算着自己一共穿行了几次。奔走在这片粗野的山林，人能同时感觉渺小的自己、和伟大的马格里布——非洲的西北角。这里不像那种使人迷糊的地方，在这片山里走着，地理的方位感简单鲜明。左右通向哪里，山外是海还是陆地，人能做到清楚的判断。难道不是吗？我闭眼也能看见地图——大陆的北端戴着一顶尖翘的草帽，而如虫如蚁的我，正爬着非洲的尖帽子。

古典的英雄，大半在山区寄身。阿富汗和伊拉克的暴行使人深省的是：当霸权和法西斯装备了高科技杀人武器以后，一种绵亘于许多时代的、英雄和反抗的古典，正被逼迫着迎面改变。母亲般的大山，已经再不能庇护游击队和避难的儿子——但并非暴君和帝国从此可以为所欲为；因为英雄和正义的传承，也是人类的基本生产之一。人一定能战胜高科技；新时代的英雄，就快要诞生了。

独自冥想着，眼睛在柔和的绿视野中，得到了罕见的休息。鳌阜的荒山野岭起伏涌涨，如深沉的渴望在鼓动。它沿着地中海绵延开去，一座座向着远方次第耸起，仿佛在环卫着贫穷的东方。

你难道是东方世界的长城？

难道整个包括我们中国的东方，就是以你为屏障？

在摩洛哥朴实的脸上，没有回答。它显然对这样的发想并不关心。显然它对自己演出过的历史不感兴趣，它关心的是别的。你是一个谜，虽然你对我大门敞开。我望着重叠的山影，觉得若要洞知，恐怕要从头开始——要把一生投入浩渺的学习。鹥卓的门虽然打开了，但鹥卓的心正离得远。它不擅交谈，对语言厌倦。虽然橄榄树野性十足，山峦之间的村庄一片繁荣，但它不愿被你破例，它有更深的思路。

一定是在一次伤痛之后，它就关闭了内心。表面不露声色，缄口断绝诉说。那么我就只能祈求感觉的触角，我只能托靠感悟。我用多面的学习补充，盼它能敏感又锐利。我不相信这片大山真的这么老实巴交——好像鹥卓的英雄早已一去不返，好像柏柏尔的战士，早已只是传说。

2-Chefchavan

捏着一张写着地址的小条，我们在茶畹（Chefchavan）下了车。

没有听一些中国人的劝告，我们坚持乘最低等的长途班车来到这儿。挤在满车的摩洛哥人中间摇晃一路，心情经历了从紧张、警戒，变得放心、欣赏，最后到喜爱、赞叹的全过程。为了摩洛哥的长途车，值得写成一篇生动的散文。这经验几乎和在新疆一模一样。车到茶畹，我们满意地下了车，用自己人的口气问路，打听一个将接待我们的地址。

沿着上坡的坡道，一面缓缓走着，一面看着转过山脚的风景。这小小山城的民居盖得疏松，雪白的房子，天蓝的门窗，耸着枝条的橄榄树，交错着拼接在一个鞍状的山谷里，给人奇妙的感觉。人们很亲切，我也右手抚胸，不断说着问候语。

茶畹的朋友是一个裁缝，他已经接到电话，正在等我们。

那天他家的客很多。

我们为了和他交流,要等很长的时间。但是在一边倾听和观察,是比被迫滔滔不绝好得多的角色。应当说,他是一个相貌凶恶的汉子,他的脸和眼使人联想一条狼;只不过,是一条套着摩洛哥长袍的狼。

轮到我们了。他的开场白很有个性,第一句就说:

"我是在监狱里加入伊斯兰教的,我原来的国籍是葡萄牙。"

你说,这怎能不使投奔他的我屏神凝息。

静了半晌,我迟疑地问:

"你愿意告诉我,为什么你做这样的选择?"

狼脸人不假思索地回答:"在那边我走投无路,而这里收容了我。而且……我估计我的祖先是个摩尔。"

我们被安顿在另一条小街,那儿有一座闲置的屋子。

家屋很大,有三四个房间。蓝紫调子的瓷砖,沿墙舒适的靠枕,一切花纹和情调,都是阿拉伯式的。推开房间的窗子,群山环绕的四周,野草山坡间有成片的白房子。能看见山腰行驶的汽车,所以可以判断那似隐似现的是一条路。山洼升起为一个鞍形,鞍桥愈升愈高,如两个翘起的牛角。最后牛角尖化成一座悬崖。在那峻峭的崖顶上,矗立着一座小小的、方形的唤礼塔。

天色已晚,暮霭中的方塔遥远地矗立着,在众山拱簇中,微弱地镀着一抹金彩。小城一派静谧。收拾完了已是入夜时分,我们舍不得休息,寻着灯光,找到夜市,吃了烤得香脆的粗面馕,和两盘美味的"达津"。

第二天兴致勃勃地逛茶嗯。领路的就是改宗伊斯兰的葡萄牙囚犯。他虽然其貌如狼,但接触了半天我发现,其实他性格内向。他的狼脸上,有一双眼睛稍带迟疑的神情,那眼神是诚恳的。

祖先是个摩尔,我想,他说的是摩里斯科吗?

我问:兄弟,什么是摩里斯科?

他说：就是我们。一些先关在监狱里、然后又被驱赶的囚犯。

我们随着狼脸，在集市上闲逛。

他说：他在监狱里，一直梦见一个山中小城。可能是因为孩提时，在祖母常哼的摇篮曲里有过一个山中小城。那座小城坐落在一片苍翠的山里，那座山像一个马蹄。出了监狱他就渡海来到了摩洛哥。当他一眼看见茶畹时，就觉得自己梦中的地方到了。

——这样的话，后来我一再听不同的人、主要是听西班牙人讲过。失去了家乡的人循着梦的指引，最后到达了某个地方。这种故事诱人捉摸。我不由得对茶畹另眼相看。茶畹，它究竟是怎样的一座小城呢？

本来打算跟他去爬山崖上的方塔，结果走走谈谈，一天时间都花费在旧城里。

白房子，蓝屋门，蜿蜒的小街，蛛网般的老城。那些迷宫一般的、蓝漆涂染的小巷，怎能使人不着迷呢。居民和菲斯一样稳重又礼貌，但小城却没有菲斯的喧嚣。听狼脸同伴介绍，茶畹似乎正是鬓阜山区的代表。它是为了抵抗葡萄牙人的侵略而筑起的一座城。有一座红褐石头的城堡。叫 Al-Cazaba（城堡），现在是博物馆。葡萄牙，西班牙，法国，所有西地中海的列强都来了。它们可真是争先恐后，我暗想，能从对面这些虎狼邻居的尖齿利牙下独立，可见鬓阜和摩洛哥都不可小觑。

次日继续在茶畹玩。

狼脸是个罕见的健谈家。稍微使人不安的是他的相貌装束。他披着一件粗毛的摩洛哥长袍坐在我对面；看不见眼睛，深陷的眼眶里闪着两点亮光。

他说这儿有许多圣裔的家庭，他们的姓氏前都冠着"西迪"(Sidi)称号。我猜他说的大概就是我们常用的赛义德(Sayid)，人们总是对这个词有不同的读音和转写。摩洛哥的圣裔,都源自穆圣外孙哈桑的家族,他们是一些德高望重的人,或者留名于政治,或者成为宗教长老,把起源于摩洛哥的沙孜林耶教团繁衍向全世界。

没听说过阿布杜赛俩目山么? 狼脸问,那是沙孜林耶的圣地。

他显然已经深深进入了这个世界。

转悠的圈子,扩大到茶畹的外围。牛角状的山洼当中,深陷处流淌着一道湍急的激流。它轰轰地冲撞着石头,溅起的水沫如白雪一样。

狼脸一路上滔滔不绝,兴奋时他喜欢不开口,只是使用有力的手势。等我们看惯了那条河,并且对那条河的湍急丰沛渐渐刮目相看、终于感到吃惊以后,他先用手指指眼睛,然后把手用力指向湍流。

"Al Rahmanu! ……"他大声地赞叹着。

这个词是真主的美名之一,含意是"慈悯"。我明白他是说,这条河和这个叫做茶畹的天地,是赐予他的、真主的恩惠。

确实如此,这座山里不但有水量丰沛的溪流,而且,狼兄弟告诉我们,眼前这座牛角状的大山底下,完全是一个空洞。河水在地下奔腾,夜里能听见整座山都轰然有声。地下河从地底一直通到山的那边,饮之不尽,汲之不竭。

为了上山,要几次跨越急速的溪流。一个接着一个的磨坊,架在跌滚而下的溪水上。系着红白条裙子的柏柏尔妇女,浑身粘着面粉忙碌着,磨面或者烤馕。遥远的伊拉克此时正是战云密布,这使人看着眼前的安宁,有一种心疼的感觉。在一个山涧旁的空场上,一群摩洛哥小孩叽叽喳喳,正起劲地摆弄一个花架牌子。

那牌子上,用鲜花拼着一行阿拉伯文:"节日吉庆和幸福"。读着我想,刚结束的古尔邦节,想必一定使孩子们很快乐。

3-Morisco

十五世纪末,时不我再,国运衰微,绵延八百年已到苟延残喘的安达卢斯时代，前定已经到了终结之日。

1492年，最后一个穆斯林王国——格拉纳达投降了。清真寺顶上的月牙被拆下，换成了天主教的十字架。按照著名的格拉纳达受降条约，交出宫城之后，末代君王波阿卜迪勒将受到优待，所有穆斯林将保持信仰的权利。

在这份条约中，签字的天主教国王信誓旦旦。最重要的一款大致有这些内容：

——国家保证摩尔人国王及其臣民按照自己的法律生活；

——不允许剥夺摩尔人的清真寺、赶走宣礼人。不允许侵犯清真寺的不动产和收入。未经伊斯兰教法家的允许，任何人不得进入摩尔人礼拜的清真寺，否则将受到惩罚。

——不允许干扰摩尔人的生活习俗。

——永远不得强迫摩尔人像犹太人一样在衣服上佩戴标志。

——基督徒的肉铺必须远离摩尔人的肉铺，两者的给养不得混合。违反这一切者将受到国王陛下的惩罚。

……

但是，誓言很快就被背弃了。

强迫改宗的第一个浪头，是在格拉纳达掀起的。1499年，红衣主教西斯内罗斯居然不顾格拉纳达当地政府的劝告，命令摩尔人（这个词汇现在还在出现和使用着，比如在菲律宾。它原是西班牙人对阿拉伯穆斯林的称呼，后泛指穆斯林）——放弃伊斯兰教的信仰，改宗天主教。

这个行为，违背了他自己主子、西班牙的天主教两陛下的诺言和条约。格拉纳达郊区摩尔人居住的阿尔巴辛立即发生了暴动。西班牙国王一面镇压暴动，一面发布了不同意主教决定的文告。当然，不过是虚伪的做戏而已。

强制弃教改宗的运动，被推行了。

宗教只是人的形式,百姓的本质是存活。这场在世界史上非常著名的改宗运动究竟达到了怎样的效果,也许永远都不能说清了。"留头不留发",可能大部分穆斯林还是为了活命,渐渐变成了今日的西班牙人。也可能大部分人都潜伏忍受,安达卢西亚的伊斯兰教成了一种地下的、秘密串联的组织。还有可能上述两者并存——因为他们后来都走了,没有留下供后人观察。他们走了,当他们在一夜或者两三天后抵达茶碗的时候,他们已都是穆斯林,都是受难的摩尔,如此而已,没有谁改宗过——就像没离开西班牙的人,家家都说自己是正牌基督徒,没有谁当过摩尔一样。

改宗天主教以后的摩尔人,被称为摩里斯科(morisco)。这是一个西班牙语词,它的含义是"小摩尔人"。

他们被强迫改宗的过程,不用说,充满了被侵犯、被剥夺、被侮辱的悲剧。压迫使反抗愤而掀起,反抗又被当做借口招致压迫。1566 年,对一种文明的判决下达了:摩里斯科人的民族服装被禁止,特别是女性被禁止佩戴面纱。给欧洲以文明开眼的阿拉伯浴室被封闭。不消说,秘密的伊斯兰教仪式更被当做"非法活动",受到恐怖的镇压。最后,人们口头讲的阿拉伯语,也遭到了禁止。

这是一段不为人提起的黑暗史。它的具体的细处,或者为人熟视无睹,或者被人有意隐瞒,既没有文献野史可供征考,也没有留下任何蛛丝马迹。只是净化了的尽头有一股森冷,热烈的民族天性,如今噤若寒蝉;只是从后来完全消失了当时的口语,语言呈现着最彻底的卡斯蒂里亚化;只是从今天真的没有不同信仰的存在,辽阔的半岛上每一个角落都矗立着主教堂、而不存在哪怕一户穆斯林家庭——怀疑着寻访的人,才慢慢嗅到了血腥味。事物发展的逻辑,语言、宗教、生性的剧烈变形,刻画出了过程的恐怖。

即便后来有些许资料出土,应当说,秘史还是遮在铁幕背后。

布罗代尔引用过一封信件,这封信是西班牙国王派驻法国的大使写的。他说：摩里斯科人是在暴乱，但这是天主教一方对他们的凶狠骄横导致的。当人们被抢劫其财物，霸占其妻女的时候，他们该怎么选择呢？大使说：一个村庄集体上诉，要求撤换该村神父，因为他无视一切天主教的规矩，把全村的摩里斯科女性都当做泄欲的性奴！

——神甫把全村女性都当作了性奴……这样的例子，超出了腐化苛政的轮廓。通常中世纪的堕落的神父干坏事是很麻烦的；需要许多名义，需要竭力掩饰。而大使信件里描绘的这个神父，却分明是一个闯进女孩小屋的妖怪。他从哪里获得了可以当妖怪山大王的自信？他为什么坚信绝对不会遇到抵抗？资料中的逻辑清楚地摆着：他受到了一种时代的煽动挑唆，他得到的唆使，在催促他去放纵兽性做蛇做蝎！

遭受霹雳天祸、受尽欺凌侮辱的人们非常清楚：不是因为他们偷盗，不是因为他们舞弊，更不是因为他们不交税款或者亵渎了神圣。美好现世突然对他们变成了油锅火狱的原因，没有别的惟有一个——

伊斯兰的信仰，就是他们的原罪。

既然如此抵抗就是合法的；别的尚可以一时忍受，对人心和信仰的如此强暴，只会招致暴力的反击。何况——这一边又是血性最烈的人！

1568 年暴动席卷了西班牙南部。次年即 1569 年，西班牙见势头不好急忙换帅，凶残的奥地利人堂·胡安充任了统帅。他使用残忍的手段，在军事上逐渐夺回了对叛乱百姓的优势。到了 1570 年，战事大致结束了。

当年就颁布了驱逐全部摩里斯科人的命令。

布罗代尔在《菲利普二世时代的地中海和地中海世界》（商务，1996，吴模信译，本文略称《地中海史》）中写道：

1570 年 4 月，叛乱分子开始成批投降。……甚至上一年，即 1569 年 6 月，驱逐行动已经开始。格拉纳达的 3 500 个摩里斯科人（从 10 岁到 60 岁）已从首都运送到附近的芒什省的首府。1570 年 10 月 28 日发布了驱逐全部摩里斯科人的命令。11 月 1 日，这些不幸的人遭到围捕，被捕后排成长队，带上苦役犯的镣铐，流放到卡斯蒂利亚。……

大批移民——加利西亚的、阿斯图里亚斯的或者卡斯蒂利亚的——约 12 000 个农户，成群结队来到格拉纳达的已经走得空无一人的村子。与此同时，从被征服者那里掳获来的战利品出售给领主、寺院和教会，据说国王从中获得巨额钱款。……并非所有的摩里斯科人都离开了不幸的王国，某些人去而复返，1584 年，又得重新驱逐他们。……

但是，人可能在战争中投降，却很难在精神和情感上被打败。大难临头的摩里斯科人伪装俯首改宗，但他们从来不做弥撒，从不做天主教的忏悔。他们把小孩藏匿起来，以逃避小孩被强迫受洗。他们不接受临终的涂油礼仪式，随处流浪，用一切可能的办法抵抗对他们的野蛮同化。

1590 年国务会议向国王提出几项狂热的建议：把摩里斯科人的小孩同他们的家庭分开，以便把这些孩子交给领主、神父或负责教育孩子的人；处决最危险的分子；把在卡斯蒂利亚安家落户的格拉纳达人驱赶回他们的老地方，把他们从国家的中心赶走，把他们从城市赶到农村！……自从 5 月 5 日后人们谈到干脆驱逐他们。西班牙国王从前对犹太人这样做过，并因而获得神圣的名声。

于是,大约在百年之后,以一两次无法忍受歧视的摩里斯科的造反为借口,人类历史上罕见的种族大驱逐发生了——全部改宗的新天主徒,不管被改造得虔诚与否,不管他们是前穆斯林还是前犹太教徒,都必须在限定的时日里,全部从西班牙半岛离开。

这就是史上著名的、西班牙的驱逐摩尔。

> 1613—1614年,胡安为绘制地图走遍这个王国。他多次在笔记中记下荒芜人烟的村庄的凄惨景象:在隆加尔斯,1 000个居民只剩下16人,在米埃达斯,700个居民只剩下80人,在阿尔法门,120个居民只剩下3人,在克兰达,300个居民只剩下100人……

> 非常拥护这一驱逐行动的瓦伦西亚大主教在进行驱逐的时刻却问道:以后什么人为我们做鞋子呢?摩里斯科地区的封建领主寻思,以后什么人种我们的地呢?

无法确认的数字说,被驱逐的摩里斯科达八百万人。为驱逐行为辩护的数字则说只有区区三十万人。被逐难民渡海而来,大部分投奔了摩洛哥。大概,在地中海南岸接受难民的摩洛哥一方的数字,该是比较客观的——三百万人。

这是使人哑然失语的、一种古怪的野蛮。

所以,无论《阿拉伯通史》的作者希提,还是《地中海史》的作者布罗代尔,一直到日本的堀田善卫,都对驱逐行为严加鞭挞。谴责不人道的种族驱逐,已是近代以来欧洲进步知识分子的共识。十六至十七世纪之交在西班牙发生的对一个民族的驱逐,甚至伤害了普遍的人心。堀田在写到被改建成天主教堂的科尔多瓦大清真寺时,厌恶地把在大寺中央增修的华丽教堂称做"瘤子"。厌恶的描写背后,藏着驱逐弱者的行为所招致的广泛厌恶。西班牙将因其种族驱逐的行为,长久地得不到历史良心的宽容——因为,即使人们没有下意识地抱着对穆斯林的同情,他们也抱着对穆斯林文化的美感的同情。

希提的《阿拉伯通史》在结束对辉煌的西班牙穆斯林时代的生动叙述、在一编末尾笔锋触及驱逐事件时,这样严厉地说:

> 自格拉纳达陷落,到十七世纪二十年代,约有三百万穆斯林被放逐,或被处死。西班牙的摩尔人问题,永远解决了。从而清楚地打破了这样的规律:阿拉伯文明在哪里扎根,就永远固定在那里。摩尔人被放逐了;基督教的西班牙,像月亮一样,暂时发光,但那是借来的光辉;接着就发生了月食,西班牙一直在黑暗中摇尾乞怜。

中国的读者可能从未听说过这些。考入大学的历史系十年寒窗,但是老师不讲、书上也不写。没有谁听说西班牙曾有过绚丽的穆斯林文明、没听说过以科尔多瓦为代表的安达卢斯地区曾经出现过世界文明的顶峰。当然毋庸赘言,更没听说过八百年之后、创造了这文明的主角居然被驱逐干净。

但是中国人并非不能理解这种历史。从对统治者的心理,到他们残暴的方式,在中国一切都似曾相识——尽管江山牢固,但是他们恐惧。他人的美好,民众的尊严,使他们不能安心。"非我族类、其心必异"的龌龊基因,是东西一致、国际接轨的。

《地中海史》如下总结:

> 首先是因为摩里斯科人仍然无法同化。西班牙采取行动,不是出于种族仇恨,而是出于文明仇恨和宗教仇恨。它的这种仇恨的爆炸——驱赶——是它对自己的软弱无力的供认,其证明就是摩里斯科人根据具体情况,在一两个世纪或者三个世纪以后依然故我。服装、宗教、语言、有回廊的房屋、摩尔人的浴室等,他们统统保存下来。他们拒绝西方文化,这是冲突的核心。……

仇恨的巨浪不能卷走已经永远在伊比利亚的土地上扎下了根的一切事物。这些是：安达卢西亚人的黑眼睛、数以千计的阿拉伯文地名、几千个已经进入从前的被征服的种族的词汇中的词。

——被驱逐的摩里斯科，不幸的安达卢斯难民，他们到了什么地方呢？

从茶腕的山腰俯瞰下去，几个柏柏尔女人正闪动着红白相间的裙子，在溪流上的洗衣房里忙碌。在她们身旁，那群小孩还在搬挪一个节日的牌子。

摩尔接受了小摩尔。非洲的荒莽大陆，就如贫寒的母亲一样，接纳了被侮辱和被驱赶的儿子。

在非洲大陆北缘靠西的海岸线上，从摩洛哥到阿尔及利亚，许多地点都是当年摩里斯科人的收容地。而其中之一就是茶腕。

4-Al Rahmanu

这一天太阳火烫，山道上走着一些金发碧眼的欧洲游客。狼脸阴沉着，不与他们搭言，就好像他已完全和欧洲一刀两断。而游客们，看得出心境和经济都有余裕，显然还没到思考归宿的地步。

洗衣场建在瀑布边上，汹涌的水冲过一个个石头砌的搓板和水槽，而柏柏尔女人就站在激流中大洗特洗。汹涌的地水不管不顾，只知从洞孔岩缝冲出来，疾疾地奔腾而去。那些白种游客好奇地爬上来，一处处地看柏柏尔妇女的洗衣场和磨坊。倒是没有什么语言障碍：摩洛哥人几乎都会说法语，黧阜人则还会讲西班牙语。

离开山中河流以后，声浪嗖地被抽掉了，茶腕回到了宁静。小城的广场上飘扬着摩洛哥的国旗，大红的旗子上有一颗橄榄绿的五角星。旗子抖擞着，今天，往事都是过眼烟云，一切都已风息浪止。

狼脸兄弟说:我知道最重要的去处。

我们随着他,一转角走进了热闹的集市。本来,选择茶晼就是为了解摩里斯科的故事。但这个不可貌相的朋友不以为然,他一路说,为什么对摩里斯科这么感兴趣? 不就是一场冤罪么? 你以为今天改变了么? 没有。瞧瞧我吧,我就是今天的摩里斯科:不做异乡的囚徒,回到真主的土地。

他使我感到,有时故事会迎面跑到眼前。穿过一些蓝色的小巷,到了一座比较大的广场。

狼脸说:到了。这儿就是我说的最重要的地方。它是摩里斯科人来了以后盖起的第一座房子,安达卢斯清真寺。

开始我没有捉摸它的黄色的粗琉璃瓦。它的象征意义,其实是以后弄明白的。回到北京以后,有一天我洗照片,突然看见一张从上向下照的、这座寺的鸟瞰画面。

一棱棱的黄瓦,斜着砌成屋顶。升起的高塔的顶端,也戴着一个黄琉璃拼砌的攒顶帽。光滑的黄琉璃,在阳光下发出晃眼的光线。

——怎么这个黄琉璃屋顶这么眼熟?

我盯着图片上那似曾相识的黄屋顶。渐渐的,心里浮起一个熟悉的图案。嘿,科尔多瓦大寺,La Mezquita 的瓦顶就是这样。

我懂了,他们在新土地上,仿造了一座科尔多瓦大寺。他们使用了安达卢斯时代的典型建筑材料:掺杂着褐斑的、粗糙而漂亮的黄琉璃瓦。顺便说一句。近年来许多现代派建筑喜欢模仿安达卢斯风格,比如在马德里,就有好几处这种粗黄琉璃的屋顶。

确实,这座建筑仿造得很像。虽然不可能仿造那座名寺的内部、雕门和前庭——谁有本事再现那森林般的、罗马运来的大理石柱,谁能再造那奇异的马蹄双拱呢? 但是很显然,他们一定要实现仿造,他们要在非洲,隔海回忆全盛的安达卢斯。于是他们选择了屋顶。因为原作——科尔多瓦大寺的屋顶设计朴素,只是砌成条棱的、朴素的黄琉璃。

茶晼的安达卢斯之梦……应当说，在颜色和平面两方面，它都与科尔多瓦的原作惟妙惟肖。而且，棱状的琉璃顶是完整的，屋顶中央没有日本作家厌恶的"瘤子"。它静静立在茶晼的中心部，被几个移民街区围绕。

我打量着，初看它一点也不起眼。但是愈看，它愈显出一种文化的准确——白泥勾填着黄瓦的缝隙，间架比例恰如其分。乍看琉璃粗过砖块，但是恰恰它这种配色，烘托了全寺的韵味。特别是那座塔；寺边有座砌成八面的唤礼塔，匀称的体型和穷窘的用料，给人一股难言的感受。它的每一面，都装饰着隐约的双拱洞、雕花窗。凝视着它，不知为什么我被吸引了：在那些线条涂砌之间，流畅里有一股哀伤。

我叹了一口气，说：好漂亮的寺！……它就是你说的，最重要的地方么？

狼脸兄弟答道：人们都这样说！

在摩洛哥，柏柏尔人或阿拉伯人的本地寺，与被驱赶来的安达卢斯人的寺，多少有一些不一样。在摩洛哥，所有名字叫做安达卢斯的清真寺，大都是被驱逐的摩里斯科人修建和使用的。只不过，他们喜欢自称"安达卢斯人"，而很少使用摩里斯科——这个勾起痛苦回忆的称呼。

除了这个称呼就再难找到别的遗迹了；来到这里的三百万难民纷纷采来石料，一间一间地砌成房屋，再刷上白色的涂料。这种白房子混入了本地建筑，没有留下多少西班牙的痕迹。在茶晼，这样的白房子栉比鳞次，填满了那座牛犄角山的凹陷。他们在家门口种上几棵橄榄，再喂上两只鸽子。一面铺开的绿草原可以牧羊，也可以种植麦子。和平又在洪水般的灾难之后降临了，剩下的只是用劳作改变穷困。

不幸的摩尔后裔，不，是被迫改宗的摩里斯科，也不，是安达卢斯人——渡过几乎被难民船堵塞的海峡，来到了地中海的南侧。背后的海里还是帆樯拥碰，前面的人已经仓皇上岸。他们忧心忡忡，觉得前途未卜，不知自己的命运。

那是一次大规模的登陆，是沉默或呜咽的登陆。从直布罗陀到阿尔梅里亚，从巴伦西亚到葡萄牙，沿着千里的海岸线，到处都是登陆的帆船。数不清的小舟大船缓缓靠岸，褴褛的篷帆轰然落下，黝黑的影子扶老携幼，如黑色的水顺着陆地边缘洇染。彼岸险恶喧嚣，而这边风平浪静。茫茫非洲默默注视，并未露出惊异的神色。陌生的大陆等着他们，像海洋等着溪流，像敞开的天空等着风。

很难想象登陆时的情景。身心交瘁的摩里斯科们，从一条直布罗陀海峡的南岸，从西地中海南岸的各个地点，弃掉破船，蹒跚登陆。他们看见了密集的白房子、黛阜的绿色山峦，和一座清真寺的方塔。就在那一刻他变了，不管他们是否曾经改宗，不管他们在那边怎样否认自己的不信、在这边又怎样否认自己的改宗——那一刻他们痛哭流涕，在一瞬之间突然显现了穆斯林的本相。他们变了，突然变成了自己。他们不再压抑悲痛，成千上万的男女扑伏在地，捶胸号啕。

我猜，当发现濒死的自己被收容了，当知道绝望的自己又能再造一个家，当看见新的家乡居然是生机蓬勃的苍苍绿色时，一定有许多人不能自制。摔掉格拉纳达的家门钥匙，搂住树皮粗裂的橄榄树干，他们跪倒在地，大声喊道：

——Ya, Al-Rahmanu! ……

（啊，最仁慈的主啊！……）

我猜，那一天这哭喊的声音一定曾经响彻云霄。褴褛缠身的老幼搀扶下船，密密的赤脚和靴子，水花高溅地趟着海水。改宗的老者跪倒在沙滩上，只顾声泪俱下地诵读经文；年壮的汉子扛着犁铧，已经在瞭望安家的地方。从梅利亚以东，到丹吉尔以西，整个非洲北端的滩头上，到处都是从西班牙来的难民。他们的嚎啕哭喊直入云霄,他们的声音一定如同直布罗陀的大海潮一般,不歇冲撞着巉岩海岸和山峦田野。

那天,一双高高在上的眼睛,人类良心的眼睛,一定曾久久注视着这感人的一幕。

回顾那一段往事,人易于感慨天道的无常,国运的不济。但归根结底,最应该指责和慨叹的对象,依然是格拉纳达王国上层的腐化,以及末代国王——波阿卜迪勒的无能。这其实又有些像中国:国运衰微的清末,以及羸弱的光绪。

史料之海也是一片沉默;很难找到这一侧的宣言、对策,以及对源源涌进的、数百万难民安置的记录。

摩里斯科人悄然消失了。安达卢斯人的说法也成了一个历史称谓。他们融化在今日的摩洛哥人之中——他们对这一段历史的态度多少显得漠然。虽是一方主角,但他们不屑批判。他们的心思只在鬐阜,这真主恩惠给他们的、生存与避难的绿角。

连摩洛哥人和土耳其人也未必意识到——自从失去了这一道浓郁的山岭,东方就被撕去了屏障。随后开始的殖民主义的世纪,至今还没有完结。不过,伟大的山脉似乎不附和我的观感,我也开始摸到它的思路。重要的并不是历史中的悲剧,不是追杀驱赶,而是俯瞰历史的悲悯,是深沉浩渺的慈爱。

今天走在摩洛哥北部,散漫的鬐阜大山依旧四合围抱。它无言地延展着,沿着地中海,葱茏的一派绿色,遮护着贫弱的非洲。它并不发言,只是静静地向绝望者敞开胸怀,显示着一种含义——它简单又深刻,不易概括也难以形容。我只知道它是无限的和辽阔的,远不仅仅只是对摩里斯科和穆斯林,也不仅仅对着阿拉伯和非洲。

张承志

把心撕碎了唱

它可不是几支村歌野曲，一角遗风艳俗。弗拉门戈——它高贵地昂着头，更高傲地冷面俯视。它虽然流行于底层，却是一个绅士淑女津津乐道的领域。比如日本人就对它很有兴趣，处处有学习弗拉门戈的俱乐部。它是一个国际瞩目领域，多少专家以捉摸它为业，大部头的著作汗牛充栋。

其实无论谁写，都是那么一些事儿。但它的特点就是酷似魔法，能在不觉之间引着描写它者走上岔路。由于受它吸引，我曾如饥似渴地去书里寻找答案，但读了一批名著后，我还是感到涉及安达卢西亚的诸大写家在面对它时，都好像突不破隔着的一道纱幕，说不清弗拉门戈的究竟。

——写着写着，他们就描画起一个耸着肩膀敲踏地板的黑衣女人。在格拉纳达的阿尔巴辛，住在窑洞里的吉普赛人一个家族就是一个剧团。脸庞消瘦的女人转动裙子、硬鞋跟踏出清脆的雨点。便是，弗拉门戈是一种民俗舞吗？

我自己更是提笔之前已经不抱希望。甚至我连阿尔巴辛窑洞里那种供应旅游客的演出都没看过。但对这个题目的不能割爱，并不是说我没有不妙的预感；我抚着键盘，一阵阵觉得说不清道不明，好像刚达斡尔（歌手）在开场之前已经声嘶力竭。

远处它的影子，呈着暧昧的黑色。

弗拉门戈，你究竟是怎么一回事呢？人们都被你迷住了，而你却端着架子，神情严峻。一般说来它可能可以算是一种歌，或者算是一种歌舞演奏。但这么说又显然不准确。有人把它划为无形文化；但是除了西班牙，全欧洲的艺术里都不见这一门类。我一开始就抱着异端的挑剔思路，我感觉它来历复杂，没准它起源于某种宗教仪式。

我说不清，但是我感到自己一直追逐着它的影子。

描写这个影子不是一件易事。有关它的资料似乎被故意搅乱了，对它的体会也难以名状。我已经多次这么感叹——显然，文字无法对付这一类感受。

1　baile（舞）

第一次接触它是在日本。

那次一个教授款待我去箱根。在小涌园的旅馆里，消磨时间的客人人声鼎沸，一桌桌正谈得火热。我突然看见桌前有一个全身黑色的女人，在为晚餐的客人独舞助兴。教授告诉我，这是西班牙舞。我不觉看得入了神，但那时我不知道这是一场弗拉门戈。那个女人并非美女且人在中年，但她瘦且苗条、硬肩细臂的姿态，却如磁石般引人。

小涌园是一家著名旅馆，连中餐厅厨师都聘自北京钓鱼台。客人五光十色，有一个兴起离桌，搂着女伴，扭起在日本罕见的"但斯"。多数的客人边饮边谈，顺便瞟过一眼，看看助兴的西班牙舞。

非常巧，她演出的空场，就在我们那张桌子旁边。本来我有不少事要和教授谈，本来我曾想获得一次休息；但是她却成了那一夜、成了箱根的全部记忆。

她的黑裙离我非常近，我一直看着她刀削般的脸庞，还有她低垂着的眼皮。当她激烈地舞着，时而靠近我时，她正急促地呼吸，一股气息逼人而来。也许因为她是在为一群动物般的富人伴舞，我觉得我嗅到了她正压制着的愤怒。但那舞蹈恰好是无表情或者表情严肃的，所以她很容易掩饰自己。而我被这种神色震慑，或者说被吸引——我感到了强大的魅力。她脸上刀砍般的轮廓里满是沧桑，与她苗条的姿影相反相悖。依稀记得一群男子在稍离几步的地方伴奏；可能那儿有一个乐池，伴奏使用的是吉他还是什么，已经记不清了。也许还有伴唱？但我没有听见。

她甩动黑裙、敲响靴跟，就在我的桌前跳着。何止毫无笑容，她简直神情严厉。那舞蹈里没有半点媚意，甚至毫无女性的温柔。说不清，究竟是我没见过这样的女人，还是没有见过这样的舞蹈。她的舞蹈里有一丝不动声色的寂寞，可惜被豪华酒家的周末之夜压挤得似存似亡。

就这样我第一次接触了弗拉门戈。虽然它与极富色彩的日本按踵而至，使我没能仔细留意它——但是，一点滋味和一些印象，悄然潜入了我的记忆。此刻回忆着，封存的印象轻轻复苏了，那一夜箱根的细节次第涌出水面。

那是一个舞蹈的印象。是一个成熟的、舞蹈的、孤独的、拒绝的女性形象。愈是耽入回想，那黑裙的舞蹈愈是逼真。它给人，给满脑子的舞蹈概念以毁灭的冲击，须臾间便否定了关于舞蹈的旧说。没准儿，我想惟现代舞与它有些类似，但现代舞远不及它，黑色的它高踞一切之上，毫无现代舞那搜尽枯肠的本质。

有时舞步离我很近，跶跶跶的震动传入内心。黑色、中年、苗条、严厉——这魅力是特别的。那舞不是踢踏，却更富踢踏。显然穿的是硬底鞋，它敲击地板时，轻脆的节奏密集得夺人想象。

可是，尽管我为这异族情调的轻敲浅踏、对这种舞的跳法喜欢极了，但是我愈来愈明白了：吸引我的不是舞而是跳舞的人。

后来，二○○三年我在马德里看过一场真正的大型弗拉门戈，滋味神妙的《一千零一夜》。虽然那是一台极为精致的弗拉门戈舞台剧，而且那时我已经对弗拉门戈下过一番功夫；但我要说它带给我的——不及箱根印象。

娇嫩的演员们贬值了。因为她们亭亭玉立的身材里，不仅欠缺一丝韵味，还少了一种打击般的力量。身材的完美是先决的；但在这个条件之后，好像西班牙人更青睐舞者的年龄。也许，它就是要结合女性的美感和苍凉？我不知道。反正它散发的女性信号独特。若把她算作女性它就是魔女,先勾走人的魂魄,再给人警告和拒绝。我承认我没见识过这样的女性,她给人振聋发聩的感觉。但是她不给人一个机会,比如显露笑容的轮廓,绽开脸颊的肌理——所以没有谁能判断,她其深莫测。

就这样,在对她和对我都是异国的日本,在一个休息的瞬间,我目击了一次弗拉门戈的表演。那独舞的西班牙女人皮肤黝黑粗糙,你并不怀疑她属于底层世界。她脸上如满是刀伤,棱角鲜明神情冷漠。她先以魔法的磁性吸引,再以高贵的质感否定。在她的舞蹈面前,茫茫盛装的食客,如粗俗饕餮的动物。

满堂都在享受,它在其中服务——但那一袭黑裙激烈闪烁,惟它傲慢,惟它至尊。

唉,那一夜的箱根!……

后来朋友问到我那时的细节,我却忘了是否有过音乐伴奏,也记不清她是否有舞伴。我不知舞蹈题目,甚至没记住——弗拉门戈这泛泛的名称。

我只记得那一夜,恍惚间我陷入了瞻仰的幻觉。解释不清的一丝崇敬,至今似乎还挂在脸上。就这么,我从日本古老的名胜,带回一个西班牙的印象。我带着对箱根的歉意说及此事,但日本人听了却洋洋得意。那时虽然我连它的名称都不知道,但是我却记住了它,并把它当作了我理解的弗拉门戈。

这就是我和它的初次邂逅。

2　cante(歌)

关于弗拉门戈的概念,以及那个黑裙印象,在西班牙的科尔多瓦被打破了。

已是初冬的十一月。天气愈来愈冷了，既是旅人，就要加紧赶路。可是在这座古代穆斯林的文明之都，总觉得有什么事，还没有办完。

我们多少惆怅地，在科尔多瓦过着最后的几天。

围着今日成了天主教的主教堂、但名字却叫做 La Mezquita（清真寺）的科尔多瓦大寺，人确实舍不得离开。但若是进一道清真寺的门就要花六个半欧元，又实在使穆斯林觉得太过分了。于是我们在那水渍斑驳的黄石头墙外散步，从外面欣赏这传为奇迹的建筑。这儿是安达卢西亚的深处，如果在这儿不能看到弗拉门戈，机会就剩下得不多了。弗拉门戈，它在自己的故乡，在浪漫的安达卢西亚，总不会和它屈辱地在日本为人佐餐助兴时、那么一副冷峻的脸色吧！

我不住地忆起那个黑裙女人。

见人便打听弗拉门戈。那些在咖啡馆消磨时间的大汉们打量着我们，脸上堆着嘲笑，回答也不怀好意：

"Japonés（日本人吗）？弗拉门戈？去格拉纳达呀！去阿尔巴辛背后，去圣山的吉普赛山洞呀！弗拉门戈就那儿，专门给日本人演出。旅游车可以开到旅馆接你，一个人只要三千五百比塞塔！"

我恨恨地咬着牙。

不但又把我们当日本人，而且对日本人的嘲讽也不公道。我知道他们说的山洞，那个地方在低劣的电视片里屡屡提及。做解说态的特约嘉宾活像妓院老板，在花哨的窑洞前侃侃而谈。他们哪里知道，脚下便是摩尔人起义的阿尔巴辛。顺着迤逦而上的那片荒凉山坡，就是今日以招徕日本顾客出名的萨戈罗蒙黛（圣山，Sacromonte）。我们起码不想花那些钱，其次我们要弄明白这个古怪文化。可是，查遍各处也得不到消息，谁知道我们能与它推心置腹的弗拉门戈，究竟在哪里呢？

在格拉纳达的红宫脚下，顺着达罗河的路口，若是仔细观察可以发现日本学生贴的小条——给同胞指示去萨戈罗蒙黛的路径，甚至价格。读着那些熟悉的娃娃字，我心里悄悄喊道：哪怕放弃不看，我也决不去那种骗人的山洞！

所以就要感激科尔多瓦的旅游局。我们说，别给我们介绍窑洞。我们想找到一个拜尼亚，和那里的人交流。拜尼亚（peña）是一种弗拉门戈的私人聚会场所，有些像小规模的行会。据说他们不做商业演出，peña只供自己人交际和娱乐。

旅游局的那个小伙子好像看透了我们的心事。我们已经失望地要走了，他却掏出了一个小本子。

西班牙的旅游信息接待非常发达。尤其在一些大城市，你问哪儿有反政府游行他们都答得出来。而科尔多瓦旅游局自然因城市的特殊而更加熟门里手，如今回忆起来它简直就像阿里巴巴的门房。大概是听我们拜尼亚、拜尼亚讲得太内行了吧，或者就因为他本来就是个大学生，也全靠免费的古迹、画展、演唱、公园过日子；他翻着记录说：

别着急别着急，弗拉门戈……有一场！这是本城广播界的一项纪念活动，免费，在周末，地点在——

周末晚上，我们早早到了那个广播界的会场。

我抢先占据了第一排座位。离开始的时间还有两个小时，几乎还没有什么人到场，只有几个服务人员在忙碌。

小小的场所，很像一个大会议室。朴素简单，只摆着一排排折叠椅子。没有幕，没有音响，没有舞台，没有麦克风，没有风骚的主持人。但是开场之前人挤得满满，坐在第一排朝后看，看着满堂的观客我不禁得意。幸亏我们笨鸟先飞，早早地占了好位子。西班牙人打量我们的眼神里有一丝笑意，像是心领意会地说：我们的弗拉门戈当然是一流的。瞧，还没有传出消息，识货的日本人已经来了。

他们都认为，日本人是西班牙魅力的欣赏者。无论我怎么解释，反正没人相信中国人会喜欢弗拉门戈，哪怕我早到两小时占位子。但他们的脸上表情友善，他们满意有人能找到这里。

我憋住不露声色，分析这里的场地。若为了照相方便，还是坐得靠后些更好。趁着还有空位，我们挪到第五排，尽量坐得舒服，等着弗拉门戈的开始。

于是对弗拉门戈的概念就在科尔多瓦被打破了。

不是记忆中那垂目低眉、瘦削严峻的黑衣女人，这一回，随随便便走上前面两把折叠椅的，是两个男人。

高个的是一位长鬈发的美男子，握着一柄吉他。那家伙确实长得英俊，铮铮地调试着手中吉他。可以理解他按捺不住的那股自梳羽毛的派头。漂亮不漂亮，看你一会儿的吉他，我想。

我已经预感到：黑裙子的女人不会出现了。

箱根的印象裂了缝。我面前的弗拉门戈，是完全别样的。幸亏急忙地补课，使我好歹懂了一些大原则——所谓现代的弗拉门戈，大体上由这么三部分组成：刚代（cante）、铎盖（toque）、巴依莱（baile）。也就是：歌、琴、舞。不是三者缺一不可，但"歌"排在第一位。

鬈发的大个子吉他手开始调弦。也是后来我才懂得：这种吉他手非同小可。在弗拉门戈中，他的伴奏叫做 toque；给我讲的人强调："铎盖"不仅只是伴奏而已，toque 是弗拉门戈的一部分。我暗想既然是乐器，又怎么不仅是伴奏呢？听不懂。吉他在他极长的手指拨弄下响起一串复杂和弦，场子里的人一阵鼓掌。难怪他锋芒毕露，我想。不仅人是美男子，而且角色本来也不只是帮手。

另一个则其貌不扬,是那种常见的,咖啡馆里端着杯子翻报纸的老头。他没有如吉他手那么打扮,穿着一件外套,没有系上扣子。他的表情有一丝局促,坐下前似乎有些紧张。如果不是后来我懂得了这就是大名鼎鼎的刚达斡尔(cantaor,歌手),若不是我后来才感到弗拉门戈的核心,不是不苟言笑的长裙窄袖的重踏轻旋,而是一支孤独嗓子的嘶喊——我是绝不敢相信的:他,一个随意的谁,居然就是弗拉门戈的主角。

开场也简单至极。

老头只是放下了杯子,望了一眼同伴。

一声粗哑的低声就这么响起来了。开始没有伴奏,这声音完全不是唱歌人的那一类。毫不优美,更无圆润,也没有什么逼人的男性气息。咿哑地唱了几句以后,吉他开始追它。歌者突然亮出本色,猛地拔高了声音,那一声撕心裂肺的喊叫镇慑了全场的空气。我的心被他扯着一下子紧张起来。急忙问歌词,他的词只有一两个。

啊,你死了……

妈妈! 你死了

若是在其他另一个地方,也许这样唱会使人不以为然。但是奇异的是,他的歌词却直击人心。我发觉一股强烈的伤感正在自己胸中浮起。我压抑不住它,我发现全场的人都一样,他们被直露的喊声引诱着,也渐渐陷入了哀痛。这歌实在古怪,简直像一种咒语。我竭力分辨,心里反驳着。若是在北京你随意扯出死的话题,人们会把你笑话死。而这儿是科尔多瓦,这间屋子漂浮的气氛,鼓舞人唱出别处耻于开口的话。我突然联想到蒙古草原的古歌,那种歌也不能在北京唱;也是靠黑旧毡包和牛粪火,才能苏醒活泼的。

我再也没有……

像你的母亲……

不可思议的感觉攫住了我。它不是歌曲,我觉得他是在说话。这男人唱的不是歌曲,他只是寻机在这儿自言自语。一节悄然唱过了,铮铮的吉他声高扬起来。果然不仅是伴奏,那吉他的用意很明显;它也要唱,也要说——吉他手的十指飞速地如轮舞动,脆裂的金属声响成一道溪流。不是一个过门或间奏,是一大段吉他的诉说。我没见过吉他还有这么丰富的弹法,它简直有无限的语言和可能。原来这就是"铎盖",人们醒来一般鼓起掌来。我被感染得兴奋莫名,也拚命地拍着手。就在这时"刚代"突然重新开始,一声撕碎了的吼叫脱颖而出,压住了热烈的 toque。

我求主给我死亡

他——却不给我

这是科尔多瓦的一个聚会,同业的伙伴在一起找个形式,纪念自己的过去。他们可真是找到了一个好办法,在这样的歌唱中,什么都被纪念了。胸怀已经彻底敞开,心事已经释放出来,没有谁能再阻止它,只由任它如狂流肆意,倾泻奔腾而下。

唱得酣畅以后,那退休的歌手便把手扪在胸上。他的这只手不是做手势,而是加入抒发。五个手指随着唱出的那个词,滑动、跌落、一分一分倾吐着不尽而来的心事。在最激烈处,五指剧烈地颤抖,那句歌随着在胸前画着轮形的手,步步跌落,一落三叠、直至心情倾倒净尽、吼叫也已经淋漓尽致。

后来我留意到,更多的弗拉门戈歌手,不用这种揉胸的激烈手势。他们一般是双手微合,随着唱句,手击打着轻碎的拍子——轻击拍点的姿势,大概是今日弗拉门戈在台上的基本姿态。

一曲一曲的,时间流逝着。我意识到所有的歌都是哀伤的,甚至都以痛苦为主题。包括唱爱情的,也都是唱爱的难遇或夭亡。换句蒙古的归纳方式,都是"嘎修道"(gaxiū daō,苦歌)。这样一边冥想一边听着,我明白自己遭遇了一种陌生的音乐,不知它在哪儿达到了彻底,这使音乐变得不同寻常。

　　　　顺着卡尔图哈的小路,走到松林之前
　　　　我转身回头大喊:妈妈!……

　　颤抖眼皮的一个退休老人,他已在忘我之境。坐在一把折叠椅上,他独自唱得坦心裂肺,倾倒衷肠。吉他追逐着他,时而成慢板,时而如骤雨。他的口型和吐字都夸张得超乎寻常,但是人们却信服地、亦步亦趋地随着他感动。这居然是在欧洲!……我感到恍惚,不断有跌入蒙古腹地、那深雪孤灯的幻觉。但他的歌不光是搅住了我,全场所有的人仿佛都被施了魔法,慢慢随着歌声晃动。那个箱根夜晚的女人渐渐黯然褪色了,此刻一个新的印象在上升。虽然后来我又长久地确认过,但我已经抱着新的观点:不是舞,不是琴,只有"刚代"才是弗拉门戈的主角,弗拉门戈的核心是一种悲歌。

　　几乎没有什么歌词。歌者和听众都不在意修辞,弗拉门戈的词汇,朴素到了不能想象的地步。不如说只有这么一腔悲怨,在这种场合别的主题都消失了,人只诉说悲怨。歌手用手掌揉着胸,让它们吐出来时能顺畅些。

　　　　黑色的公牛……你吃草……
　　　　是为了死亡……

　　好像这伤痛太古老了,它已经费尽了一辈又一辈人的喊叫叹息。我慌乱中寻求着比较;但蒙古人诉说的"嘎修"(gaxiū,苦)是节制的,大致循着比兴对仗的格律。那些月黑之夜的围唱,循着一支支押着头韵、音节对仗的旧调。不像它,它是剖露直截的白话。比起它,我沉吟着掂量着:比起它来"嘎修"是短暂的。

　　那刚达斡尔的严肃神情,使我意识到他在遵循一种曲牌。您在按着谁教给您的唱法,您在唱着哪一种"刚代",您的父亲或者爷爷在教给您的时候,还说了些什么?

任何的嘶喊,只要它成了歌,就一定会守着规矩,健全格律、曲调、唱法……注视着面前这平凡的老人,我在放纵自己的思路。就在这时,又有一个人上了台。听介绍说,这人是歌手的弟弟。弟弟微笑着望着吉他,还没有开口。

不知道。没准儿,维吾尔人的刀郎围唱,与它更接近一些?

突然满场激动起来:原来这一回,兄弟两人都开口唱了。两股激烈应和、夺人心魄的呼喊攀援而起。

Pena, pena……

痛苦,痛苦……

弟弟的声音在嘴中嚼着一般,愈来愈大地吐了出来。他一开口就使我感到,此刻听到的是弗拉门戈的最深处。一个词在嘴里颤抖着,挣跳着,冲出来时已带着俘掠全场的力量。哥哥已经先声夺人,成功地征服了全场,那么他就一定要这么唱。我觉得听众都意会了这句潜台词,暴风般的掌声猛地卷起。

grande pena……

大的痛苦……

哥哥的声音追逐而至。他脸上微微有一丝羞涩。他的神情使我觉得,他是家族里或圈子里的首席。肯定在孩提时代开始,他就早早地获得了这样的传授。要如同把心撕碎一样地发声吐句,师傅或老人教给他,这是弗拉门戈的规矩。

两个声音夺路疾走,听着感到一种危险。它们撞击着屋顶,变成了回音,返回来夹击人的耳膜,压迫着听众不知所措的思路。汹涌的吉他如千军万马奔驰。这么听着,人们信了:"刚代"就是这样,弗拉门戈就是这样,因为痛苦太重,所以它这么坦白。我发觉自己紧握着拳头,手心沁出了汗。从没有过这样的事:我已然忘我,被裹卷进去。在轰鸣中,两支嗓子都劈裂了,听不出他们是在唱,还是在哭。

究竟你们有过怎样的苦难?

——我几乎想喊出声来。

3　jondo(深)

就这样,我赶走了头脑里占据的、那个错误的弗拉门戈印象。一个新的形象,掳掠人心的"刚代"(cante)的形象取而代之,使我开始留意弗拉门戈这种——歌。

弗拉门戈有很多分类和术语。使我警醒的是,它也叫做 cante jondo(深歌)。它曾经被很多人注意过,如屡屡被人挂在嘴边的加西亚·洛尔卡(García Lorca),就在他的诗集中辑入了一部《深歌》。我至少已经见过两个有影响的中国诗人写到洛尔卡,其中一个为了译出他的精髓,甚至学过西班牙文。

在西班牙,加西亚·洛尔卡过分的著名,超出了人对诗人影响的理解。确实官方和民间都乐于承认他。无论是在剧场的广告牌、还是在薄薄的旅游书上,你会一再发现他的名字。他是一个无争议的人物。这使我惊异。

为了理解消失的安达卢斯,我在安达卢西亚各地寻寻觅觅,不意也碰上了洛尔卡。去过他在格拉纳达 vega(湿地、平原)的家,也琢磨过他那些改写弗拉门戈的"深歌"。说实话,心里若是没有弗拉门戈与摩尔这么一个影子,我是不会加入对洛尔卡的讨论的,但偏偏洛尔卡在这一处下了功夫。

一目了然,身在格拉纳达 vega 的农家,他对弗拉门戈当然是近水楼台。但是,当年摩尔充斥的 vega 是否还给过他什么别的印记、他与那些弗拉门戈家族有过怎样的对话,就无从穷究了。我逐渐靠近了一种感觉:洛尔卡不仅是成功的弗拉门戈收集家,而且他多半属于一种弗拉门戈的"圈子",我总觉得,并非是名气使那些人接纳了他。他属于一种 peña,这才是原因。

有人说,他的功绩在于收集了一批重要的弗拉门戈歌词。但我没有读到。我可悲地只能读汉译本,遇上中意的,再请教内行,对照原文。如果他收集的弗拉门戈都混在他的《深歌集》里,那可就糟了,甄别剔除都将是极为麻烦的。

不过研究者多称《深歌集》是他的创作。当然,改写也是创作。我只想说,他的深歌在他的作品中异色异类,与他其余创作不可类比。这么说也许过分:"深歌"远远超出他别的诗,惟"深歌"才给了加西亚·洛尔卡以灵魂和地位。

但这些改作的深歌,远不能与原始的弗拉门戈深歌同日共语。一种匠人的技巧,把它们从民间艺术的"深"渊,拉到了诗的浅水。无论得到过怎样的喝彩——刻意的色彩涂填,制作的意境场景,无法与弗拉门戈天然的语言、无法和民间传承淘汰的结晶比拟。

我不是挑剔,甚至我因我的缘故喜爱加西亚·洛尔卡。但是作为读者有读的感觉;他很可能是拜尼亚中人,何况又有出色的才华。应该说,他有几首"深歌"对真正弗拉门戈的 cante jondo 描摹得异常逼真;但若说这几首诗就是惟妙惟肖、炉火纯青的弗拉门戈,则是胸无尺度。

如脍炙人口的《驮夫歌》,最是显露了作者的刻意,而没达到弗拉门戈的语言方式。"jaca negra, luna roja"(马儿黑,月亮红),恰恰是这简洁至极的色彩设计,暴露了诗人的雕琢痕迹。不仅黑红的着色,包括夜景、山路、赶马的驮夫——诗人的画面设计非常明显,虽然他用笔简洁:

Jaca negra, luna grande, y aceitunas en mi alforja

小黑马，大圆月，橄榄就装在我的褡裢

不用说，洛尔卡的短句写出了诱人的夜路，但这种句子并不是弗拉门戈的语言。使这首诗脍炙人口的原因，在于它承袭了科尔多瓦古老的弗拉门戈悲剧感觉——而那悲剧深不可测，它其实不一定要用既黑又红的色彩来表现！

我是说，尽管它是一首好诗，但它并非地道的弗拉门戈。它取代不了弗拉门戈那种古老的、简单的、魔性的力量。模仿或改写弗拉门戈的《深歌》，在加西亚·洛尔卡的作品中是最闪亮的一部分。或者说，作为安达卢西亚的儿子，作为安达卢斯旧地的居民，他吮吸了潜在传统的滋养，取得了诗人的成功。不过，若以为成就他的惟有他的才华那就错了，恰恰这位儿子显得羸弱了些——对于伟大的安达卢西亚母亲而言。

还要怎样简练，才能达到弗拉门戈的语言境界？

不，还不是一个简练和火候的问题。完全的弗拉门戈语言，是不可能追求的。因为它完全不是为着表演和发表，而只是因为不堪痛苦。

痛苦并不一定表达得外露，甚至揉胸嘶吼，也未必没有分寸。日本人的体会途径与中国人不同，他们喜爱弗拉门戈的"寂"。

他们听出的，不仅是伤感也不仅是痛苦。很难说清他们归纳的"寂"的含义。但是在"铎盖"单调的音色中，在"刚代"拖长的哑声中，确实飘忽着日本人捕捉的"寂"。这种思路高人一等，所以也赢得了欧洲包括西班牙的注意。他们回报日本人的，是对"萨姆拉伊"（武士，samurai）和"改侠"（艺者，gexia）的感受。武士和艺妓，以及那个唯美的文化骨子中的一种"寂"，使最远之东方的日本人，接近了东方最西尽头的弗拉门戈。不过，我不知道，多少带着佛教味儿的"寂"，是否能准确地描述弗拉门戈。我想还该有更好的概念，它将不那么虚无，而是简单直截的。

"寂"的理解换回了好感，使这片风土对日本微开一缝。于是日

本人相信,"寂"是通向理解的暗语。在这一点上我不能苟同;我直觉地感到——不是文化的语言问题,而是历史的苦难问题。

曾有一个声音,曾有一个精灵,当它完全无意成为艺术的时候,它曾是境界最高的艺术。弗拉门戈的拜尼亚(peña),既然它历史悠久,它一定就一路衍变而来。我怀疑它曾经是:当精灵还没有被认做艺术和商品时,它是——遭人歧视的家、舔干血迹的洞窟、哭喊上苍的场所。Peña 是它的遗迹,保留了它拒否外人的戒条。

这么判断的唯一根据,就是它那罕见的苦难主题。以蒙古苦歌(gaxiū daō)比较,它太沉重了,苦歌的旋律比它完整。虽然只是周而复始、重复循环的两句,但还是含有起承转合,用字也经过筛选。而弗拉门戈,虽然它也隐约呈双句的体裁,但是它不受格式的拘束。它唱出的是直截的东西——视觉,愿望。它的旋律就是喉咙和胸腔的抖动,就是吼喊的音频——这一点和新疆的刀郎围唱很像。不过,刀郎的那种艺术是宗教的,大家围坐成一个达依尔(圆圈),呼唤和赞美真主。

Pena, pena……Dios mio

痛苦……痛苦……我的主啊

Tengo yo una grande pena

我有一个巨大的痛苦……

我听得目瞪口呆。难道歌能这样唱么?

我只是没有像一些人那样,打着哈欠走开。他们击掌合拍,为了唱出来一个飞速滑下的花音,彼此会意地庆贺。他们炫耀着技艺,用行云流水般的吉他铎盖,还有密集如雨的巴依莱的鞋跟声,度过节日般的时间。但他们在喊叫着苦难,奇怪的是,听众们都没有异议,都怀着同感,和他们一块感叹痛苦的真实。可能,这是世界上最难解剖的音乐……

我总想摸到它的内心,听懂它的呼喊。我总觉得它在提醒人:

别粗心,别离开,再多听一会儿。我向人请教,西班牙人摇摇头说:深歌就是那样。

"深歌",究竟它深在哪里?

它不借助艺术手段,它只一吐满腔的积怨。洛尔卡身在格拉纳达,他与这些是否有过碰撞? 他有过怎样的个人体验? 专家们没有留意。世间往往如此:诗人死了,再也无害,于是人们便把他挂在嘴上,显示人性和博雅。对加西亚·洛尔卡的一致赞颂,或许也由于这个。谁都不会说:加西亚·洛尔卡最要紧的贡献,不在于他是一名好诗人和好剧作家,也不在于他收藏了和临摹了一些民歌;而在于他用现代诗的体裁,又一次重复了弗拉门戈对苦难的呼喊。

这个重复,也许是一件大事。

4   peña(圈子)

后来我们又有几次听过弗拉门戈;每次都有所感触,也都多少获得了那种幻觉。但是无论哪一次都取代不了科尔多瓦的印象。内行的人指点说,上一次你看的是 baile,这一次你见识的是 cante。以后,你还会遇到真正的 peña。

我们打听拜尼亚(peña)。

人们对这个词说得语焉不详。我大致听到了这样的印象:拜尼亚,是一种弗拉门戈艺者圈内的,艺术家自娱和交际的内部聚会。一般来说不相干的人是进入不了 peña 的;但是,如果你的运气好,他们一旦开门接受了你,那么你就能看到与商业演出截然不同的弗拉门戈。peña 哪里都有,他们常常在门上挂一个标志。但是要注意,弗拉门戈的现状也和其他东西一样,鱼龙混杂真假难辨,宰富骗人的赝品到处充斥着,很难遇到一处真的。

　　果然很难进入。去格拉纳达前曾有朋友拍胸脯，说给我们介绍。所以满以为会在一些拜尼亚里谈个水落石出呢，但直到最后也没能落实。这样转到了加的斯。一天傍晚，正沿着海边散步，突然看见一栋房子，门上钉着一个蓝色小牌，写着 peña。

　　敲了好一阵门，但没有回应。

　　这个词，对于我仍然是一个谜。究竟是这样一个词总结了一切内涵呢，抑或恰恰因为这个词，一些秘密的故事、一种深沉的本色被掩饰了？

　　对弗拉门戈的研究汗牛充栋。多少带有官方气味的书上说：它的渊源不易穷究。但可能它与印度的一脉；也就是与吉普赛人的艺术有着关系。但别的著作却反驳：为什么遍及欧洲的吉普赛人都没有这种东西，惟独西班牙、而且惟独安达卢西亚的吉普赛人才有弗拉门戈呢？可见源头不在吉普赛，而在安达卢西亚。吉普赛人是到了安达卢西亚以后才濡染风习，学会并发展了弗拉门戈的。如下的观点大概是公允的："安达卢西亚和吉普赛，是载着弗拉门戈的两个车轮。"

　　把吉普赛人说成弗拉门戈起源的观点，总使我觉得含有政治目的——若是德国荷兰起源说立不住脚，那就印度起源、哪怕中国起源也没关系。反正别让这块西班牙的招牌，又刨根刨到见鬼的阿拉伯那儿去。

　　这样的心理，潜伏在西班牙的弗拉门戈研究的水底。"吉普赛"、"印度"，这些说法给我的感觉，都有一种中性暧昧的味道。它先在弗拉门戈的东方特质上虚晃一枪，然后再甩开纠缠不已的阿拉伯文化。吉普赛至少还算基督徒，印度至少不是穆斯林——只是，如此煞费苦心的观点，遮掩不住西班牙的官方学术面对八百年安达卢斯穆斯林文明时的、那种深刻的自卑。

于是我开始想象。

我所做的，只是一个以想象为主、兼顾其他的下里巴人考证。

被我东拉西扯当作根据的，有一些因素就不多赘述了：比如弗拉门戈歌手演唱时的耸肩膀、拖长调。须知，前者的味道和维吾尔人的音乐表演如出一辙；后者则与蒙古草原的歌曲处理非常近似。再如家族性、小圈子，还有它的咏叹歌与北亚游牧民族在唱法上的相似，等等。

弗拉门戈一语的词源，也不容易弄清楚。

查着书，发现学者们在使劲把这个词说成一个天外来物，甚至猜它是一种鸟叫的拟音。我查得疲乏，渐渐觉得这种考证不怀好意。因为传统会留下古老的印迹，其中称谓就是一个深印。究明这个词的含义不该太难，难的无非是不能断言。里奥斯·鲁易斯（M. Rios Ruis）著《弗拉门戈入门》记录了明快的解释可能：弗拉门戈一词与阿拉伯语 felamengu，即"流浪者"一词的读音接近。日本人永川玲二新著《安达卢西亚风土记》支持这个倾向，把这个词解释成"逃奴"："弗拉门戈一词，与阿拉伯语逃亡奴隶一词的发音近似。"

阿拉伯语动词"逃亡"的词根 far-，确实可能派生出许多这一类词汇。不过，如同其他领域一样，阿拉伯人对地中海以北，没有主张文化著作权的兴趣。所以对这一阿拉伯语词的判断，得不到他们的权威认识。虽然这个词汇提示着弗拉门戈可能与摩尔人在西班牙的悲剧有关，但就一种可能性而言，猜测只能到此为止。

当我听说，直至近代，弗拉门戈还只是一种家庭内部的、或者处于半地下状态的艺术——我便留意警惕了，不轻易放弃自己的感觉。

为什么只在家族内部？为什么处于半地下状态？难道它传到

吉普赛人手里以后，不就是为了公开和演出么？还有那主题，究竟什么样的人，才需要这样一种几乎绝对的"苦歌"(gaxiū daō)？……

还有神秘的 peña，它究竟是怎么回事呢？它后来被叫做拜尼亚。但它不是演出团体，是一个内部的圈子。什么算作内部的圈子？封闭的习惯，是因为伤痛不愿示人么？

我感到深深的兴趣。靠表演弗拉门戈出名的多是一些家族，也许这暗示着它的某种血统纠葛。这种内部传统吸引着我，我直觉，这不是为了给艺术保密。圈子，它会不会就是"半地下时代"的现代版呢？或者多少继承了那时秘密圈子的遗风？它的原型，古代的形式，究竟是什么样呢？

一种隐瞒自己排斥外界的、少数族众的圈子？如宗教组织、如秘密团体一样？

圈子里举行着秘密的仪礼？或者圈子干脆就为闭门大哭、捶胸顿足而设立？……

抑或都不是；它就是要诱人烦恼走火入魔，它就是要隐去真事取笑后人？或者它完全没有那么神秘，它不过是吉普赛的吉他手和刚达斡尔们一起喝喝咖啡、度过轻松时光的聚会？我提醒自己：愈是对它的重大内涵留意，就愈要注意它的相反一面。或许不过如此：吉普赛人来到西班牙，创造了弗拉门戈。它异色异香，专门演给外人。peña 正所谓三五成群，并无什么神秘可言……

——这么有言在先地写过，我就不用为夸张自己的感觉而不安了。我已经把多数者的通说告诉了读者，留下的一点疑问只供自己咀嚼。

只是一种旧式的行帮呢？还是一种隐秘的仪式？

无论如何，摩尔人的音乐，包括吉他——曾把西班牙领上了一个高高的音乐台阶。曾经有过奢华的装饰、绚丽的色彩，有过女奴造成的诗歌风习,有过科尔多瓦的巅峰感觉。但后来它消失得无影无踪。走遍安达卢西亚几省,你再也找不到当年杏花如雪、女奴踏花吟诗的一丝痕迹了。如今在安达卢西亚能遇见的,只是"弗拉门戈"。它在莫名其妙地、空若无人地嘶吼。一句句地叠唱,单调得如同招魂。

> Pean, Pean……Dios mio
>
> 痛苦……痛苦……我的主啊
>
> Tengo yo una grande pena
>
> 我有一个巨大的痛苦……

虽然我不过只是猜测,并没有什么特别的证据;但我想,弗拉门戈的摩尔起源,将会被证明并非一种无稽之谈。逻辑还引导我进一步推测——它的圈子与摩尔人内部结构的关系、它的歌词与特殊念辞的关系。考据它的细部将会很费事,但推翻它的逻辑同样困难。我想,虽然还不能逐一实证,但提示已经足够醒目。

这些提示人人皆知;只是,人们大都喜欢遵循旧说,而不去反省自己的思路——过去是迫于恐怖的压力,今天还是迫于恐怖的压力——不过程度有所差别而已。

本来只打算写写对弗拉门戈的感受,结果却陷入了对它源头的纠缠。都是由于它那古怪的魅力,它揪扯着人不由自主。说实话我真是被它迷住了,甚至幻想——没准儿从这里出发,能探究到歌的某种本质。

华尔特的破折号

华尔特死了,病死的。消息是二号工会,即旧金山"餐馆和酒店业雇员工会"的人先传出来的。我所在宾馆宴会部的同事起初都不信,纷纷议论道,这家伙,说他横死,比如,半夜在下城的大街猎艳时给劫匪一刀捅死啦,让开车的醉汉撞死啦,吸毒过量死掉啦,和人打架给摔在地上摔死啦,是正常的。这般的"正常死亡",对他来说,真有点不大正常。他的年纪才五十多一点,身体似乎一直还可以。同一天下午,二号工会在宾馆的常驻代表正式宣布:大前天,工会会员华尔特夜里上床睡觉,因心脏坏死,再也没有起来。接着,一张信纸大小的讣告贴在宴会部办公室的公告栏,说的是:星期六在奥克兰市郊一个教堂开追悼会,然后下葬。同事们有的叹息,有的若无其事,有的恶作剧地拿来开玩笑,说这家伙终于偿了心愿,不用上缴他平生深恶痛绝的联邦所得税了。

追悼会很简陋,来了二三十个人,华尔特的独生女儿负责主持一切,幸亏她一直保持严肃,到关键时候能哭几声,算是报答了这位身份特殊的生父的养育之恩。穷社区教堂的牧师,在仪式中的敷衍是一目可见的:致词特别简短。华尔特的生平毫无丰功伟绩固然是重要原因,此外,付给教堂的钱,无论是场地租金还是事后的"乐捐",都离常规很远也是原因之一。末了,还是旧日的同事和工会代表掏一次腰包,才凑够葬礼的开销,把他下葬在奥克兰郊外一个小墓园里。

墓园的新土上,华尔特墓上的碑石没竖起来,他走得太匆忙,没有谁能神速地替他作准备。棺木上方,零星的花瓣中,插了一个木牌,极其潦草地写着:"Walter·Hall 1950—2002"。美国是讲平等的国家,碑石的刻字,绝大多数也都这样简单:姓名之后,是生年和卒年。讲究一点的,是墓碑上端嵌一张瓷照片。都没有铭文,没有衔头。连接生卒两个年份的,是直截无比的一根短线,囊括一切的破折号,饶你有多伟大的事功,多显赫的名气,多雄厚的财富;也饶你多放浪形骸,多不要脸,犯过多少恶行,都被它摆平了。

华尔特,个子在黑人中属中等,约为一米七四,一直没发福,直直的腰板,一身黑得发亮的精肉,让他那些浑身肥肉堆成众多小山包的女同胞们艳羡不止,在人少的场合对他动手动脚。毛孔粗大的蒜头鼻,肥厚但线条不错的嘴唇。从诸特征看,可以断定,美国虽然多的是黑白混血的"杂种",但华尔特的血统极为纯正。不足处是邋遢,黑不溜秋的脸上,眼眶四周比皮肤还要黑,因为眼睛长年害了过敏症,他有事没事爱往上面揉,便揉成这个怪诞的色地。胡子从来刮不干净,那是剃刀久久不换,变得太钝的缘故。作为制服的黑色裤子,老是不大合身。有一回裤子特别难看,一打听,是一位女同事过分发福以后,穿不下才送给他的,男裤女裤毕竟有差别,上了他的身,仿佛多了个屁帘儿。皮鞋太旧,也懒得上油。他为了自家这副尊容,常常挨宴会部经理的训,有时被勒令回家更换,他嘻嘻哈哈地打发过去。

关于吊儿浪当的华尔特,我想得最多的,不是他的死因,而是他的生前。"破折号"对于这个人,有着双重的象征意义。一是它的短促,把荣辱、升沉、悲喜、希冀和幻灭,一古脑儿聚集在简单无比的"一横"之内;二是它的无情,一辈子就这般干脆地"省略"掉了。但是,别以为一条生命被"简化"是天大的遗憾。对于这个毕生默默无闻的中年黑人来说,简化可能正是他的追求。

他这个人,性格也是这样简单。简单如果不是美,至少给社会学提供了最大的方便。无论人还是物,"可见的"都是让人感到踏实的。他的简单,不是纯情,不是天真,举凡正直、诚实、可靠一类作为"公民"的美德;或者义气、同情心、慷慨、相知相惜一类作为"朋友"的条件,他无一具备。但他确实几乎没有秘密,一切都直露着,展览着,一眼可以望到底——他是一个坦白的人。

饱经忧患的中国人如我,深深的城府见多了,阴谋和面具,皮里阳秋和袖里乾坤,检讨书和告密信,改革开放以前的岁月,从"向党交心"到

"狠斗私字一闪念",无所不在的阶级斗争,在所有的人心中制造出重重的藩篱,层层的警戒。中国人的内和外,言和行,知和行,动机和手段,是分裂的,有时候互相抵牾,有时候彼此引证。层次之多,关系之微妙,连我们自己也解不透。所以,我对于他的"坦白"的喜爱,往往压倒了对他品行的厌恶。此外,也出于写作人对于"人"的本能好奇心,我和华尔特成了谈话的对手。他也许把我当作推心置腹的朋友,但内心里我似乎从没接受过这份友谊。但即使这样,一些自命清高的同事,看到我和他侃得那般投入,还难免投来鄙夷的眼光,有的扯扯我制服的袖子,凑近耳朵说:"当心,他和你套近乎,是为了借钱。"

不错,华尔特往往把和我的交往,当作借钱的铺垫。不是话音刚落就伸手,而是在当天下班后,他鹄候在宾馆侧门的员工通道前,拦住我,悄悄地问:"借二十块应急,行不行?"语气并没有丝毫的纡尊降贵。开头几次,我借了。区区小数,不还也没损失什么。他并不懒债,说好一星期后还到时准还。这是他的狡猾处:取得信任,以便再借。后来,便拖欠。我没追讨,亏去二十块,他不好意思再把我当"金主",也是好事。久了,他装作忘却,又来告贷,我不客气地说:"上次的我还记着呢!"他搓搓酱黑的手,难为情地搔头,不敢借了。过几天,他乖乖地还掉宿债。然后,开始另一轮借债作业。别的同事,他不敢招惹,怕人家甩过去一句:"他妈的你一年少说赚五万,有这厚脸皮呀?"他就落荒而逃了,要借也是五块三块的。

和华尔特同事这么多年,根据次数数也数不清的谈话,我约略晓得他的身世。1950 年夏天,他出生在美国田纳西州的大城市曼菲斯。那地方,我在 1991 年到密西西比州访友时路过,它并没有美国都会的气魄,建筑物破旧矮小不说,街上弥漫着灰暗,让你不敢从任何方面看好它,即使在艳阳的春日。我在一家中餐馆吃过一客日本酱油挂帅的"扬州炒饭",味道的恶劣,前所未见。不过,曼菲斯的名气不小,一代歌星"猫王"埃尔维斯的故乡就在这里。华尔特在贫民窟里长大,家境贫寒,能读完两年初级大学,已算得奇迹。我问过他,对于童年,有什么可恋的回忆。他耸了耸肩,什么也没说。这也是美国人的天性:不爱怀旧。他成年后回过一趟老家,和老父团聚了几天,在派对中喝醉了,再上高速公路飞车,给警察抓着,查验他的驾驶执照,他这才晓得执照早过了期,他为此坐了几天牢。事后,提起曼菲斯他就骂娘。后来父亲去世,也没回去奔丧。越南战争期间,他刚刚从学校出来,进了海军陆战队,在西德驻扎了几年,和东南亚的战火无缘。七十年代初,他退了伍,也就失了业。他漫无目的地踏上车站遍布整个美国的"灰狗"长途巴士,走到哪算哪。

　　二十郎当岁的家伙,糊里糊涂地到了旧金山。不是预先计划好的,巴士碰巧停在旧金山市场街的车站,他看钱用得差不多了,找个最便宜的客栈住下,打算找事干,赚点钱,好上路,到了东海岸的纽约再说。在旧金山各家宾馆和餐馆找工作,总是碰壁,他发誓,再找一天,如果还是吃闭门羹,就卷铺盖走路。这天,他踱进纳山上一家五星级旅馆的人事部,胡乱填写了一张申请表。第二天,人事部主任打来电话,雇用他在"宴会部"当练习生。两年后,晋升为侍应生。这家酒店的"宴会部",雇员共三四十位,如今只剩下他一个黑人。不是别的黑人不能干,不愿干,而是都干不长。有的中途给开除,有的干了几年,辞掉工作到别的城市去,有的死于艾滋病。他算得硕果仅存,一呆就是二十多年。

　　他一辈子不曾结婚,也从来没有固定的同居女友,但有一个女儿。这孩子,每个月到宾馆来找爸爸,少则一次多则几次。我初认识她时,十五六岁的模样,黑黑的,瘦瘦的,脸孔和步履与爸爸相像,但在眉宇间更多一点迷糊,什么都漫不经心似的。每次女儿离开,华尔特久久地看她的背影,眼睛眯着,十分陶醉。同事们都晓得,她是无事不登三宝殿——每次都是来讨钱。月初来,是讨法庭早就判定、华尔特每月非给不可的赡养费。其他日子来,是为个别的事要求额外的支援,比如交学费啦,野营费啦，给朋友买生日礼物啦，毕业晚会租借晚礼服和买餐券啦。说起他女儿，也是一笔糊涂账。十多年前，他和一位贫苦人家的黑人姑娘，在同一家超市买食物，他顺手帮她提东西上车，彼此认识了，互相留下电话号码。这以后，他所用的，无非是施用过几十次的"玩女人"老招数：约会，吃饭，进迪士高，上床。两人才好了一两个星期，他玩厌了，把人家甩了，另找新鲜。不料几个月后，姑娘挺着肚子找上门，说怀上了他的血肉。华尔特当场开骂："谁知道你他妈哪里弄来的？随便抓我当爸！"华尔特不是没道理，和这姑娘同时"玩玩儿"的，单算他偶然碰上的，至少还有三个。几个月以后，女儿出生了，姑娘没依没靠，向政府申请救济，社会工作者自然要了解生身父亲是谁。她咬定孩子是华尔特的。"社工"找上华尔特，威胁他说，如果不付赡养费，就得坐牢。华尔特不甘心，带上婴儿，到医生那里去作 DNA（脱氧核糖核酸）血缘检验，医生宣布结果：女儿是他的，他才乖乖地认了。平心而论，华尔特不是不负责任的父亲。这么多年来，他一直付足赡养费，孩子每月二百多，孩子的生母也是这个数。反正他干的差事，薪水很不错，每个月拿得出钱来。平时还给女儿买衣服，开学买书籍文具。圣诞节来了，他不会忘记给孩子她妈送上一张签下姓名但不写金额的支票，随便她填多少钱，好买点礼物。这对于一个和"信用"没多少缘分的人来说，不但极为罕见，还是穷人中可歌可泣的"大度"。为什么他忽然潇洒到这个田地？只因为他晓得，这女人的老实近乎傻，支票上的面额，饶她最大限度地发挥勇气和想象，顶多填一百五十元，她似乎知道写多了也兑现不了。

华尔特在四十五岁那年，突然旷工，不知去向。几天后他从市郊的监狱，给宴会部的经理打了一个电话，说要告长假。经理问他为什么，他说正在服刑。坐牢的原因，他老实地交代了：十年前，他在一个派对上喝醉，踉踉跄跄地出门，开车回家，在高速公路上，巡警见他的车子走得像蛇一般，就鸣笛截停，检查他体内酒精含量，超出法定的度数好几倍。他随即被逮捕,关了一夜,次日办好了受审手续,才给放了。他揣着巡警开的告票回到家,却没有按照指定日期去法庭接受审讯,反而偷偷把家搬进另一家廉价客栈去,肇事的破车,也以三百块钱的贱价脱了手。这以后,他不再开车,也就不再违规,所以人还在旧金山,警察却无法捉他归案。隔了这么多的年头,他以为逃得过法网了,这一次得意忘形,手痒起来,驾驶朋友的车子去兜风,被巡警截下,一查验他的驾驶执照,早已过期无效,接着,从电脑中查出案底,嗨,还是逃犯哪!马上把他抓进市立监狱。幸好那笔老账,怎么也不能定个重罪。法官只判罚款,数目不大,可怕的是十年的利息核算,驴打滚地竟要上万元。他在法庭上说,没这个钱,坐牢抵偿好了。于是他志愿进牢去,坐足六个月才出来。那段日子,几个同事看他无亲无故,可怜得很,曾去探望。这时候,他的女儿已读大学三年级,父亲进牢她并不晓得,月初照样到宾馆找他要钱,才知道始末。她往监狱里打电话,说要去看他,他坚决不让。他出狱后,我问起他,亲生女儿去探望,本是好事,为什么拒绝呢?他说:"让她看到父亲穿囚衣,自尊心受伤一辈子,我怎么忍心?"当时我大为感动,激愤地向取笑华尔特为"囚犯"的同事说:"你们怎么不让人保有一点尊严,他好歹是父亲啊!"

华尔特服刑满了,回来上班,宾馆也没把他怎样,都是过去的事了。自然,对落下案底的人,不是不作"区别对待"。极为重要的宴会,比如中国的国家主席和美国总统一起亮相的场合,事前所有的服务人员,都要上报国家安全机关作背景审查,这一关,华尔特就过不去。华尔特干活是"外甥打灯笼——照舅(旧)",谁问起坐牢的事,他不但十分乐天知命,还以"资深犯人"的资格,口沫横飞地说牢房的规矩,各种黑吃黑的骇人故事,对牢饭中浇上酱汁的马铃薯泥一项尤其赞不绝口。

牛事末了,马事又来。出狱才一个月,另一桩陈年旧案又缠上他。这家伙从来不向国税局寄上报纳税表。缴纳所得税,是联邦法律,美国人早就说:这国家有两样,谁也免不了:死和交税。他偏要冒天下之大不韪。自然,这并不意味着他一点税也没缴,宾馆在给他发工资前已经扣下了相当于总额百分之三十的税金,上缴国税局。但这不够,每年各人还得自己填报,把欠税缴清。4月15日是每年报税的截止期限,人们都怕迟了受罚,他却鼓吹歪理:"宪法没有列上'公民纳税'的条款,凭什么政府强迫人破财?"他拒报了好些年以后,国税局终于采取断然措施,向法庭控告他抗税。他刚尝过铁窗风味,不敢再蹈覆辙,乖乖地和国税局达成和解:他分期上缴欠税,国税局不予控告。从此,他每个月的工资给扣掉大半,偿还欠税,穷得他到处告贷。

这么一来,他反政府的立场更加坚定,到处宣扬怪论。他不只一次地对我说过,白人都不是好东西,艾滋病毒就是白人为了灭绝黑人而发明的。我自然斥为无稽,说这是种族偏见。稍有常识的人都知道,艾滋病毒起源于非洲。何况,美国白人同性恋者死于这种"世纪绝症"的,按比例而言,也比黑人多得多。华尔特坚持说,白人先在监狱下手,阴谋使HIV病毒在黑人囚犯中蔓延,使黑种人慢慢死光,再解决社会上的其他有色人种。我批驳他,他就反问:"坐牢的,黑人不是占了多数吗?"继而说此论不是他的首创,而是有所本的——一本书曾这般揭露过。我拍了拍他瘦削的肩膀,说:"妈的亏得你没投错胎,你这般老和政府过不去,放在'四人帮'时期的中国,你的成分再好,也得吃花生米!"他说:"政府有什么了不起,还不是纳税人养着的?我偏要反!"我只好耸耸肩膀。不过,他的这些"反动"言论,都是私下与朋友、同事聊天时漏出来的,平时上工,侍候白人顾客,倒不敢太放肆。

有时他按捺不住火气,也捅点娄子。比如,有一回他侍候一群英国来的绅士吃午餐。先是沙拉,继而主菜,再是甜点,最后上咖啡。要咖啡的人不多,华尔特都奉上了。正待走开,一名绅士问:"请问,有红茶吗?"华尔特答:"有。"于是去给绅士泡上一壶茶。不料开了这个头,绅士们就先先后后要起"英吉利红茶"来，害得华尔特气喘吁吁跑了一趟又一趟，最后，他以为彬彬有礼的英国人好欺负，吆喝一声："你们一起叫，免得我跑这么多来回行不?"永远不怒形于色的绅士们，霎时全噤了声。事后，华尔特当然没好果子吃。全国有名的五星级宾馆，容得侍者耍横吗? 绅士们向经理投诉，华尔特受到停职两星期的处分。

华尔特就是这般，小错不断，每年总被领班们开上几张警告信。有时候是上班溜号，躲到某个角落睡十分钟懒觉;有时是人家在干活，他却在职工食堂看美式足球大赛现场直播;有时是因份内工作不干，推给同事干，遭搭档投诉;有时是迟到半小时。有一回，他把《花花公子》杂志掖在屁股上的口袋里，在宾馆大堂里招摇，让总经理看到了，又给记了一过。

怪也不怪，他在人事部的档案卷宗里，论警告信、投诉信之多，堪称"冠军"，二十多年下来，却没给"炒鱿鱼"。须知以高级宾馆的规矩之严，一错再错是免不了卷铺盖走路的。为什么惟独华尔特保得住饭碗? 同事们说，原因只有一个:他是黑人。按照加州的"平权法案"，少数民族受到保护。此说不无道理，华尔特在宴会部既然是"唯一的"，又有多年经验，如果把他开除掉，酒店为了凑数，也得再行雇上个把黑人。既如此，不如把勉强算得规矩和卖力的华尔特保住。更重要的是，开除了他，代表工会权益的律师一定出面，控告宾馆"种族歧视"，无穷无尽的诉讼，够你烦的了。不过，华尔特有的是自尊，谁要当面说他因是黑人而受袒护，占上便宜，他非扯直嗓门，和你争个水落石出不可。

以上所说的，基本上是我所目击的，所谓"眼见是实"。这些行迹当然可以视为组成他生命的"破折号"的"点"。不过，我对这个人，永远不缺的是好奇心。他的坦率，为我观察全貌提供了绝佳的条件。我有事没事和他开玩笑，有时也严肃地探讨关乎人生和生命的题目。我渐渐得出这样的结论:华尔特是以"本能"生活的人。准确地说，他是对本能不加伪装的人。纯为满足本能而活，在婴儿时代，是生命的本色;成人以后还是这般,质量没有提升,一任原始欲望主宰,则只算低级的生命。然而,及时行乐,不是许多缺乏宗教情操的人的人生信条吗? 华尔特因为独身,因为自由,走得更远,放纵得更彻底罢了。

孔子云:"食色性也"。说到吃,华尔特住在下城"田德隆"区的廉价客栈,没有厨房,他也从来不开伙。上班时在宾馆的职工食堂吃,不费一个子儿。休息日在大街上逛,饿了随便进麦当劳买个"大麦"汉堡包。他的口味并不精致,塞饱肚子就行。

至于美国人最为注重的"色",他倒是身体力行,乐此不疲。他并没有固定的性伴侣,女儿的生身母亲,他去探望女儿时总会见到,但自从女儿出生后,他没和她发生过关系。如果有机会,他也会勾引女人。他和宾馆里电话总机室当接线生的黑人小姐有过一腿,后来她断不了伸手要钱,他没法满足,才不敢溜进电话室去调情。他最大的兴趣,是嫖妓。不过,他不是"约翰"——通常意义上的嫖客,而是敲竹杠专家,一些妓女恨他,但又需要他。

华尔特居住在"田德隆"区边沿,附近的跑华街上,到了晚上,便浮现许多特别的身影,她们以尽量暴露的超短裙和低胸衣,随街做出性挑逗动作,勾引男人。这些"性工作者"中,除了少数无家可归者外,还有以下几类:和丈夫或男友吵了架,离家出走的;有家庭和儿女但穷得没办法,来干点"副业"的;也有瞒着家人,来街上挣外快好满足毒瘾的。她们,都可能是华尔特的猎物。

华尔特的日常作息十分奇特,如果不用上早班,在凌晨,早则两点多,迟则四点多钟,便爬起来,洗个淋浴,穿上厚厚的皮夹克,走进无论哪个季节都不脱寒冷的大街。为了起早,他习惯了早睡,晚饭吃过,才七八点钟,夜幕未落,他已经把懒洋洋的身躯,放倒在嘎嘎作响的旧弹簧床上。反正除了看电视上的球赛,没有消遣。脑筋简单的家伙,从来不曾因心事失眠。一觉睡醒,才是半夜,街上有的是行人。他大模大样地溜达,在咖啡店附近游弋。他用不着和妓女套近乎,一成不变的,是守株待兔的套路。他装作漫无目的地东站站,西走走,口里叼一根万宝路,手里一杯冒热气的咖啡,白色的纸杯在夜色中颇为引人注目。这是他的道具。不要多久,妓女便趋前搭讪,首先是讨烟,他大方地送上一根,然后色迷迷地盯着她。那些兜客兜了一整夜,收获甚微或一无所获的妓女,以最后的力气,把烦腻和疲倦收起来,向他献起媚来。随后的交谈总是开门见山的:"早上好,就你一个人?""当然,你看不到吗?""能不能请我喝一杯咖啡,加两个甜炸圈?""可以是可以,你怎么报答我呢? 我可不是慈善家。"华尔特把妓女带进店里,掏出一元六角,让妓女买了东西,然后把人带进客栈的房间,春风一度。他代垫的钱,比起一般百儿八十块地付的嫖客来,几乎是"吃白食"。有时,华尔特连这一块多钱也不必出,只要把在凌晨来敲他房门的落魄者让进来就行。

妓女所以"不顾血本,清仓平卖",不过是贪图华尔特有个房间。华尔特长住的廉价客栈,房租每月五百八十块,还是因了他是住了五年多的老房客才获得的优惠价。一个卧室,附有厕所和浴缸。每星期有墨西哥来的清洁工清扫房间,换洗被单一次。于是,和他有过关系的妓女不时上门来,这些可怜的半夜游魂,央求进来洗个淋浴,在沙发上躺到天亮再离开,有时仅仅是抽他的一根香烟,除非华尔特心情特糟,她们大多如愿得偿,在倾盆大雨的黎明得到喘息之地,华尔特岂会放过,他要像王子般享受性服务。

"白嫖",似乎是华尔特最为骄傲的"优胜记略"。哪一天,上班时,如果华尔特一脸得意洋洋,看到我这唯一"谈得来"的人在,就招手,把我拉到一个角落,那一定是要夸张地描绘昨天的"风流韵事"。亏得他和盘托出,我得以洞察他隐私的一面,从而较完整地作出他的"灵魂拼图"来。

"今儿个凌晨三点,我正要出门'打野食',一个女子来敲门。我开门一看,却不认识,问她怎么知道我住这里,小妞儿才二十岁,却会说话:'哎哟,姐妹们都说华尔特待人最好嘛!'我问她想要什么,她声音抖索着说,外头太冷,这时辰做生意没指望了,只想找个地方歇到天亮,到地下铁头班车开了,便回对岸奥克兰市去。我说没关系,可是规矩你得懂。她连声说这是我的专业哩。我懒得动,就坐在沙发上,要她做口交。这妞儿是才下海的生手,一点技巧也没有,牙齿老碰得我作疼。我一把推开她,骂她个狗血喷头,笨蛋,有这样干活的吗?纯粹是咬人!她可怜巴巴地说没经验哩,我教了,还是不会,我吼叫:不要了,笨到家了,怎么治?赶了她出门,她乞求说让她再呆一会,我不让,把她抓起来,扔到外面去,关上门,她在门外哭了一会,才走了。哼,活该!"他没说完,我指着他骂开了:"华尔特,你他妈是天下第一号混蛋,怎么欺负弱女子?还是你的同胞呢!"我这才发现,为了本能的发泄去嫖妓,未必是最卑污的;毫无怜悯心地向比他倒霉的人施虐逞暴,才是下贱之尤。这样的灵魂,岂止荒芜,还是十分黑暗啊!为了这事件,我好长时间失去听他显摆的兴趣。后来,我进一步探究他的动机,该是低级的心理补偿吧?他在宾馆当侍应生,因了本身的劣根性,出错特别多,受头儿的训斥自然频繁,吃够了苦头,只有在这样的场合,他才"高级"起来,威风起来,如果不凌辱孤苦无告的妓女,哪里去找沦丧殆尽的尊严和价值?

如果说华尔特在"性"上专拣便宜,也不全面,除了为"败火"而速战速决外,他也会慢工细活,享受他名之为"做爱"的乐趣,在那场合,他可舍得花钱。不过并非付"肉金",而是买些毒品,和性伴侣一起吸食。我追问他是什么毒品,他说是大麻,每一回顶多花个二十块(他通常借钱借这个数,兴许是为了这笔开销)。不过,熟悉他的人说,这家伙,毒瘾才不这么小呢!大麻烟不管用,吸的是可卡因,有时钱不够,就买"石头",放进香烟里抽。"石头"(ROCK),是劣质的可卡因制品,价廉,但上瘾后更加难戒掉。对此,我不置疑。对这家伙的堕落,你怎样估计也不为过。他不作奸犯科、抢劫杀人,在年轻时是胆量不够,中年以后有了不错的工作,才使沉沦不致带上侵略性。吸毒的开销奇大,这也恰恰说明了,他的经济状况何以从来没好过。

三年前，华尔特终于被宾馆炒了鱿鱼，这回，肤色救不了他，年资救不了他，工会也无法施以援手，为的是，他栽在"自家人"手里。事情说来也平常：一个纯粹由黑人组成的协会，在宾馆开午餐年会。华尔特这人，侍候同一种族的客人，比对白人差劲，一副老大不情愿的傲慢相，餐盘不是轻轻放在客人面前，而是重重地一"摔"，把人吓一跳。这协会，去年开同样的午餐会，已经吃了华尔特的苦头，这回忍无可忍，多位客人联名写信，向宾馆的总经理告华尔特的状。事后，华尔特被召进人事部，主任摊开投诉信，说："上次的警告信，你认了，签了名，当时你可是点了头，一旦再犯，甘愿给开革的。这回你看怎么办？"华尔特搔搔头，说："我认栽就是，算清工资吧，我走路。"

华尔特从此离开干了小半辈子的宾馆，好在工会没把他逼到绝路，让他到别家宾馆的宴会部打零工，亏这菲薄的收入，使他交得出房租，不必露宿街头。这光景，与过去没得比了，那时他一年收入五六万块，标准的中产阶级，在下层黑人中，简直算个"贵族"，也难怪他在同胞面前最是牛气烘烘。他离开以后，我遇到工会来干零活的伙计，问问华尔特的近况，他们都说：还活着呢。便没了下文。

去年我在下城街上，走下缆车，迎面碰上他。两年不见，他老得如此不堪。他过去邋遢是邋遢，精神还在，"白嫖"之后尤其趾高气扬，如今却蔫了，一下子老了十多岁，脸上的皮肤挂在颈下，牙齿掉了几颗，抿嘴时颊间深陷。我跨上前去，和他握手，凭过去的交情，我想邀他进附近的"星巴克"咖啡店，喝一杯意大利咖啡。不料他闪开我的手，连说：有事有事。溜之乎也。人毕竟有起码的自尊在，他是不愿意我看到他的熊样，一如他不愿意女儿看到他穿囚衣的窝囊相。

我最后一次看到他，是今年1月，地点在二号工会专供招募临散工用的大厅里，他百无聊赖地半躺在长椅上，看来是在等活干。这回他竟没回避我,反而主动打招呼。看来是闷得过分,急于找人聊天。然而,像我这样"谈得来的",最是难找。为生计忙碌的社会,不是谁都有这般闲情的。我和他,一站一坐,聊得很热络,话题是:我所在宴会部的主任,也就是他过去二十年间的顶头上司,为什么毫无预警地开枪自杀?他提供了若干内幕资料。

两个月以后,他过世了,没有遗嘱,没有遗产,几乎没有朋友和亲人。女儿从大学毕了业,有了工作,也结了婚,主持他的丧事,算是尽了最后的义务。默默无闻的人,满身毛病的人,靠本能生活、也最大限度地享受了本能的人,在中年溘然长逝。后来我听二号工会的人说,他心血管上的毛病,医生早已检查出,要他定期照心电图,戒烟,降低胆固醇,必要时作心脏搭桥手术,他却当耳边风,放浪的作派依旧。一次发生在半夜的心肌梗塞,因无人在旁及时发现送医,便把还在盛年的汉子收拾了。

对于他的死,我没有伤感,没有惋惜,只有轻微的感喟和沉重的思考,关于人生和生命。不错,生命仅仅是过程,像华尔特这般极端的享乐主义者,和他谈奋斗目标、终极意义,自是对牛弹琴。然而,他从来没有过"理想"吗?又不见得。

几年前,华尔特还和我在一起干活,有一次,同事们在工余,以"人生的追求"为话题,聊得很热烈。华尔特跃跃欲试,要加入"论坛",话头却老被打断,因为同事们多是鄙薄华尔特的,说他是"混混",说他除了揩油,在电视机前为了他所效忠的旧金山"淘金者"足球队呐喊之外,没有思想,没有未来,没资格插嘴。谈下去,话题愈来愈严肃,一反过去嘻嘻哈哈的轻松气氛。吊儿浪当的华尔特,眼睛湿润了,更加起劲地揉,眼圈益发黑了。我力排众议,高声说:"让华尔特说说嘛!"大家静了下来。

华尔特站起,激动地说:"我读小学、中学那阵,都迷上足球,最伟大的梦想,就是当足球明星,在全国足联麾下的海豚队啦、牛仔队啦打边锋,每年的薪水不说多,一百五十万好了。黑人嘛,能有多少出路?最红火的,不是当歌星就是当球星。可惜个子不争气,六英尺不到,连校队也进不了。"大伙哈哈大笑，潜台词是：凭你这副废物相，还想在体育界"名人堂"留大名哩！

华尔特正色道："慢着，我的梦，如今由女儿实现了。她在戴维斯加大念电脑专业，快毕业了，成绩上等，还当上加州大学生女排代表队的二传手，嗨，都是从二十多所大学选出来的好手呢，去年参加了全国大学生联赛，得了第二名。不赖吧？每次比赛，我都去当啦啦队，看她在场上那个灵巧劲，多痛快！憋了大半辈子的鸟气，女儿都给我出了。她会有出息的。"

华尔特幸而言中，他的女儿，尽管也亏在身高上，没打进职业球队，但凭学士的学位，进了一家大型电脑企业，担任初级程序设计师，将来该比父亲有出息得多。华尔特的赡养费没白付，这是可以告慰死者于地下的。

我想起最近在网上读到的一首英文诗，题目是"感谢，为了我破折号中的一切"，可惜译不出铿锵的音韵来，大意是这样的：

> 我读到一个人
>
> 在友人葬礼中的致词
>
> 他提及她的墓碑上
>
> 所刻下的日子：从开始到末日
>
>
> 他首先说起她的生辰
>
> 然后，含泪说起她的辞世之日
>
> 不过，他说，最要紧不是两个日子
>
> 而是数字之间的破折号
>
>
> 破折号代表
>
> 她在人世的一切
>
> 而今，只有爱她的人
>
> 晓得这渺小横线的价值

破折号,和我们占有多少无关:
那些车子,那些房子,那些纸币
它仅仅和以下事体相连:
怎样活,怎样爱,怎样使用这一横线?

对破折号,真该好好思量,苦苦探究
哪些方面你要作改变
你永远不晓得来日还有多少
所以,能重新规划的须赶紧动手

我们该不该把步子放慢
好思索什么是真诚,什么是真实
我们总该去努力理解
别人怎样感受

火气慢点上来
多一点表达感激
爱一起生活的人
尽管你从来没爱过

倘若我们互相尊敬
倘若我们常带微笑
记住吧,我们拥有的破折号
随时可能写到尽头

……

陈东东

黑镜子

提前量（3 月 19 日）

上海胃里翻腾着纽约。

这一夜几乎没怎么睡着，清早起来，推窗眺看曼哈顿的天际线时，我想要找个地方坐下来好好吃一顿晚饭。

昨天晚上在杏花楼，诗人张耳请我吃的是红烧肚当、咸菜豆瓣酥、……最后是两笼小笼包子。那是否有意安排的一种对应，为了一洗我身上的访问者、观光客和异乡人之尘？好像我尽管花去了几十个小时，飞到东京睡上一夜又接着飞，终于还是落座在一家本地餐馆里，吃着本地菜和一样饱含着鲜肉皮汁水的特色点心？旋转玻璃门外面，骑高头大马经过的那个人要不是警察，就会是巡捕，他所俯视的如果并非第四大道，那就说不定是所谓四马路——当然它现在又叫神州路，它的杏花楼除月饼出名，我们箸叉相加的那几样也还排得上号。差异难道仅仅是时差？在张耳对面，我稍稍有点儿欲醒还睡，仿佛享用着梦之早茶……

差异却绝不简单如时差。可是正像多少天以后时差会被调整和纠正，一个上海人对纽约的适应和认同也几乎是快的——要是他采取主动。

至少，为调整和纠正时差，我企图采取主动。想当然的土法儿是制造提前量，凌晨三点就起身，以为能够把睡眠留给飞行路上的白昼。结果却没什么成效，从东京到纽约，只假寐了那么几小会儿。昨天可算得是最为漫长的一天，飞机在追赶时间，直至超过它：十一点起飞而九点半降落。飞行路上用餐三次，看到两个白昼和一个黑夜，时间却被计算为负数，……从东亚到北美，这样的赶超，似乎不仅仅具备计时的意义了。

请玩味其中的隐喻。而玩味是一种乐趣，甚至可能是淫乐。记不得是从哪本谈论天体命理学的阿拉伯著作残篇里掉出的箴言：

> 要是你拒绝隐喻却仍然有所发现，那么你至少损失了
发现的淫乐。

联想到某人的诗学主张，这样的箴言（它的真理性是可以悬而不论的）将一个苦巴巴的禁欲形象加诸其上了。这近乎滑稽——这无论如何是一种诗艺的伪道学——要是你真的愿意玩味的话。

——我怕是扯远了。怪我正身在一个相对的远处。——从中国到美国，你有了些时间的提前量，你超出你已经度过的日期和钟点，又可以重来一次，你似乎赢得了什么。要是你，譬如说，打算从此呆在纽约再也不飞回去，那么你赢得的这个仿佛不止于计时意义上的小小提前量，也许就一直不会被抹去。这不是我一下就意识到的。但是这种虚妄，在我于轻微的昏沉和初来乍到的兴奋间乘机场大巴到 42 街下车，又拖着行李在一家健身房门口见到本来说好到机场接我的那位老友时，开始被我意识到了。

他确如某种典型，在再也不飞回去或再不能飞回去的层面上？然而撇开所谓典型，谁都知道他每天都想着飞回去——只是飞回去以后一定得要再飞回来。那点提前量或许不真实，但格外要紧。他一边抹汗喘息，一边给出一个"终于出来啦！"的笑脸后面，却隐含着另一种——努力为身体储存相对于时间（年纪）的提前量之焦虑。果然他立即就怅然言及自己最近竟然有点儿发胖了！不久又说到他眼睛的老花，而他其实也才四十五岁！小阳春天气，他略带儿根银丝的披肩长发跟一身大袖宽袍、由某台湾服装师设计并赠穿的鲜艳唐装，飘过纽约公共图书馆边上的公园。像炫耀自家花园般，他指点给我看在那片绿地里休栖、用餐、尤其是晒太阳的人们。绕过去，攀上台阶，进入图书馆，他的表情变得郑重和肃然了。从一架小电梯上到二楼，以一种老家人嘱咐乡下亲戚别惊动了东家的低嗓门，他要我在走廊上稍等一下，自己则划过门卡，进了 225 室。

这纽约公共图书馆据说是全美最大的人文图书馆。宫殿般的装潢，有些部分则是教堂似的，这两种建筑特征叠加在知识之上，欲构成人们心目中对这个地方的想象和体会。它的开放性则在于，在其开放时段，任何人无需凭证便可任意出入其间。不过，出入之际，你带在身边的提包是要被保安们仔细查看的。这是在"911"以后，还处于橙色警戒阶段的纽约。

他从走廊那头的另一扇门里出来，赶紧把我的行李拖进去。不一会儿，他又从 225 那扇门出来，近乎正式地把我带进了这个纽约公共图书馆驻馆作家的办公室。从去年 9 月开始，他在这儿有了一个工作间，由木板和玻璃隔断的那种。他向我介绍了另几个工作间里的作家，这位是现在《纽约客》的首席小说家，那位是得过普立策奖的传记作家，等等等等。他自己呢，将在这地方呆到 5 月，写他的文学自传。然而，一谈起写作，其焦虑就不是身体之于时间般可隐含的。半年过去了，他说，他到现在连一个字都还没有写！当初，十五年前，在我的印象里，他申请到美国某学院去做一段时间的驻校作家，理由似乎就是要写他的什么文学自传！面对在写作进展上如此骇人的负提前量，他实在的确非焦虑不可了……他罗列了那么多妨碍其写作的因素：生存和生活、环境和文化、生理和病理、情感和情绪、事务性和形而上、阅读和无法卒读、被恋情所羁和失恋、乡愁和旅游、出锋头和遭忽略、花粉热和忧郁症、输入法和手写板、帮手和翻译、租房和买菜、社交和孤独、超敏感和厚皮病、对别人花钱的愤愤不平和对自己花钱的丝丝克扣……那种烦琐直至凌乱，就像他身边的写字桌上无序堆散开来的书籍、文件和碎纸片儿。——"真是有压力。"他一脸沮丧和忧心，"人家会认为我不够格儿。"

缓解压力的方法除了倾诉，大概还有带着我四下参观图书馆。大理石楼道，护墙板大厅，无限的书籍和索引，调节到最为柔和的灯光交错着透入长窗的午后天光，穹顶画讲述的故事，令氛围在我的时差反应里更成为神话——那甚至还不属于纽约神话呢……后来，张耳来了，跟她一起上街，这才打量了仿佛现实的纽约，曼哈顿。不过我还是有点儿恍惚。特别当走过某条窄街，从一个不小心的视角看过去，我会以为自己正穿过外滩附近的某条马路。那些店招，那些橱窗的设计和摆放，特别是酒吧里的烛光、装潢和刻意的暧昧、不恰当的怀旧、过分的老伊克，还有，那家也叫杏花楼的馆子……竟让你觉得这座城市跟上海的差异似乎只在于这是个不太地道的上海。实际上呢，我想说，上海（和中国）的美国化，不是已到了不仅有几分乱真，而且令局部美国也有几分上海化的程度了吗？这有点儿不伦不类的第一印象和观感，晚上被更为夸张地注入了一首诗的迟疑和幻化……而我却从不在晚上写诗——昨天的抒写之夜，实在是今天的上海之晨，是上海之晨的一个提前量。当然这种提前量如此单纯，写于昨天（3月18日）纽约的一首诗，只不过也许看上去比同时（3月19日）在上海写下的一首诗更早。但是，在两座城市构成的两个世界之间呢？出自一个正在倒时差的偏见，我想把纽约看作已经完成的上海，而上海，在某一层面上，像是个正欲成形的纽约。纽约之于上海的那么个并非也许的提前量，除了在于世，你大概同意，也还在于界！

　　隔着理会之墙听人们熙来攘往间招呼和低语，再一次走到纽约街头，我比昨天更有如在梦中之感。正是上班时间，在初升的太阳下，每个人都一脸匆忙，步伐坚定，频摆迅速，目标明确。节奏快得如此正常，令一个缓慢的游荡者明显地不正常。然而在纽约，没有什么是不正常的吧。我只是不知道自己为何到此，尽管我知道自己要到第八大道和34街相交处的Penn Station乘火车，去一个叫作YADOO的艺术村坐下来写作。但它的必要性何在？为什么就不能呆在上海，坐在自己家里，像从我身边掠过的那些纽约人，心安理得，将眼下目作世界的当然图景？可是，要是你并不心安理得，你又如何猜测别人是心安理得的呢？影片《环游》(The Cruise, 1998)里过着"有工作没公寓的半游民生活"的那位导游,在双层观光巴士上是如何替纽约人自我批判又自我怜悯来着？——"你们看那些上班族这样匆忙地奔向他们的目的地,却离自己越来越远了……"那么,我是否可以从他接下去所说的那句话里借到一个飞来的理由呢？——"我不认为他们可以一直过这种荒谬的生活。"

将近十点,重又来到纽约公共图书馆的 225 室。我的行李还搁在它厨房后面的小厅里呢。

马兰从纽黑纹乘火车过来,一路摆弄着笔记本电脑。她写诗,也写小说,并且把精力花在一个叫"橄榄树"的文学网站上。她对网络现实的熟悉程度明显要高于对美国现实的熟悉程度。即使像第五大道上纽约公共图书馆这样的标志性建筑,她也找了好一阵子,到十二点左右这才摸进来。这让我略感抱歉。更觉歉意的是我十四点四十五分就要乘上火车离开纽约了……跟她一起上街,找到一家号称四川风味的馆子。吃了面但几乎没有去动其中每一根美国鸡丝。也许是因为时差反应,胃不舒服。反正,今天中午的美国鸡令我无法下咽。想起一个美食家的说法:饮食作为文化的物质层面,对应着精神生活里非理性的民族情感。据此继续推进,会不会抵达谬论:作为一个陌生人,异乡客,什么时候你真的吃惯了当地饮食,什么时候,你才有可能融入当地生活的喜怒哀乐。在此之前,你的乐趣大概主要在于从旅行生活里享受甚至带给你不便和损失的各种意外。

但首先是一个惊喜的意外。十四点半,正当我拖着行李往 Penn Station 赶去,就看见王渝迎面而来！——上一次见到她,还是在十年前上海的衡山饭店。当时,刚好也是约在下午,十四点半！这不期然的巧遇加巧合,让我又生对应之感。只是跟昨天相比,其安排者要神秘得多。记得曾将只言片语集成《一排浪》,投寄给时为

《今天》编辑部主任的王渝。其中有一句,像是专门指涉了多少年后的此刻:"每一个恰巧,都恰巧显露了命运的巧思。"不过,接下去,那个巧思是这样被弄糟的:我迟到了一分钟,火车开走了。——没有为一种意外准备好我的时间提前量,那就去应付另一种意外吧。(至少,这让我减去了对马兰的歉意。)

把车票改签到明天,拖着行李再回纽约公共图书馆暂时落脚,一边为时差犯着晕,一边却想着,正不妨再看看纽约景象。所以,当把马兰送到发车往纽黑纹的另一火车站以后,我便在开始转凉的纽约黄昏里一通闲逛。已经是下班辰光,一辆双层观光巴士驶过,那导游是否仍在鼓吹:"纽约不只是一个背景,让人寻梦填补欲望;纽约就是梦想和欲望……"而当那辆车在某个停车场缓缓停稳,观光客会下车,会在通明的灯火间持续乘车时的排列编队又步行一阵子,但终于散开来,终于要回到属于其原先的日常格局里……当然,很可能,实际情况并不是这样。

地铁(5 月 17 日)

两个月间第四次到纽约。我几乎想说回到纽约。也许纽约总是被我充作出发之地的缘故吧。几天前结束在 YADDO 的写作,把行李放进皇后区的一幢小楼就去了波士顿。现在,回来了,我可以说。我准备就在这地方呆着,直到我的机票限定我飞回上海的那一天。到纽约而有返回之感,因为它后面隐现着上海?真正的原因,我想,是人们挂在嘴上的那个说法:纽约不是美国。——别人的感受我不太清楚,我只是觉得,它那种闹哄哄的、不安分的、层出不穷的、意想不到的、怎么都行的、带给你冒险和发现乐趣的、让你仿佛迷失但更容易找到自我的光怪陆离的现实与空幻,的确会把你从一个异乡人、旅行者还原为一个"在"这个世界上的个人,一个更能贴近你自己、回到你自己的个人。

而所谓美国却不是这样的。譬如说波士顿所代表和给予你想象的那种美国:图画般明净的环境、其中仅见的慢跑着的几个男女、海鸟和春风、大学城里的辩析表情和论断风度;譬如说 Saratoga Sprgs 所代表和给予你想象的那种美国:绿荫掩映的一幢幢小楼、透过落地长窗能够看到的餐桌和餐桌上方的枝型吊灯、躺在露台的帆布椅子里翻看通俗小说的胖子、赛马场上的空旷和有组织的喧哗、咖啡馆里的寒暄和静默;譬如铁路或公路沿线所代表和给予你想象的那种美国:修整得太好的草地和树林、功用型(功用性)建筑物、作为背景的无污染的天空和云朵、一律的、性质民主得不免庸俗的风光……。在它们里外,你的欣然和不适几乎都不是你的。——当然,别人的感受我不太清楚。

这其实不过是为自己在纽约闲逛找来的不是理由的理由。而当我推动一扇结实的钢架旋转门进入地铁,我打算在纽约呆一阵子的理由就好像也有点结实了。真不清楚别人怎么想,在我看来,纽约地铁是半个纽约,有可能不止于半个纽约……还没有见识它以前,有一天(那个地下室朗诵会的第二天)跑到苏荷转悠画廊,先见识了一件以纽约地铁的原始图景为题材的作品。各条线路被覆盖在面积占去了半边墙的白石灰后面,只能被隐约看见,透过这种隐约,使出斗鸡眼的眼力再仔细看,那几条线路原来并不简单地标画在一幅什么老纽约的地图上,那实在是一幅幅设计图,许多用铅笔写下的数据又被划去,重写,许多条路线又被抹去,选择了另外的新的方向。据说被涂上了石灰的这些图纸全都是原件。将百年前的这些原始规划全都抹去,还可以再规划一次纽约地铁吗?而那些当初的规划要是并没有将今日纽约人的生活方式也规划进去,至少,它还没有过多妨碍今日纽约人的生活方式——或许刚好相反,纽约人现在的生活方式不得不受到百多年前那个地铁规划的制约。不过,总的来说,百多年前的地铁规划还依然有效,还能让这座超级都市运转自如。尽管它看上去陈旧了、破落了,闻上去也真的有点儿呛鼻的尿骚味(还只是 5 月,到了大夏天那才不好受!),但它像齿轮和发条一样尽可能准时,尽可能让纽约不慢下来,也不至于过快。

进入地铁,真有如进入纽约这巨型钟表的内部。在通往枢纽股的 Times Sq 的地下长廊里,由一支隐隐的口琴曲相伴,你看到那么多人的步幅:身形硕大的步幅、小巧的步幅、牛仔裤横里的臀部尺幅远远宽于竖里摆动腿尺幅的艰难步幅、健壮的混血黑人雄纠纠的步幅、佝偻的黑老婆子的步幅、修长的戴金丝边眼镜的梳分头白人的步幅、窈窕的南美姑娘的步幅、方头方脑方身体、连发型也是四方形的、不知来自何方的小伙子的方方的步幅、印度人因为穿得宽大而像似飘飘欲舞的步幅、把篮球在手指尖上旋转着、舞蹈不歇的褐色毛头小子的步幅、穿不来高跟鞋的大屁股广东妇人走得像象棋里别住了马腿的步幅、一个东欧人被尿憋急的步幅、一个不知向何处去又连洋泾浜英语也掏不出来问路的旅行者算不上步幅的步幅⋯⋯这形成了一股(何止一股!)强大的动力,令纽约运转。要是你又看到那些交错着、并排着、互相跨越着的扶手电梯将人们从地底一层直送上地底三层或刚好相反,几条被圈起如铁笼子的环行路把人们从下面引向自己的头顶上方或自己正隔着深谷里的数条铁路线遥看的对岸,从譬如说戛然停下的 N 线快车的银色车厢里下来打算转乘 7 号线的人们在转了几重楼道拐角后却又乘上了 N 线慢车⋯⋯纽约地铁作为一座迷宫的形象,就会在印象和感想里被刻写和塑造。

列车的调度者一定不是拿着阿莉阿德尼线团的忒修斯(他可能更像拿着地铁线路图的乘客),而是跟阿莉阿德尼同母异父的那个米诺陶——怎么会有这样的想象呢? 或许纽约地铁里那种幽暗的繁忙让我想起了电影《蝙蝠侠》? 企鹅人是否隐藏在更为幽暗处？——无论如何,协调十来条线路、安排妥当快慢车的调度者实在了不起。他使得纽约地铁里的那种忙乱并没有带来可怕的拥挤。车厢里总是有足够的空间,供卖艺者表演,供乞讨者穿行。

是在往上城去的 A 线上,第一次碰到了那些卖艺者。几个黑孩子走进来,清理出车厢中间的狭长场地,表演一串串空心跟斗。其难度不仅在于跟斗的轻、飘和落地的稳健无声,还在于必须躲开竖在车厢中间的几根金属杆子。火车的速度和摇摆,不知是否也构成空心跟斗的难度。表演过后,黑孩了们开始要钱。这时你会这样想:跟他们相比,许多要钱的实在没资格要钱,尤其是什么也不干,伸手就向你要钱的那种人。而在纽约地铁里,当有人伸出一只一次性纸杯向你要钱之前,多多少少都会表演些什么,哪怕只是胡乱唱几句。……或许是在 S 线上,几个南美小伙子从另一节车厢走进来了,牛仔帽,皮裤子,吉他和小提琴,最夸张的是其中有一个相对矮胖的将一只铜管大号也背了进来。他们演唱着帕潘草原的牧人谣曲吗？不管是什么,当列车从邃道驰向一处高架并大拐,阳光斜照进来,让人眯缝起眼睛的时候,你会错以为高架下面不是有着一大片涂鸦的废旧工厂,而是一大片"白云三角帆羊群"——这几个小伙子并不在乎要钱,吹拉弹唱着走向了又一节车厢。……更不在乎要钱的是在一个相对开阔的月台上配备那么多电声乐器和音箱,又摆开一大排锃亮的爵士鼓埋头狂敲的老头儿。我记得有一回在上海一家乐器店里见到过相似的一套鼓,标价近十万。再加上他的其它设备,要是只为了讨几个美分,那成本就实在昂贵得不成比例了。

一心要钱的则各有招数。要是没什么招数,那也得有一番雄辩,像我在下午的 C 线上碰到的,那个头发花白的黑大汉因为没要到几个钱而长篇演说着,大意是说美国是个民主的国家,人们有要钱的自由和权利,人们也有不给钱的自由和权利,但是如何如何如何……坐在我边上的一个从台湾到纽约念书的学生不打算再把那如何如何如何翻译出来了，她谈起了乞讨者的"敬业"问题，说是从一本谈论纽约的小册子里读到，有人正根据要钱者的"敬业"程度而按质给钱。例如皇后区 F 线上某乞丐设计了如此有质量的台词而收获颇丰："请你给我钱，如果你不给我钱，也请你给我一个微笑，上帝会保佑你。"于是我转述前几天听来的一个令人发噱的乞讨绝招——一要钱者一进车厢就五音不全声如锯铁哇哇乱唱，噪音弄得满车厢乘客欲避不能；那要钱者拿捏住时机转过背去，背后大书：给我钱，我就不唱！

流浪汉要是想歌一歌，大概也更愿意选择地铁，有些流浪汉干脆就驻扎在地铁里，把二十四小时运营的车厢当作自己带空调的客厅、餐室兼卧房。地铁的运动状态，令他们在临时的安稳中仍然不失其流浪本色。我发现，他们对报纸有特别的爱好和关切——就在离那个演讲的黑大汉不远处，由三个座位形成的一个相对独立的小空间里，一个大概是因为许久不见阳光而极其苍白的白人流浪汉，斜倚着从就要下车的乘客手中要来报纸，一下子就专注进去了……他大概正好奇于地上世界到底怎样了。

又一次转悠到 Times Sq，像是被一阵回荡的口琴声召唤回来了。我去了各处又哪儿也没有去，只是在地下，在寻访那些卖艺者吗？这时你看见他，印第安人装束，颧骨相当惹眼，吹着一支联接扩音器的口琴。欢快的吹奏突然慢了下来，起一阵悲哀。隔开钢轨的对面月台上，一个东方人操着吉他过来，协助那口琴曲弹出和弦。而一列火车却大煞风景地轰隆隆压境……下一个层面，另一个更宽的月台上，有一个戴贝雷帽、弹电子琴的歌唱者，音色如梦，脸上的轮廓线坚硬，两眼鹰一样深抠，身边放着不少自己的歌唱 CD。不知为何，我认为她是个南斯拉夫人或阿尔巴尼亚人。转过身去，看到了早就在一部南美电视剧里见到过的一幕，只是它被搬到了这里，纽约地下，你的面前：一个蜜色皮肤的风骚女郎正操纵一个貌似格瓦拉的玩偶,边上的四喇叭录音机播放着音乐,那女郎显然正与玩偶跳着探戈,进退之间,你只看见两具肉身火辣辣地交缠。围观者才是被操纵的玩偶……

而火车又一次到来,又一次开走了。

乘客们好像已不太敏感于地铁的人和事。他们只是通过,同时,他们只是地铁的组成部分,甚至是地铁本身。他们等待、发呆、交谈、瞌睡、看书、吃东西、接吻、相互近在咫尺又视而不见。他们各各不同的肤色和气味构成纽约的地下迷彩。而那些因为橙色警戒而提着枪在地铁的主要出入口值勤的迷彩战士,看上去,倒像是这种地下迷彩的吉祥物呢。

黑镜子(5 月 20 日)

醒于一个儿时旧居的下象棋之梦。从我坐在板凳上的低矮视点看过去,棋盘略微朝上,道路般延伸,两面敞开的落地钢窗仿佛承接着棋盘的左右两条边,为视野限定一个也许会扩展至无限的夹角。我对面,棋盘那头,阳光栏杆被遮隐在盘面下,一棵高大玉兰树的大半个树冠,占据着那个对手的位置……一时间,真不知道自己身在何处。直到去卫生间冲完澡,碰上从另一个套间里睡眼惺松踱出来的光头黑人,我才记起昨晚是跑到哈莱姆来睡了一晚上。坐到沙发上又回想起来,六年前有差不多十个月,在上海提篮桥一带一幢回形楼里被迫每晚打地铺睡觉,这个梦就开始隔三岔五光顾我了。三十年前,也许真有这么个上午,你坐在你梦见的那个小板凳上,茫然无措于玉兰树冠寂寞的凝然。

要是你回想着自己是谁,在记忆的沙之书里任翻一页,你都会看到一面杜鲁门·卡波蒂提起的那种黑镜子。前两天,我恰巧读到他自称摹拟法国新小说笔法对它的描画,现在则恰巧将它捧到了手上："它有七英寸长六英寸阔。镶在一只陈旧的黑皮匣子里,匣子形状像一本书……可是你既没有可读也没有可看的东西,只见到你自己那副神秘的面容隐入它那无尽的深处……"。不知道这面黑镜子是怎么个来历。昨晚问起,我那位朋友并没有说清楚,是她从跳蚤市场上捡来的便宜呢,还是房东的旧物,租住这个套间的时候,它就已经被搁在钢琴上面了。卡波蒂说这种黑镜子"能使人镇静,但也使人不安。那么黑黝黝的,你往里瞧得越久,它就不再是黑色的了,而是变成一种很古怪的浅蓝色,变成引向秘密的幻境的门槛……"这似乎规定了我对手中这面黑镜子的看法,甚至让我以为,醒来后半痴呆地仍旧魂游于梦的幽深处,也是这黑镜子的魔力使然——事先读到的文字左右你对事物的观察和认识,哪怕你发现你后来看见的事物本身跟先前对它的讲述摹写大相径庭,你的这种发现,也一样被那段文字所左右。这就像记忆,总是以想象的方式,将对一次全新历程的体验变成对以往历程的重复体验。

昨晚是看着地图一路摸来的,又听说黑人区治安较差,常常出危险(也是一种事先左右你的耸人听闻吗?),所以略有些紧张,并没有留心去弄清这房子的格局。只记得敲开那位朋友的门,穿过长长的走廊之时,我奇怪地玩味起丹尼斯·克里斯托弗扮演的青年费里尼第一次走进电影《罗马》里面那套迷乱怪异的公寓时的感觉。要是有一天我去罗马,我是否会四处找寻电影《罗马》的罗马,哪怕并没有那么个罗马,也要把电影《罗马》涂抹在我的罗马印象上?我是否会把昨晚或今天纽约哈莱姆的一幢房子,叠加于那个未来的罗马?但这会儿,却是把《罗马》叠加在哈莱姆的这幢房子上了——它里面仿佛数不清的重门复道和可以想见的,每扇门后面租住着的各色人等,跟青年费里尼在那所房子里看见的情形多么类似。但也许只是在想象中类似,上午九点离开的时候,我稍微多看了一下这幢房子,发现这并不像我以为的那么庞杂。在白天,整幢楼有着近于冷清的老式安宁,它至今还勉强有效的功能和形式感,也是老式的。楼梯和走廊围绕成回字,中间是那种慢悠悠升降的电梯,绝对的老式。

像普鲁斯特写到的,小玛德兰点心将回忆之门豁然打开,在电梯里,那种缓缓下沉的速度让我一下子获得了某种熟悉感,走出老式电梯,我以为自己正置身于上海徐汇区一幢旧楼晦黯的大堂,墙上贴着的关于楼内一九十岁黑人老太力拼窃贼的英文剪报,幻化成了活学活用毛泽东思想的红色油印稿……大门正对一条小弄堂,然后是近乎寂寞的街道,路边闲晃着戴墨镜的黑人少年,跟抖腿斜倚在修钟表和半导体收音机店铺柜台上想着"搓拉三"的小阿飞正可以媲匹——唉,六十年代!——拐出 138 街,朋友指给我看一家烟纸店般的通宵店,说是就在前天,那个店老板被一个劫匪开枪打死了——这让我暂时意识到了"此刻"!但是马上,将你拽进"此刻"的死讯又把你闪回至众多盗版碟片的纽约,在那里,冷血之酷和暴力的即兴有如神话和(甚至!)一种美;而在碟片被快进、被马赛克化、被另一张影碟调换的间歇,上海隐约的市声又突然被放大,成为虚幻的纽约影像那确切的背景……

……跟朋友一起朝着曼哈顿桥头方向,去找寻孔子广场和孔子大厦附近开往大西洋城的巴士。有一天将近凌晨从那里经过,看到桥头巨大的拱形,我曾想起了卡波蒂的霍莉·戈莱特利,他让她站在另一座桥上远眺海轮说:"——我爱纽约,尽管它不是我的,……就因为我是属于它的。"不知道为什么,也许是因为又看到了另一方向那同样巨大的、当时已完全笼罩于自身黑黢黢的阴郁之中的大厦,我竟然联想到那位宁愿离群索居,最后死于公寓里一张行军床上的张爱玲(实际上她晚年长期居住并死于洛杉矶而不是纽约)。她对于她所热爱过的城市,可从来不会用那般热烈的口吻去倾诉!然而,我没什么依据地假设,她取下框架眼镜,戴上隐形眼镜的那一天,特意穿过广场到桥上,见海轮出港,划出近乎完美的弧线远抵另一半球的吴淞口,会不会临时变成一个遥念着上海的霍莉·戈莱特利?那景象、形态、年龄、表情、气质和伤感(尽管两样都出于虚构)会多么不一样,仿佛是正反面。但无论如何,每个人心中的城市,都会是他的一面黑镜子。

来到了中国城一条叫不出名字的弧形小街。这条街上陈旧的店招,没怎么扫干净的路面,接二连三装潢如同卫生间般的剃头店,生意清淡的副食品店,兼卖戏票和电影票的茶室,一辆停在道旁装猪肉的冷藏车,几个坐在公寓门前水泥阶梯上晒太阳闲话的老太,尤其那种朝正午逼进时也难免松懈和懒洋洋(会被误以为安静或寂寥)的氛围,吸引你走下去,去感觉自己像是正在七十年代末期上海一条不太起眼的市场街上。再过去一截,那家私人诊所后面,被一个不伦不类的裸女塑像遮闭的所在,你以为,会有一家那时候你常常去搜寻推理小说的旧书店。正是在那里,一个初夏的上午,我翻到了一本小册子,其中插页上几幅印刷粗劣的五彩照片,第一次向一个十七岁的中学生展示了对他而言过于遥不可及的纽约,一个别处……这让你有点儿迷惑,不过更多的是一些迷恋。

纽约被纽约人径直就叫作 the city,意思像是说,在纽约以外世界上再没别的城市了。那种语气,对一个上海人来说却一点也不陌生——那完全就是上海人的观念,上海人可是把上海以外都认作乡下呢……在此意义上两座都市几可互换,也许,上海人把上海当成了纽约,或纽约人把纽约当成了上海……当然你知道,你这么想其实是因为刚好你是个上海人,并且正走在纽约街头。几乎是由于你熟悉纽约人对自己城市的那种看法,你以为自己对纽约也有所熟悉了。只不过,就像你对那种看法的理会与上海有关,你对纽约的感知,也总是要邀请上海参加进来——径直被叫作 the city 的纽约,对你而言,是一座把纽约跟上海混合的都市。

它不是一座容易让你迷失在它的道路之间,让你找不到你要去找的地址的都市,但它却常常是让你迷失在记忆里,让你找不到你所在的此刻的都市。到纽约的第一天,你就有意(幸好从未刻意)地将纽约看成一个别处、塑造成一个别处。你固然将它引向另外的地点,却更把它引向另外的时光,甚至你记忆中另外的想象。穿出了那条孤形小街,有几个观光客表情迷惘着朝你走来,我猜想他们也从眼前街景看到了一些别的景象,就像你读一行诗,得到一些你最能理解的美妙误解。被看到的街景后面的那些景观,对每个人一定都不一样。纽约实在因此有着各种别处,太多的别处。每个人都在改编和改造着他的纽约。

是否可以说纽约也就是任何城市,它充当着黑镜子,让每个人照见自己的往昔。头脑里这样的说话腔调跟巴士里大开的冷空调配合,不免让我感到了寒意。已近十一点,我跟我那位朋友正在朝海边进发。这是往赌城而去,悬在车厢里的电视机正播出一部有关上海黑帮的电影。好像为了再次强调我今天在纽约的一系列错觉,让我以为这也不妨是一部名叫《纽约黑帮》的电影,片中那些上海人全都讲英语,跳出的广东汉语字幕,则想要说故事也许就发生在中国城。两小时后车停了下来,那部电影却还没有完。赌场,跟每一部赌片和黑社会片子里向你展示的并无二至,却又大不一样。

我更想看的则是大西洋。站在它面前,你感到水天相接的那条线,大约就在你额际上下。这样,借着风的助力,波涛单调的永恒拍击几乎就发生在你的耳畔。这好像不必察看,可想而知。小学三年级写一篇题作《海》的作文,这意象就已经被我幻视、被我写下了(用半导体收音机里操持的那种文革语言吗?)。那时我还未真正见过海;以后每次面对大海,却都须通过最初的幻视才得以看清……海鸟如此众多、如此刺耳地叫嚷着俯冲,要么把自己提升起来,去劫掠云彩……因为不知道它们的名字,它们对于你显得不真实。——整个大西洋城的环境都像是虚假的：空气太好，能见度太高，建筑和街道过于干净，一切都太过简洁和艳丽，让你以为只不过来到了又一张明信片，你正要去成为一个明媚场景里没有影子的影子人物。它反而让人记起人人都会去做的某个平庸之梦，普遍的梦。它仿佛一连串梦的简易布景。这又是一个还没有来过就已经来过多次的地方，像纽约本身。然而正是这样的地方要让人不断重临，有如熟悉的旋律，总是会吸引人再听上一遍；有如一下就让你记住的广告辞，在你对之厌烦极了的时候，会不由得自言自语着将它重复——会吃惊地发现自己正喃喃重复着它；有如黑镜子，"你往里瞧得越久，它就不再是黑色的了，而是变成一种很古怪的浅蓝色……"。所以，等到在这种浅蓝色里面又徜徉了一番，我想到，卡波蒂用于黑镜子的那些说法，也是出于对海景的观看吧：

> 像爱丽思一样，我感到我正处于通过一面镜子出发远航的边缘，这样的远航我是否愿意启程，我犹豫不决。

签证记

一

在国外念书，签证是件大事。个中甘苦难易，也都因人而异了。

2001 年，我来英国之前的签证，倒是没怎么用自己操心。当时是国家公派的访问学者，通常是由国家教委有关部门统一送到英国使馆签证，极少有被拒签的，通常也不需要面签。偏偏行期将至，签证迟迟不见下来，我被通知需要面签。

在北京的英国使馆签证其实还算是轻松的。当时心里还抱怨为签证耗了整整半天，电视台离公主坟不远，差不多靠着西三环，我要穿过整个长安街，到嘉里中心的英国大使馆签证处，路上塞车是不用说的了。可是毕竟还在同一个城市，北京还是轻车熟路，比起后来天不亮爬起来坐火车去伦敦，为签证披星戴月、忍饥受冻，实在是好太多了。按照预约的时间到那里，经过安检就在大厅坐等，如果带了本好看的书报杂志，倒也不是什么太痛苦的事。签证很顺利，签证官笑言，之所以要我来面签，是因为看我的申请材料知道我是 CCTV 的主持人，他们想看看"名人"。几分钟的面谈说的都是我的节目。出于职业习惯，我又推销了一番《文化视点》。

一年后，结束了作为访问学者的进修，在英国居留的签证自然也到期了。我再次申请英国签证，是作为自费留学生。这种情况我通常应该回北京的英国大使馆申请签证，或者到伦敦的 Home Office 延签证。因为录取信、学院信、银行证明等必需文件都齐全有效，我便抱着侥幸心理，决定在希思罗机场落地签证。但是没人能说得清楚落地签证的把握有多大，通常即使允许进关，给与的居留时间也很短，那就还得再到伦敦的 Home Office 延签证。幸运的是，在机场入英国海关的时候，我拿到了能够拿到的最长时间的签证，到 2003 年 10 月底，我的硕士学位课程结束的时候。

尽管如此,在英国的两年里,还是没少为申请签证费神——当然都不是申请英国签证,而是为了旅游,申请别的国家的签证。外国学生呆在英国,最可能用到的就是申根(Schengen)签证。申根原本是一个小镇,1995 年七个西欧国家签署互免边防检查的协议,迄今为止,已经有包括奥地利、比利时、丹麦、芬兰、法国、德国、冰岛、意大利、希腊、卢森堡、荷兰、挪威、葡萄牙、西班牙和瑞典的十五个欧洲国家加入申根协议。一方面,这些国家当中不少都是欧洲最热门的旅游国家,像法国、意大利等等;另一方面,一个签件可以进出这么多国家,也省了很多麻烦。不说其他的便利和利益,单单是吸引海外游客、发展旅游业这一点,申根协议也说得上功不可没。

我的第一次申根是我刚到英国还不到两周的时候申请的。刚到英国时,作为访问学者,并没有直接的课业压力,我在时差倒过来以后立下两个雄心壮志:一个是吃遍剑桥大学三十一个学院的 Formal Hall,一个是遍游欧洲。幸运的是,到剑桥后很快结识了一小撮同好此道的朋友,这为日后志向的付诸实现打下必备的基础。抵英的第十天,便斗志昂扬地纠集了另外两男一女同游法国南部城市尼斯(Nice)。首先要解决的当然是签证。Gloria 已经有签证,我便和另外两个男孩——一个是经济学博士生 Tom,一个是管理学博士生 Sandy,结伴去伦敦的法国使馆。因为地处高纬度的缘故,英国的冬天昼短夜长,早上十点天刚亮,下午三点就擦黑,还总是凄风苦雨,这样的天气对于我这样一向喜欢窝在暖暖和和的家的人,倒也不是坏事——外面天总是又黑又冷,给自己睡懒觉找到极好的借口——好不容易下了个大决心要背上书包出去念书,可看看外面的天,也就没有了出去的勇气。

可是申请签证可容不得你睡懒觉。Tom 决定,为了万无一失,我们要坐头一班火车,凌晨三点起床!简直就是刚睡下,被窝还没有焐热。Tom 仁慈地叫好出租车,绕路来接上我一起去火车站——后来彼此熟悉成为死党以后,我多次批评他这种不经济的做法——应该我叫车去接上他是最顺路、当然也最经济的做法。Tom是个厚道人,只是笑而不语,想来是心里说,那还不是因为我懵懵懂懂,不辨方向,属于生活半不能自理那类,他才不得已而为之?事实证明了 Tom 的决定完全是判断失误,我们急三火四地赶到火车站时,候车室根本就还没开门。不过,那时大家刚认识不久,互相都很客气很给面子,很互相取悦,以至于我在小寒风里冻得瑟瑟发抖还假装特别兴趣的样子听天文爱好者 Tom 大谈星象,其实我对北斗七星在哪里都弄不清楚。

上了火车,Sandy 就开始打呼,我和 Tom 认为这是因为他年纪最小,所以总睡不够。没想到的是 Tom 还带了军棋,并且有木质的棋盘。我以前在 CCTV 时,常和我当时的副导演嘉露到楼下的饭馆吃饭,等菜的时候就杀上一盘。廉价的塑料军棋和五块钱一个肉末豆角的小饭馆特和谐。而且我们都拒绝动脑筋,就是单纯地热爱着单纯的游戏:工兵碰上地雷就兴高采烈,司令撞上炸弹就痛不欲生。Tom 果然不同嘉露之辈,每走一步棋都很是深思熟虑的样子,我心下既是很不以为然,也不很耐烦,但是为了显示自己对于智力的爱好,便也少有地万分投入地应对。结果是,晃晃荡荡的火车停靠了一站又一站,很快到了终点站伦敦 King's Cross,我和 Tom 沉浸在厮杀中,根本就浑然不觉,直到返回剑桥的旅客已经上车,大梦初醒的 Sandy 惊觉不妙,大喊一声"到了"!我们匆匆忙忙卷起军棋夺门而下,脚跟还没站稳,火车就动了。Sandy 自然是严厉地批评Tom——他跟我毕竟还不太熟,另外我既是女士,又虚长几岁,Sandy 自然不好意思直接说我。Tom 除了表示万分惭愧也没什么好说的,既然 Sandy 睡着了,我又初来乍到,责任自然完全在 Tom。

根据规定,在几个申根国家旅行,应该在第一站的国家或者停留时间最久的国家大使馆申请签证。伦敦的法国大使馆门前永远是排着长长的队，一方面是到法国的人多，另一方面也是很多到其他申根国家旅行的人也选择在法国使馆签证，因为法国的签证可以当天拿到。为这个签证，先要坐出租车到剑桥火车站，然后坐一个小时的火车到伦敦 King's Cross，再换乘地铁 Piccadilly 线到 South Kensington，典型的起个大早，赶个晚集——使馆的门还没开，签证的队伍已经排得转过街角。

那是一月份，差不多是一年中最冷的时候。我只能继续在小寒风中冻着，同时懊恼着为了上伦敦臭美而穿了裙子。其实三个人都是饥寒交迫。我们决定派人去买点早点。把我一个人派去买东西让人不放心，把我一个人留在这里他俩又于心不忍，结果是我和 Tom 去买东西，Sandy 留守。

法国使馆斜对面不远的一家小咖啡店门面不大，装修风格也平平，但生意很是红火，想来是不少来法国使馆办事的人就近光顾吧。终于进到一个暖和的空间，和 Tom 小坐喝了杯咖啡，想到 Sandy 还在寒风中翘首以待，赶紧带上热乎乎的甜点和咖啡往回赶。

快中午时分，总算排进了使馆，松了口气。因为使馆虽是全日办公，但每天中午十二点以后就不再放人进去，如果十二点还没有排进去，就不得不下次再来。假如起了大早，晚集也没赶上，还白白搭上每人二十五镑的盘缠，那才气煞人！进了使馆里，依然是等。直到中午，才总算拿到签证。我因为是第一次申请申根签证，只拿到为期两周、一次进出的签证，而已经在英国两年、之前又在美国念书工作的 Tom 则是三个月的多次进出。

这次也是我第一次去伦敦。从使馆出来搭地铁去 St. James 公园，还没有走上两百米，Tom 就把我刚买的八千多块钱的数码相机不小心摔在地上。Tom 万分抱歉，口口声声要再买一个新的赔给我。虽然也挺心疼，也只好假装大方安慰 Tom。好在相机虽然磕得伤痕累累，但还是能用，后来陪伴我在欧洲的无数旅行，一直到现在。也许是作为补偿，Tom 和 Sandy 义无反顾地陪我伦敦一日游。
Gloria 和 Charles 也从剑桥过来，大家齐聚中国城，饱吃一顿。Tom
和 Sandy 回剑桥，我则兴致不减，又跟 Gloria 和 Charles 去牛津街
逛街购物。初到英国，我还保持在电视台工作时的购物倾向：只看
一线大牌。柏百利买起来不眨眼的购物作风，和日后在超市买什么
On Sale(打折商品)的小气形象怎么都联系不到一块儿。

二

在英国一年多，护照上的申根签证就有三个，几乎覆盖我在英
国居留的所有时间。就像企业在银行贷款一样，签证的信用额度也
是一点点累加起来的。第一次拿到的是只有为期两周的一次性进
出签证。从法国尼斯回来，很快又去伦敦法国使馆申请签证，这一次
是两个月的多次往返。其实这一次是想去西班牙，但是因为法国使馆
的签证可以当天拿，又已经熟门熟路，所以决定还是到法国使馆签。

准备好学院的证明信，银行证明，定好的旅馆和机票。每个国
家使馆要求的签证申请材料略有不同，比如说，有的国家要订好的
机票和旅馆证明，有的国家不要。但是学院证明和银行证明通常是
必需的，而且都必须是近期的。所以每次申请签证，都要重新向学
院的导师(Tutor)要证明信。有时还要事先订机票和旅馆——如果
签证被拒，退票退旅馆的麻烦和经济损失全是自己的；矛盾的地方
在于，没有订好的机票旅馆签证根本不予受理。为了一趟说起来只
有两个小时飞机的旅行，常常是不得不花太多的精力去办这些琐
事——开学院证明、银行证明，申请签证，订机票和旅馆等等。如果
想找便宜机票和旅馆，就更不知要在网上花多少时间——如果赶得
巧，碰上航空公司或者旅行社促销，从伦敦到欧洲的主要城市的航
线，常常可以捡到平时上百镑、特价只要十镑、二十镑往返甚至是

Free 的票(不含机场税)。从这种意义上说,的确是"时间就是金钱"。

这次和 Gloria 一起去签证。签证官问,她上一次进入申根国家并没有从法国入境,为什么签证是从法国使馆申请的,Gloria 随口答说,因为法国是她居留最长的国家。严厉的签证官立刻翻到她护照上印有出入海关的图章的一页,指着进出时间说:"What are you talking about(你在说什么)?"上面的记录显然是她在法国的停留时间并不是最长的。Gloria 随意的辩解变成了 Cheating(欺骗)。性质严重的 Cheating,比如伪造申请材料等,可以导致说谎的人永远不能进入一个国家的后果。Gloria 红了脸,没有再说什么。其实,她的确也只是图个便利而已。结果她的多次往返的申请被拒,还好得到一个一次性进出的许可;而我的三个月的多次往返被批准为两个月的多次往返。这个意外的小插曲,使我不敢拿着法国申请来的签证直接去西班牙,只好之前又用一个周末坐着 Euro Star(欧洲之星)先去了一趟巴黎。

吃够了起早去伦敦排队受冻的苦头,决定为申根签证另辟蹊径。

意大利使馆签证处不在伦敦市区,在一个叫 Bedford 的小镇,从剑桥坐 Coach(长途汽车)过去只要一个小时,往返十英镑,比去伦敦容易多了。更重要的是,这里签证的人不多,几乎不用预约,也不用起大早,到那里通常是前面最多有十个人。可以正常时间起床,从容地吃好早饭,甚至上一两节课,走到汽车站,坐十一点的 Coach 足够。着急的话,可以赶得上十二点回来的车;不急可以在镇上吃个午饭,再小逛一会。只是签证不能当天拿,但是使馆会邮寄回来;稍微多花几镑,可以用特快专递。通常一个星期可以办完。写份委托书,还可以请人代办。

第三次签证沾了 Tom 的光。因为在意大利的一个欧盟组织做

项目,Tom 的护照上有多次进出意大利的记录,他也的确需要相当
频繁地往返英国和意大利。我和 Tom 同行,一起申请多次往返的
申根签证。可能是职业的缘故吧,女签证官一脸的严肃甚至严厉,
扫了一遍申请材料即要求 Tom 提供下一次在意大利召开的会议的
邀请。我们并没有带这份邀请,Tom 面露苦色——虽然 Bedford 不
像伦敦那么远,但是往返一趟也有相当的成本。事实证明,该签证
官属我们中国人说的"刀子嘴豆腐心"型。她留下了材料和传真号
码,只要求我们回去后把所需材料传真过来。最后我和 Tom 都拿
了半年的多次进出——这是能够签发的最长时间的签证了——半
年后我的英国签证都到期了。

拿着这三次申根签证,去了尼斯,摩纳哥,巴黎,巴塞罗那,法兰
克福,波恩,海德堡,慕尼黑,柏林,米兰,威尼斯,哥本哈根,雅典,圣
塔罗尼……好像签证用的次数越多,就越值得。

现在我的护照几乎满了,需要加页或者换新护照了。每一页签
证的背后都有一个故事。比如说,捷克的签证最贵,一次进出的签
证费比从伦敦飞到布拉格的机票还贵;美国的签证最严,尽管护照
首页已经有照片,签证上还要带一张近照。我自己带的照片不合要
求,只好花三英镑半就在签证处照"立等可取"。因为第一次用自动
拍照的机器,尽管详细阅读了说明文字,还是在红灯一闪的瞬间,出
现一种傻乎乎的错愕的表情;另一张眨眼;还有一张是等了半天闪
光灯也不亮,就在我想起身看个究竟的时候,快门响了,结果照片上
一片空白;对着镜子演练了五分钟,比较挑选了几种微笑,好不容易
调整好表情和位置,照出来的却是一张头发光秃秃、脸蛋胖乎乎的
大头照!我不满意,但是不舍得再花冤枉钱,只好就拿着它见签证
官了。如今这形象永远留在我护照上的一页,旁边印的是庄严的林
肯像。直到写这篇小文的时候,我的美国签证还没有过期。

其实,去一个国家的旅行,往往是在踏上飞机之前就已经开始了。

三

最印象深刻和最富戏剧性的还是在伦敦 Home Office(内务部)延我的英国签证(Visa Extension)。

2002 年我签证用的文件是剑桥大学的攻读硕士学位 Offer (MPhil in First Instance),课程在 2003 年 10 月结束,我的签证也是到 10 月底。继续读博士学位,相应地也需要延长居留英国的签证。这本是顺理成章、不应有任何麻烦的事。

不幸的是,英国 Home Office 7 月出台了一项新的收费政策,即从 8 月 1 日起,延长在英国居留的签证须缴纳费用,邮寄一百五十五英镑,面签二百五十英镑——这是一笔不小的数目,尤其是对学生来说;但是既然政策已然出台,这笔钱是非花不可了。尽管当时是在暑期中,很多人都不在,学院一接到消息后,还是马上给所有需要英国签证的海外学生发电子邮件,建议学生尽快在 7 月底之前把护照寄往 Home Office 以避免这笔签证费。学生会更是不厌其烦地提醒和催促大家,并提供 Home Office 的地址和有关信息。

那时候我留在学校写我的硕士论文,很及时地得知了这个政策,但是钱却没办法躲掉。护照邮寄到 Home Office,可能两三个月都拿不回来,而我已经订好 9 月 2 日飞旧金山的机票,8 月份又要回国,护照自然不敢寄出去;面签倒是可以当天拿回护照,但是按规定,只有距离 Expiration(到期)一个月内才可以去面签,而我的英国签证 Expiration 是在 10 月 31 日。另外,又得起大早跑到南伦敦的念头就把我吓住了,我的论文也忙得每一天都无比宝贵。最后的决定是等着 8 月从国内回来碰运气,在 Heathrow 机场落地签。

我的如意算盘根本行不通。当我在海关把大学的录取信、学院的证明信和银行证明一样一样往外掏的时候,海关人员不等我开口就说,因为即将实行收费,落地签证一律停办,"No exception(没有例外)"。我也只好收起所有的废话,快快过关了事。

从美国回来的航班上,就开始患得患失地想到底是把护照邮寄到 Home Office 还是去南伦敦 Croydon 跑一趟。邮寄的问题:1. 护照可能两三个月拿不回来(无数朋友如此警告),尽管 Home Office 力争在三周内办完 70%的申请——这意味着圣诞节假期可能哪里也去不了;2. 担心万一护照寄丢了,补办起来无限麻烦。面签的问题:1. 多花一百镑;2. 又要起大早(这对本小姐是沉重负担)并搭上一整天时间。思来想去,因为忍受不了一件事悬而不决,最后决定还是跑一趟!

于是,上 Home Office 的网页(http://www. homeoffice. gov. uk/)下载学生延签证用的 FLR(S)申请表,并拿到学院 Tutor 那里签字盖章,另外还得一封证明在读的学院信;大学的录取信(Offer)、至少最近三个月的银行账单(Statement)、成绩单、获得的奖学金证明等等;再写一张二百五十英镑的支票;最后是查询怎么到 Home Office:从剑桥坐一小时火车到伦敦 King's Cross,再换乘 Thames 线火车到 West Croydon 下车。

终于万事俱备。

面签不需要预约,只要当天下午四点之前能排进去,大部分人就可以当天拿回护照。问题是每天排队的人有多少呢? 需要几点之前到,才保证能进得去呢? 打电话问(0870 6067766),对方说没有办法保证,只是越早越好。看来还是要起早。我不想浪费去伦敦的火车票钱,更不想这次进不去再起一个大早。

10 月 3 日,天不亮起床,赶七点以前去伦敦的火车。因为是在交通高峰时间(Rush Hour),学生的优惠卡不能用,得花钱买高峰时间的全价票,还有去火车站的 TAXI 费——签证的成本又提高了,如果再算上伦敦的交通费,甚至一顿午饭,续签证的直接成本居然要三百镑(是我在剑桥一个月的房租,合四千五百元人民币喔)。平白无故的! 我为此真是不胜郁闷!

赶到地方不到九点,Home Office 还没有开门。从马路遥望过去,不禁心中窃喜——排队的人寥寥无几,看来大家都不愿多花这一百镑来排队面签。等到近前才傻了——前面有上百人在排队,只不过队伍是顺着铁栅栏密密麻麻地蜿蜒在 Lunar House 延伸出来的一个屋檐下,建筑外面还竖着几块大广告牌,可能是因为每天都有长长的等待签证的队伍暴露在马路边有碍观瞻吧。另一方面,Home Office 也的确做了不少人道主义努力,在建筑物外延伸出这样一个屋檐,可以使大部分等待的人群在英国这样多雨的国家避免雨淋;可是风吹是免不了的——这只是一个屋檐而不是一个密闭的空间,这也是为了保持空气流通吧,否则这么多人一个挨一个地挤在密闭的空间,空气质量不可想象。偏偏虽然只是 10 月初,天气冷得完全要穿冬装还冻得瑟瑟发抖——因为八面透风,这里远比大街上还要冷;是大清早,一天中气温偏低的时候;多数人没吃早饭。于是有很多人在吃东西:水果,巧克力,各种点心。人蓬头垢面地当街站着大吃大嚼总是不甚体面的形象,还伴以不时的各种大小和各种肤色的小孩的哭闹叫喊,看起来就更不像样。更糟糕的是,可能是为了防止恐怖分子藏匿炸弹,在这种人群高度密集,又是政府部门的公共场所,通常不设置垃圾箱,大家吃喝的垃圾和报纸也只好随手丢在地上,墙角居然还有摊开的睡袋,想必是从伦敦以外的地方来的人,怕当天排不进去还要再跑一趟,干脆就睡在这里。

这座大楼对面的队伍是申请避难的难民。单从景象看,这边倒是更像一个难民营。

每次放行十人。队伍慢慢地向前移动,有时干脆半天都不动了。

因为是回形的队伍,大家在移动中不断地互相照面。我在百无聊赖中开始观察周围的人:他们的肤色,语言,吃什么东西,一起来的人该是什么关系等等。中国人没有我想象的那么多,大部分是学生模样。这个季节,按说该是有很多学生续签证的时候。年轻女孩子,尤其是漂亮些的女孩子基本上都有人陪,陪的自然是男孩子——有中国男孩,也有鬼子男孩,但是中国男孩很多是孤单单的一个人。同来的人,基本上除了一家人,就是情侣。尽管人群密集,情侣们还是旁若无人地依偎亲吻——站几个小时的等待也的确是太枯燥无味了,这样既是乐己,客观效果上也是娱人。回想起大学时代,每每在拥挤的公交车上,高大的男孩子用臂膀护住身边娇小的女孩,总有无限的羡慕。满怀欣赏地欣赏别人的快乐也是一种快乐。

排到门口已经十一点多。照例是安检。

想想看,我们也真是恐怖活动的受害者:反恐使申请签证的时间延长了许多,成本也提高了许多,羊毛出在羊身上的直接结果就是签证费越来越高,签证排队的时间越来越长。当然也不是所有国家的使馆签证处都设立安检系统;毫无疑问,美国使馆签证处的安检是最严格的,使馆建筑物周围都有荷枪实弹的警察来回巡逻,并设有交通路障,不允许车辆随便往来停靠。别说过往车辆都绕道而行,就连我们行人,经过这是非之地时也不免加快脚步,以免池鱼之祸——这就叫“敬鬼神而远之”吧。

过了安检还是排队,这次快很多,是先交钱。我用信用卡划了二百五十五镑。

进去之后依然是等,但此“等”较之彼“等”让人安心许多:首先是排进了门,不会今天办不上了;本来也已经豁出去了这一天,有个座位(座位还算宽敞舒适),不饥不寒,则别无它求,剩下的事就是“杀时间”了——不管是打盹看报发呆闲聊,还是胡思乱想白日做梦;其次是可以看到签证官们都在工作(不管多慢),就让人觉得有希望了；另外手里捏这一个号，好像就好歹有了保障和说法，甚至具体的期待。

据我观察，签证官处理一个申请平均需要四十分钟左右。申请人就坐在窗口前的椅子上，随时回答签证官的提问。也许是这个工作本身实在太过枯燥无味，也许由于是政府机构工作的严肃性，签证官们大多看上去面无表情，不苟言笑；但常常是一转身，和同事说起话来，他们就立刻谈笑风生，女签证官还可能眉眼间顾盼流连。观察从国家机器到人的瞬间的角色转变，于我也是无聊中的一个乐事。

可是，电子显示牌上的号码移动得越来越慢了。午饭时间到了，签证官们陆续离开，十几个窗口，现在只有两三个窗口还有人工作。我的号码是 292。根据周密计算，一个小时以内绝对轮不到我。于是当机立断，出去吃饭——早饭就没吃，此时此刻，又经过这一早上饥寒交迫的折磨，饕餮一顿的愿望已经仅次于立刻拿到三年的签证。

在 Noodle Time 吃下一大碗热乎乎的乌冬汤面后，精神一振。反正这一天已经豁出去，反而不着急，随便什么时候签出来了。

回 Home Office 的脚步也因肚子里有了这碗乌冬面垫底而有了从容。路上有三辆救火车和一辆救护车前后呼啸而过。也许因为不是自己的国家，甚至也不是自己居住的城市，便不免隔岸观火的心理。另外可能是英国的防火意识太强了，街上常有救火车大呼小叫，从来没有见哪里真的着火。有一次跟人约好在 University Center(大学中心)的咖啡馆见面，咖啡还没端来，就被工作人员不由分说地请出门，说有紧急情况——果然几分钟后，两辆救火车停在了楼下。别说火光，连烟味都没闻到一丁点。至于学院里这样的事就更多。在我们看来，这好像狼来了的故事。又有一次学院莫名其妙火警大作，而且连续不断，这说明不是演习。我先检查自己的厨房,确定没问题,就继续在屋子里念书——我住二楼,真有情况我自信可以一步飞到楼下。可是刺耳的铃声足足响了半个小时,我忍受不了这噪音而给 Porter(门卫)打电话,没人接;只好下楼去问个究竟,结果发现通往 Porter's Lodge(门房)的门居然电子钥匙打不开——火警响的时候,所有的建筑物都只能出不能进。这时碰上忙着打开所有紧急通道的 Porter,看到我懒懒地从房间出来,敲着我的脑袋说,我到期末会收到罚款的账单——火警响了不出来是违法的。

回到 Home Office 前,发现这些救火车救护车居然就停在 Home Office 大楼下。

一个人趴在地上。他并没有被抬上救护车。几个工作人员(不知是医护人员还是警察)在他身边量来量去。

旁边人告诉我,这个人是来申请政治避难的。刚刚自焚。

背后的故事,无从知晓。

四

292 号终于显示在电子指示牌上。

是一个身材瘦小、留着小胡子的印巴人模样的签证官。

我的申请材料充分准确:最关键的是专门写给 Home Office 的学院信,证明我在剑桥大学东方系攻读博士学位,预计 2006 年结束学业;我的录取通知,奖学金证明,银行证明,在当地(剑桥)警察局的登记;过去一年的成绩单;以及填写好的延长英国签证的申请表,照片,护照——一样都不少。

我走过去打招呼:"Hello."

没人理。我想隔着玻璃窗,虽然有扬声器,可能也听不清吧,便提高了声音:"Hello, there!"

还是没一个"Hello"回来。

也许签证官天天见人说话，特别辛苦，便把这一套繁文缛节都省了。

果然这位大人惜字如金，从头到尾只跟我说了两句话。第一句，问我签证费的收据呢，我赶紧呈上；第二句是"Take a seat, I will call you(找个座位，我会叫你)。"他显然是懒得跟我多啰唆，我也乐得少费口舌，便在第一排的正对面的座位上坐下来，离他的窗口只有一米，他的一举一动我刚好尽收眼底。

但见他在电脑前翻来翻去，想象不出是在做什么。后来他干脆离开了，我的护照和材料都还在桌子上，我更想象不出这是什么程序——难道回去喝茶吗？——快三点了。

我一派的高枕无忧，因为无聊，便开始读内部电视上 Home Office 的公告。像很多国家政府机关一样，承诺公正、公开和效率(We aim at fairness, openness and efficiency)，这是他们的口号标语，读来也很有意思。他们甚至还开设一个专门的窗口，以供投诉。

签证官不时会瞄我一眼，看不出什么喜怒哀乐来。我当然也不关心他的喜怒哀乐，我只关心我的签证。

结果出来了。

我拿了护照没有立刻离开窗口。仔细看看，是一年——实在是出乎我的预料。

我问签证官，我读的是博士学位，学制三年，为什么只有一年的签证。

他说，因为他无法确定一年后我的学业成绩是否能够继续攻读博士学位。这种说法也不是毫无道理。因为博士生第一年结束时，通常要交 First Year Report(第一年报告)，只有通过了才能继续博士论文工作，成为 PhD Candidate(博士候选人)；但是我的情形是，我是 MPhil in First Instance，这意味着我第一年必须修 MPhil 的课程,并提交 MPhil 论文,如果达到五十分算通过,可以获得 MPhil 学位(相当于硕士);达到六十分,才可以继续攻读博士学位,但是 MPhil 这一年可以算在博士的三年当中。也就是说,读完 MPhil,我直接成为二年级博士生。

我便开始向签证官解释,根据剑桥大学的学制,我的成绩已经达到了继续攻读博士学位的条件,所以我应该拿到三年的签证。

他显然是很不耐烦,解释了两句,立刻扯了张纸条给我说,如果我对此存疑,可以向上申诉,他没有时间跟我多解释,他要处理下一个申请了。

在国内的时候,如果不小心买了什么假冒伪劣商品,我通常也不会真的去找消费者协会之类的组织,毕竟太麻烦了,我的时间可能比金钱更值钱。但是这次实在太可气,或者说太失望,而且这意味着过一年我又要跑到伦敦如此这般地折腾一番,外加破费二百五十英镑!我被这个念头气得七窍生烟,瞬间唯一存留的理智是:签证已经这样,护照在我手上,再也不可能更坏了。我拉长脸说,好,我找你们的投诉窗口。

但是并不指望真的可以改变什么结果——毕竟章已经盖上!签证历来有很大主观成分,比如,他说你有移民倾向而拒签,也是没有办法的事。因为太郁闷,至少要找他们理论一番,出出恶气。

我一脸愤怒地上楼,找到投诉窗口,向他们解释我的情况,抱怨给我一年是不公平的。负责处理投诉的官员果然至少是很耐心。他听完问我是哪个窗口处理的,说我应该跟签证官解释,我立刻有了更充分的抱怨的理由,趁机愤怒地控诉说,他根本拒绝听我的解释。当我振振有辞地说,既然我所有的证明材料都充分、有效说明我在读博士学位,却只拿到一年的签证,那这个签证政策是不是意味着所有读博士学位的海外学生每年都要重新延签证,每年都要再花二百五十英镑?也许是 Home Office 刚刚实行延签证收费的政策,说到钱,他们立刻显得格外慎重,也许这个新政策本来就怨声载道吧,二百五十英镑毕竟不是小数,尤其对于学生来说。

按照我们中国人的理解,投诉通常不会再直接返回原来的当事人,因为要他当面改正错误至少看起来有些没有面子。可是投诉官员还是把我带回了原来的窗口,要他重新处理。签证官果然是黑着脸,对我视而不见的表情。他只跟投诉官说话,他的理由依然现在不能判断我一年后是否可以继续攻读博士学位。我气愤地说,从现在开始,准确讲是自从我的 MPhil 考试结束、论文交完到提交博士论文(那也就是我博士学业快结束的时候了),我再没有任何考试,如果现在他们不能判断我是否 qualified(有资格的)继续博士学位,那一年后同样不能,那么新的签证政策是不是就是要海外博士生每年花二百五十英镑重新签证? 这就是你们承诺的公正、公平和效率吗?

我原本情绪有些激动,结果已经这样子,原本就是想出心中恶气,但是没想到自己此刻 argue(争辩)起来却格外冷静、清晰和条理分明。

虽然是我在说话,签证官却依然不看我,好像视我如无物是对我最大的蔑视似的。

他很低声音地同投诉官讲话,好像是说我的证明信仅来自一个叫 Girton 的学院,而不是剑桥大学。显然是更见多识广的投诉官立刻责备说,Girton 就是剑桥的一个学院啊。的确如此,剑桥大学是学院制,凡是签证证明身份这一类的事都是由学生所属的学院负责,大学直属的系只管学业的事。如果哪个自称是剑桥的学生申请签证拿的是大学开具的证明信,那倒一定是假的。

发现了这个常识错误后,投诉官立刻以上司对下属的口吻说,给我三年签证,即和我的学院信上证明的一样,也就是研究生院规定的攻读博士学位的最低时间线。

投诉官不容置疑地转身上楼去了。

签证官依然面无表情。让我到一边去等。

这时候是三点左右,但是直到下班前,我才拿回护照,和最后一拨申请人一起走出 Home Office 的大楼。

毕竟,结果是我期待中的。原来的一年签证被注销,旁边的一页重新盖了章:在英国的居留期限到 2006 年 10 月 31 日。

因为这一番波折,使原来就该如此的东西却有了种失而复得的惊喜和感慨。

也才发现斗争了一下午,肚子早就饿了。等不及回剑桥,就在火车上饕餮了一个大号汉堡。

图书在版编目(CIP)数据

2004 年《收获》散文精选/巴金等著. 一昆明:云南
人民出版社,2005.1
ISBN 7-222-04289-X

Ⅰ.2...　Ⅱ.巴...　Ⅲ.散文-作品集-中国-当代
Ⅳ.I267

中国版本图书馆 CIP 数据核字(2004)第 133765 号

责任编辑:段　雁
装帧设计:木　森
责任印制:洪中丽

书　　名:2004 年《收获》散文精选
作　　者:巴　金　冯骥才等
主　　编:程永新　王　彪
出　　版:云南人民出版社
经　　销:上海滇版图书有限公司
社　　址:昆明市环城西路 609 号
邮　　编:650034
网　　址:ynrm. peoplespace. net
E-mail:rmszbs@public. km. yn. cn
开　　本:890×1240　1/32
印　　张:10.5
字　　数:250 千字
版　　次:2005 年 1 月第 1 版第 1 次印刷
照　　排:南京理工排版校对有限公司
印　　刷:杭州长命印刷有限公司
书　　号:ISBN 7-222-04289-X
定　　价:20 元
尊敬的读者:若你购买的我社图书存在印装质量问题,请与上海滇版图书有限
　　　　公司联系调换。
电话:(021)646663734　64454620